JN017739

自画像　油彩／キャンバス，41 × 31.5cm, 1928 年

陳澄波 33 歳の作．東京美術学校の研究科で学んだ際に描かれた．構図や手法にゴッホの影響がうかがわれる．揺れ動く光が浅黒い肌に映え，強烈な明暗の変化を生み出している．鋭い眼光とやや不安げな表情は，湧き上がる感情と思考を伝えてくるかのようだ．つばの広い帽子とぼさぼさの髪から，束縛されない芸術家の性格が透けて見える．背景はひまわりにも，輪切りのパイナップルにも見える．

琳瑯山閣

油彩 / キャンバス，
73 × 91cm, 1935 年

「琳瑯山閣」はかつて嘉義にあった有名な個人庭園．剪定されたばかりのように枝ぶりの整った松や柳が，あずまやを取りまくようにつくられた池や赤い橋，噴水と共に，往時の華やかさを伝える．あずまやで休む人，こちらを向く大人と子ども，水しぶきや鯉も生き生きとして活気があり，趣味のよさが見てとれる．右下に「1935」の数字が赤で書かれている．

二重橋

油彩 / キャンバス，
80.5 × 100cm, 1927 年頃？

陳澄波が東京美術学校の図画師範科を卒業し，西洋画科に入った頃に描かれた．橋が絵の上半分に置かれ，高い視点から広く水面を描いている．空が明るいのに対し，水面は木々の陰になってより暗く陰鬱に見える．年代判定の根拠は 1927 年 7 月 6 日に陳澄波から嘉義の頼雨若に宛てた手紙による．

西薈芳　油彩 / キャンバス，117 × 91cm, 1932 年

西薈芳は日本統治時代の嘉義で酒楼が軒を連ねた西門町にあった．南国の燃えるような日差しの下，果物や氷でいっぱいになった屋台が木陰に停まっている．道をゆく女性は和服，チャイナドレス，洋装に身を包み，屋台には日本式の「氷」の旗が差され，庶民の生活にもさまざまな文化が混在していることを物語っている．地面は見下ろす角度で，右上の庇は見上げる角度で描かれ，「二重視角」を形成している．

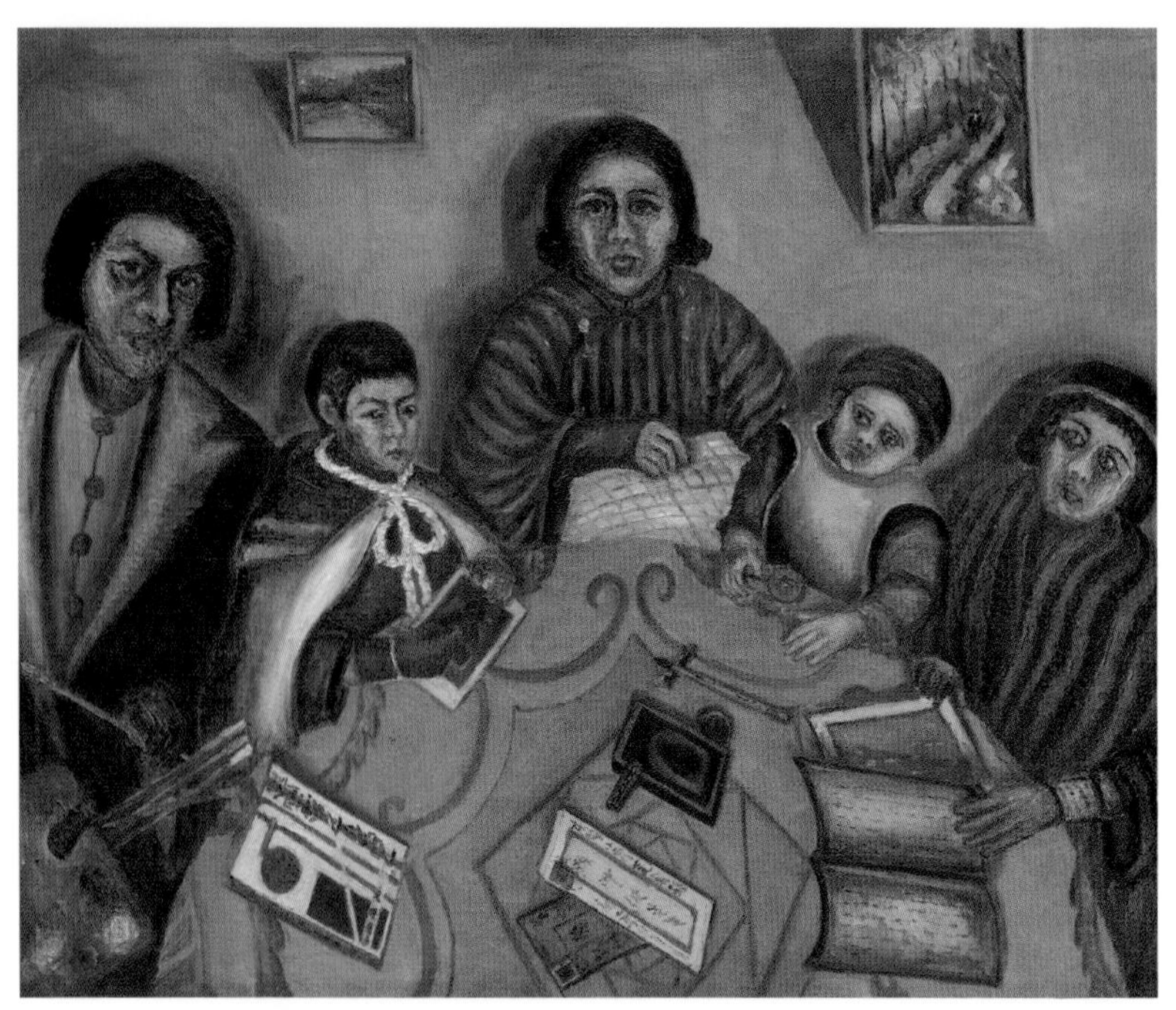

私の家庭　油彩 / キャンバス，91 × 116.5cm, 1931 年

陳澄波が家族の肖像を描いた作品のなかで最大のもの．上海時代に家族揃ってテーブルを囲む様子が描かれている．一家の支柱である妻の張捷を中央に配し，陳澄波と長女が年少の子どもたちを守るように座る．家族の服装は中国，日本，原住民とスタイルが異なり，手のなかの絵筆やテーブルの上の書籍，硯，手紙などの小物にはそれぞれ象徴的な意味がある．一貫性のない光と影の処理や，人物とテーブルで視点が異なる「二重視角」が，独特の構図を生み出している．

嘉義街中心

油彩 / キャンバス,
91 × 117cm, 1934 年

上海から台湾に戻った時期に，嘉義の中央噴水池を描いた作品．赤と緑のコントラストの強い色彩や，光の強烈な対比を取り入れ，垂直の電柱と水平の地面が画面に安定感を与えている．手前には大きな空き地があり，独特の構図を示している．点景として描かれた人物にもそれぞれに動きがあり，鑑賞者を当時の街なかに誘う．

温陵媽祖廟

油彩 / キャンバス,
91 × 116.5cm, 1927 年

東京美術学校時代に台湾にもどった時に描かれた．代表作の一つ『嘉義の町はづれ(2)』と同年に制作され，国華街のそばにある温陵媽祖廟の風景を描いている．東京美術学校西洋画学科教授だった岡田三郎助の影響を受け，安定した構図と重ねた色使いは印象派の特色でもある．正面をとらえられた媽祖廟，大きく取られた前景，人々の動きやスタイルには市井の生活への関心が反映されている．

淡水(1)

油彩 / キャンバス, 91 × 116.5cm, 1935 年

淡水公会堂から通りを見下ろすように描かれている．赤い瓦屋根の家が高さを変えて並び，陽光を受けた白壁は躍動するようなリズムを生んでいる．市区開発を経て通りは街を縫うように走り，両側には電柱が立ち並び，近代的な秩序を示している．歩行者，人力車，船のマストが生活感あふれる活気をもたらし，温かみのあるオレンジ色が青い水面とマッチし，砂州と呼応して趣が感じられる．

夏日街景

油彩 / キャンバス, 79 × 98cm, 1927 年

東京美術学校時代に描かれ，第 8 回帝展に入選した．場所は現在の嘉義市中央噴水．真っ直ぐな電柱によって画面が左右に分割されているが，3 つの生い茂る木が画面にリズムを生み出し，分割された絵を巧妙につなげている．筆致と色使いは南部の暑く乾いた空気をよく伝えている．前景に大きな空き地がある．

清流　油彩 / キャンバス，72.5 × 60.5cm，1929 年

陳澄波は東京美術学校を卒業したあと上海で教鞭を執り，元代の画家・倪瓚や，清の八大山人の画風に接した．いくつかの作品では構図や筆使いにおいて，中国絵画の技法を融合させようと試みた．『清流』では水墨画の皴法の技法を油絵に応用し，力強いタッチを展開している．この作品は中国の美術展に参加した後，1932 年のシカゴ博覧会に中国代表として出品された．

玉山積雪　油彩 / 板，23.5 × 33 cm, 1947 年 2 月

陳澄波の遺作となった．

陳澄波を探して

消された台湾画家の謎

柯宗明

栖来ひかり……訳

岩波書店

陳澄波密碼（CHEN CHENG-PO CODE）
by 柯宗明（Ke Tsung-ming）

Original traditional Chinese edition published by Yuan-Liou Publishing Co. Ltd., Taipei.
This Japanese edition published 2024
by Iwanami Shoten, Publishers, Tokyo
by arrangement with Yuan-Liou Publishing Co. Ltd., Taipei
through 太台本屋 tai-tai books, Tokyo

Sponsored by the Ministry of Culture, Republic of China（Taiwan）

目次

1

嘉義に別れをつけて北へと向かう列車のなかで、方燕は陳澄波のノートを読んでいた。阿政はといえば、ロダンの「考える人」の姿勢をくずさずに、窓の外を眺めている。

ふいにノートの隙間から一枚の古く黄ばんだ紙が下に落ちた。方燕は上半身をかがめて拾い上げ、驚きの声をあげた。「見てよ！」方燕が手にしているのは一通の手紙である。方燕は阿政ににじり寄り、二人は一文字一文字をゆっくりと読み始めた。

捷へ

研究所を卒業するまであと二年、将来の仕事について確実なことはまだ言えませんが、夫としての責任は必ず果たすつもりです。絵を描く仕事が衣食に事欠かない保証はないにしても、もし油絵を仕事にできれば、こんなにうれしいことはありません。創作しているとき、わたしの心はとても愉快です。描くことが好きだからというほかに、絵を通じて皆を喜ばせたいとの気持ちもあります。小さいころ、ばあちゃんが言ってくれた言葉をまだ覚えていますが……

1

時間と記憶は、昔ながらの漢方薬の店にある薬簞笥（だんす）の小引き出しみたいなものだ。適当に選んで一本を引き出せば、底をスクリーンにしてその時々の歴史が映し出される。

例えば、民国四九（一九六〇）年の引き出しを開ければ、中部横貫公路が開通し、アメリカのアイゼンハワー大統領が訪台、陸上選手の楊伝広（ようでんこう）がオリンピックで銀メダルを獲得し、政治評論家の雷震（らいしん）が逮捕されるところが映る。

民国五三（一九六四）年の引き出しには、白河地震、台湾や香港の映画スターを乗せた飛行機の墜落事故。民国五九（一九七〇）年、一世を風靡（ふうび）したテレビ番組『雲州大儒俠』が放映され、蔣経国（しょうけいこく）がニューヨークで暗殺未遂に遭い、台北市長の高玉樹（こうぎょくじゅ）が監察院に弾劾される。民国五一（一九六二）年、方瑀（ほうう）が「ミス中国」に選ばれ、第一回金馬奬（きんばしょう）で香港映画『星と月と太陽』が最優秀作品賞を受賞、テレビ局の「台湾電視」が開局した。五七（一九六八）年、紅葉少年野球団が日本のチームを打ち破る。六三（一九七四）年、連続時代劇ドラマ『包青天』が大ヒット。四二（一九五三）年、西螺（せいら）大橋が開通。六〇（一九七一）年、台湾大学の学生らによる保釣デモ〔尖閣諸島の領土返還を訴えるデモ〕、中華民国が国連から退出。六八（一九七九）年、雑誌『美麗島』創刊、結合双生児であった忠仁と忠義の分離手術に成功。某年、日中戦争で活躍した軍人の孫立人が失脚。某々年、義務教育が九年に延長……

引き出しを開ける動作はどんどん早くなる——劉自然を射殺した在台米軍人が無罪になり群衆がアメリカ大使館を包囲／中南部で八七水害／台湾省が戒厳令を実施／《耕地三七五減租》条例による土地改革／胡適の逝去／瓊瑤が小説『窓外』を発表／香港女優の凌波が訪台し人々を熱狂させる／国際法学者の彭明敏とその教え子逮捕／蔣介石総統逝去／人民解放軍飛行士の范園焱の軍機が台湾へと身を寄せる／台湾郷土文学論争／中壢事件／フリーウェイ開通／米国と台湾の断交／陳文成殺害事件／遠東航空一〇三便墜落事故で百十人が死亡／土地銀行拳銃強盗事件／陸上選手の李福恩がアジア競技大会十種競技でメダルを逃す／ソルジェニーツィン訪台／世華銀行現金輸送車から一千万元が強奪……

目の前で時間の引き出しは次々と開かれ、歴史上の出来事が染み込んだ薬の匂いのように濃く、淡く漂い出てくる。

阿政と方燕が手紙を読んでいる場面は、民国七三（一九八四）年の引き出しに映し出されたものである。

この一年、台湾ではいくつかの大事件が発生した——行政院長の孫運璿が脳溢血で入院し、蔣経国が総統を連任、台湾北部で六三水害が発生、蛍橋小学校で児童が硫酸をかけられ、海山および瑞芳の炭鉱事故で数百人が生き埋めとなり、華人作家の江南がアメリカで殺され、暴力団を一掃する政策がとられる……。

　アメリカのマクドナルドの台湾第一号店ができたのも、この年だった。

　民国七三（一九八四）年の十一月。

　手狭なリビングに置かれた〝新格〟（SONYの台湾代理店）ブランド十八インチ木製フレームブラウン管テレビに映っているのは、マクドナルドに押し寄せる台北市民のニュースだ。幸せいっぱいの群衆の顔にカメラが向けられ、阿政（王明政（おうめいせい））の眼前に鮮明に映し出されている。

　阿政は小さなアパートのリビングで滷肉飯（ルーローファン）を口に運びながらニュースを観ていたが、だんだんと軽蔑の気持ちが湧きあがり、罵った。「せっかくケチャップまみれバーガーの日々から抜け出して来たってのに。あのバーガー大好き国家、今度はのどかな台湾まで大資本で侵略するつもりか？　Shit!」

「いいかげんにしてよ」阿政といっしょに食事をしていた方燕が口をはさんだ。「台湾なんて、とっくの昔にのどかなんかじゃないよ。あなた、まだここが農耕社会だとか言うわけ？　外貨預金は増える一方、台北の東区は高層ビルだらけになってるよ？　あなたってほんと負け犬ね、完全に時代の波から取り残されてる」

「君さあ」

「はいはい」阿政の抗弁は、方燕にさえぎられた。「食べた食べた、じゃないと喉につまっちゃうよ」方燕は口をとがらせ、手を振って追い打ちをかけた。

数年前、阿政はアメリカで美術を学んでいた。その頃のニューヨークといえば、戦後第一派の前衛アートブームの衝撃を受け、ジャクソン・ポロックによるアクション・ペインティングからはじまってアンディ・ウォーホルのポップアート、さらにはスーパーリアリズムまで、息つく間もなく次々に新たな絵画表現が登場していた。阿政はといえばこうしたトレンドには目もくれず、ただひたすら屋外で写生を重ねては、心ふるえる目の前の景色をそのままキャンバスの上へと写しこむことに、十九世紀のモネやゴッホの如く熱中した。

印象派の理念と技術にこだわる阿政は、まるで中世からやってきた客人のようで、米国留学中は異端だったし、卒業して台湾に帰ってきてからもやはり「変人」と扱われた。先月、帰台して初めての個展を東区のギャラリーで開いたものの、売れたのは一枚だけである。印象派を理解してくれるようなアートファンに出逢うのは至難の業だ。「負け犬」「トレンド」という単語に異常なほど敏感になっていた阿政は、歯に衣着せないタイプの方燕が何気なく発した「あなたってほんと負け犬ね、完全に時代の波から取り残されてる」という言葉に打ちのめされた。ハリネズミのように全身が逆立つような怒りを覚えたが、幸い方燕には阿政の気持ちに構っている暇はない。新聞社での勤務中、休憩時間に阿政の晩御飯に付き合っていた彼女には、社に帰って原稿を書く仕事がまだ残っている。

「もう行くね。夜更かしはやめて、タバコも吸い過ぎないでよね」

方燕は金縁の眼鏡をかけ、上着を着てリュックを背負い飛び出していった。残された阿政は滷肉飯を咀嚼(そしゃく)しつつも、味の方はさっぱりわからない。

阿政だって、方燕がわざと意地悪を言ったわけでないことぐらい分かっている。アメリカ帰りの阿政の、積もりに積もった悩みに耳を傾け、気楽に向き合えと励ましてくれたのは方燕ひとりだけだ。ただ、アート市場のきびしさに直面している阿政の心は、ひたすら過剰反応してしまうのだ。テレビでは、連続ドラマ『一剪梅（一枝の梅）』〔一九八四年〜八五年放映。一九三〇年代の中国を舞台にした悲恋ドラマ〕が流れている。男性歌手のやさしい歌声が流れ始める——あなたを想う心は広い草原のよう　度重なる風雨もさえぎることはできない　いつか雲が消え日が昇るとき　充ち満ちる陽光が私たちを照らし出す……

阿政は立ち上がり、ムカムカを抑えながらテレビを消した。

次の日、阿政は描きあげたばかりの『濁水渓（だくすいけい）印象』を持ってバスに乗り、東区にある東華ギャラリーへ委託販売の相談に向かった。バスは人でいっぱいだ。阿政は手元の三十号サイズの絵に細心の注意を払いつつ、ぼんやりと窓の外を眺めた。忠孝東路四段一帯の景色が、まるでニューヨーク五番街のようだ。ここ数年で高層ビルが建ち、続々と画商やギャラリーがオープンしている。近年ますますアートが息づきはじめた台北のどこかには、きっと自分の油絵を買いたいという客がいるにちがいない。阿政の期待はひそかに高まった。

阿政がおずおずと『濁水渓印象』を東華ギャラリーのオーナーである李に手渡すと、李はわざとらしくまじまじと眺めて言った。

「今回もやっぱり、委託販売ということかな？」

「はい、そうです」阿政は答えた。

李は絵を置いて、決まりが悪そうに笑って言った。「明政さ、はっきりいうけど今は印象派の絵は売れないんだよね。値段も高くつけられないし、もしどこかの財団がコレクションのために印象派を買いたいと言っても、そういうのはみんな昔の有名画家が主なの、李石樵（りせきしょう）〔一九〇八〜九五〕、李梅樹（りばいじゅ）〔一九〇二〜八三〕、楊三郎（ヤンサンラン）〔一九〇七〜九五〕みたいな作品がね……」

「李さん、おっしゃることはよくわかります、でも」

「まあ聞きなさい」李は阿政の言葉をさえぎった。「つまり、もう時代が違うんだよ。これからの画家は題材に目新しさや話題性が要るし、それがないと売れない。君も呉炫三（ウーアーサン）〔一九四二年〜 画家、彫刻家〕を見習ったらいい、アフリカへ写生にいってキュビズムを取り入れるとか……それならトレンドに乗れるよ」

「トレンドに乗れる」という言葉が耳に流れ込んできて、阿政はそれ以上話すのをやめた。

黙って『濁水渓印象』を取り上げた阿政は、バスに乗って家に帰った。

夜、方燕と阿政は夕食をとろうと重慶北路の円環（ロータリー）にある屋台街へやってきた。阿政は方燕に弱音を吐いた。「トレンドに乗れるだって。ふん。李マネージャーは親切心のつもりか、こうも言ったよ。台湾のアート業界ではエージェント制度が流行ってるから、僕もマネージャーを探して、マーケットに打って出られるスタイルを作れだと。昔の作家のように孤軍奮闘するのはもう時代遅れとでも言いたいらしい」

「一理あるね」方燕は箸を止めて言った。「たしかにエージェント制度は台湾でも広まってきてる。あなただって海外経験もあるし欧米の文化を知らないわけじゃないのに、まだ人から教わってるなんてね。まったくもう」言い終わると、方燕はビーフンの汁を豪快に流し込んだ。

「僕は……」阿政は小さくため息をついた。箸でご飯をつまむが喉を通らない。

「いっそのこと、私がマネージャーになろうか」方燕は急に興奮をおぼえて言った。「私、文化部の記者だしさ。今どんな画風が流行っているか探って、いつでもアドバイスしてあげられるよ」

「アドバイスだって?」阿政は苦しくなった。

「そうだよ、身内がマネージャーなら、他人には言いづらいことも言えるでしょ、ゴッホの弟みたいに」

「NOWAY! やめてくれよ」阿政は首を振った。「ゴッホの弟がいくら身内だといっても、作風まで口出ししてないだろ」

「だから二枚しか絵が売れない、みじめな一生だったんでしょ」

「訂正しろ、一枚だ」

「あなたの場合はこの前の個展で、もう一枚売ってるもんね」方燕の説得はだんだん熱を帯びた。「それならもうゴッホと並んでるじゃない。歳だってまだ若いんだから、ゴッホほど悲惨じゃないよ。ね、手伝わせて!」


方燕と阿政はニューヨークで知り合った。当時、阿政は指導教官の個展の準備を手伝っており、方燕は大学のインターン記者として取材に来たのだ。同じく台湾出身で、異国の地で知り合ったふたりは、ことのほか打ち解けて話が弾んだ。その後、手紙や電話をやりとりするうち、だんだんと互いの趣味も似ていることに気づき、言葉を交わさずとも通じ合える仲になった。優しくて艶のある瞳をした方燕に阿政が正式に交際を申し込んだのは、ふたりが卒業して台湾に帰ったあとである。

「あなたみたいに悶々としてばっかりの人でも、女の子に告白したりするんだ?」方燕は金縁の眼鏡を持ち上げて、メグ・ライアンを真似たきれいなショートヘアを揺らし、笑って阿政に問いかけた。

「だって、それは……」阿政は頭を掻きながら、おずおずと言った。「台湾に帰ってきたら、君が誰かに取られるんじゃないかと心配で」

「それは言えてる、まさにお見合いしろってママに言われてるところだよ」方燕は微笑みを交えてからかった。やせっぽちで背が高く、浅黒い肌に目鼻立ちのよい青年が、この時ばかりは無垢な子どものように見えた。

もともとかなり仲のよいふたりだったが、最近は阿政の制作がうまくいかず、意見が対立することもあった。数日前、方燕が阿政を訪ねると、ちょうど家に絵が運びこまれるところである。不審に思って訊くと、東華ギャラリーに預けた絵が全部戻ってくるのだという。それは向こうが売らせないの、それともあなたが売りたくないの？　という方燕の質問に、阿政は物憂げに「どっちもだよ、子曰く「道同じからざれば相為に謀らず」なんだから」と答えてしゃがみこみ、自分の子供を触るように、愛おしげに床の上の絵に触れるのだった。

そのいじらしい仕草は、方燕の心を切なくさせた。

方燕が阿政をサポートしたいと思うのは、阿政が創作への情熱や理想に満ちているからだ。功利的な今どきの若者とちがい、阿政は自分の芸術を信じて必死にあがいていた。そんな阿政の性格は、育ちのよい方燕を深く惹きつけた。阿政の創作への情熱と理想は、トルストイの『芸術論』に突き動かされているという。

「『芸術論』？」方燕はある日、阿政との会話のなかで、その本を知って驚いた。「『戦争と平和』や『アンナ・カレーニナ』は知ってるけど、『芸術論』は知らなかった。いったいどんな本なの？」

阿政は棚から一冊を取り出して方燕に渡した。「芸術とは何かを論じてる本だよ。トルストイは、芸術とは上流階級の娯楽なんかではなく、人間の感情の表現だと言っている。だから、村のおばさんが唄う歌でも、そこに真心がこもっていれば、人を感動させる芸術と言えるんだ。逆に燕尾服を着てかしこまった人がチャイコフスキーを演奏したって、それが本当の芸術かはわからない。その演奏はもしかすると、たんなるテクニックの反復にすぎないかもしれない」

「まあ、言いたいことはわかるよ。西洋芸術のコンセプトが、モダニズムを経て本質的な表現へと回帰していっているのは事実だし」と方燕は言った。

「そうだよ、トルストイは『芸術論』の中でこう述べてる。芸術は誠実さから始まる。心から湧き出る純粋な気持ちがなければ、美の技巧であれ永遠ではありえない」阿政の表情には、まるで祈りを捧げるような敬虔さが宿っている。

「だから、「真」と「善」と「美」のうち、「真」が一番上に来るってことでしょ？」と方燕は付け加えた。

阿政は方燕を見ながら、ひたすらにうなずいた。

トルストイの芸術理念に深く傾倒した阿政は、いわゆる何々派といった世界的なトレンドにあわせた絵を描くよりも、むしろ市井の人々にわかるような絵を描きたいと思っていた。阿政は常に「芸術は上流階級の好みに合わせるのではなく、心の交流をうながすものであるべきだ」というトルストイの一文を、座右の銘として心に刻んでいた。

本来、方燕は阿政のそんなところを慕っていた。しかし、近頃のアート市場に対する阿政の怒りはつのるばかりで、創作の情熱も理想もどろどろとした憤懣の中に溶け、消え失せていっている。何日か前に阿政を訪ねたとき、阿政は半分描きかけの『観音山夕照』を放心したように見つめていた。「どうしたの?」と訊ねると、阿政は鬱々として「これ以上描けない」と言った。方燕の心はこわばった。阿政は創作の情熱を失いかけている。それから阿政は、今度は集金にきた額縁屋と口論になった。

「なに? 額縁代が三万六千元?」阿政は怒って言った。「そうです、だって天然の無垢材ですから、高いんですよ」額縁屋は答えた。「確かに前に言いましたよ、お得意さんになれば割引にできるって。でももうディーラーが付いてないなら、割引は無理です」「そんなことってあるか?」「これが業界のルールなんですよ、信じないなら他のアーティストに訊いてもらってもいい」怒りに我を忘れそうな阿政の手を、方燕がおさえた。阿政はぐっとこらえて言った。「わかりました、結構です、手形でいいですか」「支払期間はどのぐらい?」「二か月」「長すぎる」「じゃあ、一か月?」「いいでしょう。不渡りは困るよ」額縁屋は手形を受け取り、しぶしぶと帰っていった。阿政はたばこを吸いにベランダへ出た。

普段はプライドばかり高く霞を食べて生きているようなこの画家が、ここにきてつまらない金銭のために、下世話な商売人と値段の交渉をしている。方燕は阿政が俗世間へと戻ってきたことを喜んでいいのか、痛ましく思うべきなのか、わからなかった。

『もしや、阿政は市場の主流に合わせられないせいで「絵を描くことは無意味だ」と考えるようになり、それが彼のやる気を失わせているのでは？』方燕は心配になった。阿政は現実に向き合えない本当の負け犬になってしまうのか？　方燕は、どうにか阿政の情熱を取りもどす手助けができないかと案じた。


数日後、運命は、東北からのモンスーンと入れ替わるように訪れ、阿政の家の呼び鈴を鳴らした。方燕がドアを開けると、玄関の外には黒いスーツを着た中年男性が立っている。

「すみません、王明政さんはいらっしゃいますか？」

「僕ですが、なにか？」ちょうどソファーで『芸術論』を読んでいた阿政が身を起こした。

「じつは」男は言った。「一、二か月前にある方が東華ギャラリーであなたの絵をご覧になり、たいへん気に入られたのです。ちょうどその方が所持している一枚の油絵が、あなたの絵にとてもよく似ているというので……なにしろ年代ものの作品で修復の必要がありまして、あなたを訪ねるよう私に依頼がきました。あなたにこの絵を生き返らせてほしいと」

男は言い終わると、絵を阿政に手渡した。阿政は男をなかへ案内し、包み紙をゆっくりと開けた。取り出した絵を蛍光灯に近づけると、方燕も身を乗り出して、男の持って来た絵を阿政と一緒に注意深く観察した。

「ええと、色が少しくすんではいますが」阿政は絵を見ながら続けた。「景色も色も、目の前にあるみたいに鮮やかですね。あずまやに池、樹木、どれも生命をしっかりと留めています」

方燕はわくわくしながら聞いていた。

「筆のストロークといい色の使い方といい、印象派絵画に近い手法でしょう」阿政はうなずいた。

「たしかに、僕の絵のスタイルに似ている。いやちがう、僕の画風がこの絵に似ているというべきか」

「だからこそ、この絵の修復をあなたにお願いしたいのです」男はうれしそうに言った。

「修復？」阿政は驚いた。

「そうです、私の依頼人があなたに修復を頼みたいと」

「だめです！」突然、阿政が大きな声を出したので、男は戸惑った。

「え？」

「どうしてだめなの？」方燕にも、阿政の拒絶の理由がわからない。

「僕だって画家です、なのに絵の修復の仕事をするなんて」阿政はきっぱりと言った。「いわゆる修復の仕事は、欧米では非常にプロフェッショナルな専門分野です。普通の画家につとまるものじゃない。別の人を探してください」

「失礼なお願いなのはわかっています」男は言った。「でもひとつには、いま台湾には修復の専門家がいません。それから、この仕事に適したひとは、あなたより他にいないと思います。なぜなら、あなたはこの画家と同じように光をとらえることに長けていますから。だから、どうしてもあなたにお願いしたいのです」

「そうよ」方燕も主張した。「そもそも画風が似てるんだから、そう難しいことはないんじゃない」

男は突然低い声で言った。「もしお引き受けいただければ、依頼人は報酬を惜しみません」

「報酬？　あなたは芸術の仕事に商品価値を持ち込もうっていうんですか？」阿政は不愉快そうに答えた。

方燕は急いで隅の方に阿政を引っ張っていった。「ちょっと聞いてよ。芸術の仕事は崇高なものかもしれないけど、市場の法則には向き合わなくちゃ。あなたの専門性を生かして作品を仕上げるのに、なにを恥じるの？　オリジナルではなくても芸術的なテクニックを要することなんだし、人助けにもなるし、あなただって経済的に助かるじゃない。なにが悪いのよ？」

「僕は……」阿政がまだためらっていると、方燕は阿政を自分のうしろに引っ張り、男に向き直って承諾した。「はい、この修復のお仕事、王明政がお引き受けします」

「本当ですか？」男はたずねた。

「もちろんですよ、わたしはマネージャーですから」方燕は笑いながら答えた。

「じゃあ、契約書にサインをお願いします」男はにっこりと笑った。

「契約書？」方燕は一瞬ひるんだが、「もちろん、問題ありません」と言った。それから冗談めかして付け加えた。「台湾の現代化は止まりませんね、マクドナルドができるどころか、アーティストにマネージャーがいて、絵を修復するのにも契約が要るんだから」

男はポケットから一枚の名刺と契約書を取り出し、方燕に見せた。「三十日以内に完成ということで、よろしいですか？」

「三十日？」方燕は阿政を振り返った。「大丈夫だよね？」

「でも絵の修復なんて……」阿政は必死にまだ何か訴えようとしたが、方燕にさえぎられた。

「聞きなさい」方燕は低い声で言った。「修復はたしかに創作ではないけど、とにかく筆とパレットを持たせてくれる。毎日文句言いながら過ごすよりはずっといいんじゃない？　なにしろ今はゴッホよりもお金に困ってるんだよ。稼がないでどうやって生活していくの？　まだ三万六千元の額縁代の支払いだって残ってるし、不渡りなんてことになれば、手形法違反で刑務所行きだよ？」

阿政はポーカーフェイスをよそおうと、しぶしぶサインをした。男は満足気に契約書をしまいこみ、小切手を一枚取り出した。「頭金です、お納めください」

「ありがとうございます」方燕は小切手を受け取るなり、阿政のポケットにねじこんだ。

「待ってください」ふと阿政は、立ち去ろうとした男にたずねた。「修復をしてほしいなら、この絵を描いたのが誰なのか教えてもらわないと。作者の画風にそって修復しなくてはなりませんから」

「それは……」男は口をもごもごさせた。「作者については明かせないと依頼人から言われておりまして。完成し次第、連絡をください」

男は言い終わると、身をひるがえして出て行った。

男の姿が消えるのを待って、阿政は突然おかしくなったように叫んだ。「なんだって？　作者については明かせない？　僕の聞き間違いか？」

「どうしたの？」方燕は阿政が何を吠えているのかよくわからない。

「作者が誰かは教えたくないだって？」阿政は怒りに震えながら吐き捨てた。「あんまりだ！」

「作者が誰かって、そんなに重要？」

「もちろんだよ。作者が誰かわかれば、研究できる。だからこそ、その作家の技巧や色、ストロークの癖なんかがはっきりする。君が想像してるほど絵の修復は簡単なものじゃないんだよ！　ああ、もう」

阿政は大きくため息をついて、うろうろしながら独りごちた。「夜中に謎の依頼人の訪問か。『アマデウス』〔一九八四年公開のアメリカ映画。黒衣の依頼人がモーツァルトを訪ねてくる〕じゃあるまいし、どれだけあやしげなんだよ。誰が描いたかわからない絵を大枚はたいて修復させるなんて、信じられない。常軌を逸してる」

「大丈夫よ。私は記者だし、調査は私がやる。この女ホームズが乗り出すからには、この絵の作者が誰か、きっとはっきりさせてみせる」

方燕は自信に顔を輝かせて言った。

翌朝、夜型のふたりは珍しく早くから出かけ、師範大学美術学科の研究室へ向かった。一足先に着いた阿政が、絵画用の特殊な拡大鏡を借りて絵を調べているところに、方燕も到着した。

右下の角に赤い絵の具で書かれた数字がある。はっきりしないが、ただ「１９３５」とだけ読める。

「「１９３５」って、絵が描かれた年を指してるの？」

「うん、色のくすみ具合や絵の具のひび割れ方からいって、「１９３５」は創作された年で間違いない。でもおかしいな、年はあるけどサインが入ってない」

「そんなにおかしい？」

作品にはサインがなく，ただ右下に赤い字で「1935」と書かれている．右は数字部分の拡大図(口絵 ii 頁参照)

「うん、だって」阿政は絵をテーブルに戻した。「絵を完成させた画家ってのは、絵の出来に満足していれば、大抵サインと創作年を入れるもんだよ。絵を売るにも鑑定するにも必要だし、描き終えたときに気持ちの区切りをつけたいって意味もある。でも年だけでサインなしってのは、あまり見たことないな」

「忘れたんじゃない?」

「ありえないよ。サインは作品のシンボルみたいなもので、ルネサンスから続いてきた伝統なんだから」

「それなら分かるな。エルメスやルイ・ヴィトンみたいなブランドのロゴと一緒で、サインがあるからこそ、その画家が描いた証明になるってことだよね。でも、そんなに重要なら、それこそなんで入れなかったんだろう?」

「だから言っただろ、珍しいって」と、阿政は首をかしげた。

「なにか秘密があるのかな」

「君、女ホームズじゃなかった?」

「調査はすでに始まってるよ」方燕は聡明で自信にあふれた表情を見せた。「まかせてよ」

阿政は絵の写真を撮り、現像して方燕に預けた。これで美術関係者から調査をはじめられる。方燕は大口をたたいた。「古い絵だろうが新しい絵だろうが、私の人脈がものをいうから。文化部の記者だからね」

方燕はすぐさま台北の画壇で活躍する有名アーティストや中国伝統絵画の重鎮、外国帰りの前衛画家ら幾人かを訪ねてまわった。しかし、結果はかんばしくなかった。

何の手がかりも得られないまま阿政の家に来た方燕は、あてずっぽうに言った。「無名なアマチュア画家の作品じゃない？　誰もこんな絵知らないって」訪ねた有名画家たちが、写真の絵について知らないばかりか、どこか鼻で嗤っていた様子を方燕は子細に説明した。

ちょうど新作のインスピレーションが得られず悩んでいた阿政は、方燕の言い方にかっとなった。

「ちがうちがう、大間違いだ！　そんなわけないだろ」

「どうして？」

「考えてもみろよ、まったく価値のない絵だとして、どうして高い金を払って修復しようとするんだ？　この絵の作者には何かあるんだよ」タバコに火をつけた阿政は、力をこめて一口吸い、煙を吐き出した。そうして憂さを晴らすように吸って吐いてを繰り返した。

阿政の怒りに火がついたのは、方燕の判断が誤っていたからというよりは、アート業界のいわゆる大物たちがその絵を鼻で嗤ったと聞かされ、防衛本能が働いたのだ。まるで、印象派の作風にいまだにこだわっている自分が嗤われたように感じた。

「もしも重要な作品じゃないなら、こびりついたホコリは石鹸水で洗えばいいし、汚れは温めた食パンでぬぐえば取れる。大金を払って修復したいのは言うまでもなく……」

「なんだっていうの？」

「あの謎の依頼主は玄人（くろうと）だ。でなきゃ、わざわざ展示を見て僕みたいな古風な印象派風の画家に頼んだりしない。少なくともこの絵は、その辺の普通の絵なんかじゃないってことだ」

「でも、有名なアーティストたちはみんな知らなかったじゃない」

「それは、君が訊く相手を間違えたんだよ」阿政は最後まで吸い切らずに、煙草をもみ消した。

「相手を間違えた？」方燕はわけがわからない。

「君が会ったのは台北で活躍中の大物アーティストばかりだろ。欧米の前衛アートの信奉者じゃなけりゃ、山水画に生きる伝統絵画の巨匠とかさ。五十年も前の台湾の油絵画家について知るわけがない」阿政はため息を吐いた。「実はあの日、母校に戻って拡大鏡を借りた時、廖継春（りょうけいしゅん）〔一九〇二～七六〕先生や李石樵先生のことが頭に浮かんだ。きっと同じ世代の画家だから詳しいだろうなって」

「じゃあ何で聞きに行かないの？」

「そうしたいのは山々だけど、ひとりは天国、ひとりはアメリカにいるんでね」

阿政は再びタバコに火を点け、考え込んだ。

方燕はたまらなくなって窓を開けた。「タバコを吸わないアーティストっていないのかしら」それからあわてて目の前の煙をはらった。「まさかタバコの煙こそがひらめきの源だっていうんじゃないでしょうね」

「そうだ！」阿政は唐突に叫んだ。「思いついた、台湾の先輩画家。伝統絵画が専門だけど、戦前の台湾画家について詳しいはずだ」

「誰？」

「林玉山（一九〇七～二〇〇四）？」小さく上下に揺れるバスのなかで、方燕は阿政が言った名前をくりかえした。

「林玉山先生は、僕が師範大学に通っていたときに教授だった人。若い頃から有名で、日本時代にはもう賞を獲るぐらい優秀だった。でも林先生のクラスは西洋画じゃなくて、中国の伝統絵画だけど」

「じゃあ、なんで知ってるの？」

「聴講してた。伝統絵画について、結構学べたよ。もうお歳だから引退したけどね」

「古株の先生に詳しいのね」

「流行に乗るのは好きじゃないからね」

「田舎者だから？」方燕はからかった。

「だから？」阿政は強がった。「トルストイだって田舎者さ」

やりあっているうち金華街に着き、二人はバスを降りて路地を横切り、静かな住まいに足を踏み入れた。林教授は若い画家と記者の訪問に驚きつつも、あたたかく迎え入れてくれた。小さな居間で挨拶を交わすと、方燕は包装紙を解き、林教授の前に絵を差しだして単刀直入に訊いた。

「この絵をご覧になったことがありますか？」

林教授は老眼鏡をかけて絵に顔を近づけ、しばらく子細に眺めると、電撃が走ったように体を震わせた。それから深く息を吸い込んでしっかりと絵を握り、瞳を閉じ、沈黙した。

阿政と方燕は、林教授の反応に戸惑った。ややあって、記者としての好奇心を抑えられなくなった方燕が口火を切った。

「林先生、どうされました？」

「ああ、うん、何でもない」林玉山は、ゆっくりと目を開けた。

「この絵について、何か思うところがあるご様子ですが」方燕は一気に切り込んだ。

「ああ！」林玉山は、大きなため息を吐いた。「どうしてこの絵を持っているんだね？」

方燕は阿政と目を見合わせた。「実は幾日か前、とある男性から修復を頼まれたのです。だから、私たちが所有する絵ではありません」

「そうです」阿政も言った。「それどころか、作者についても何ひとつわからないんです。それで先生にうかがいたいと思いました」

林玉山は眼鏡を外すと、ふたりに目をやった。「この絵の場所がどこか、ひと目見てわかったよ。よく知っているし、行ったこともある。当時の文化人たちが、いつも集っていた場所だった」

「それは奇遇ですね！」阿政は驚いた声をあげた。

「それで、絵の作者は？」方燕は勢い込んでたずねた。

林玉山はそれには答えず、ふたたび絵を取り上げて長い間じっと見つめてから、ようやく口を開いた。「ここは、嘉義（かぎ）のかつてのランドマークに間違いない。われわれは台湾語で「琳瑯山閣（リンロンサンガ）」と呼んでいた」

「リンロンサンガ？」方燕はいぶかった。「どういう意味ですか」

「琳（リン）—瑯（ラン）—山（シャン）—閣（ガー）だよ」林玉山は、同じ言葉をもう一度、中国語で繰り返した。

「琳瑯山閣？」と阿政も腑に落ちない。

「そう」林玉山はうなずいた。「琳瑯山閣は、日本時代の嘉義の有名な邸宅で、教養ある文化人のサロンだった。雲南、嘉義、台南一帯の文人墨客がしょっちゅう集っていたものだ。私も若いとき、文学や美術を愛する友人らと何度か行った。戦後は、時代の変化のなかで消えてしまったよ。だがあの場所の雰囲気は、今でも心に深く刻みこまれてるな」

「じゃあこの絵の作者が誰なのか、先生はご存知なんですか？」方燕は食い下がった。

「これは……」林玉山は絵を改めて見つめて言った。「この絵自体は初見だが、マチエールや色、構図や画風といい、嘉義という場所といい、一人の尊敬する「センパイ」画家の特徴に全部あてはまる……」

「センパイ画家？」阿政はつぶやくように繰り返した。

「私と同郷の画家でもある」林玉山はうなずきながら言った。

「教授、その「センパイ」画家で、同郷でもある画家っていったい誰なんですか？」方燕はたずねた。

「この絵の画家は……」長い沈黙のあと、林玉山はかすれたような声で、台湾語で言った。「澄波（ティンポー）サン」

「ティンポーサン？」

「澄波(ティンポー)サンは、すなわち陳澄波(チェンチェンポー)だ。日本の帝国美術院展覧会の油絵部門に台湾人として初めて入選した画家だ」

「チェンチェンボー？」耳慣れない名前に、阿政は漢字でどう書くかさえおぼつかなかった。阿政は若手とはいえ、スタイルは年配の画家に近く、絵を学ぶ上でも楊三郎、廖継春、李石樵、李梅樹、洪瑞麟(こうずいりん)〔一九一二〜九六〕といった先人たちの作品を参考にしてきた。むしろ知らない先輩画家はいないはずだ。それなのに林教授がいう「澄波(ティンポー)サン、嘉義の陳澄波(チェンチェンポー)」という名前には、まったく覚えがない。これはどういうわけだろう。

「林教授、そのチェンチェンボー氏は、展覧会を開かれたことはありますか？」阿政は訊いた。

「絵画展か」林玉山は指を折って数えた。「たしか四、五年前、民国六八年に台北の画廊でね。陳澄波の戦後初めての展覧会で、遺作展だった」

「遺作展？　もうお亡くなりに？」

「ああ。あの時会場に来た人は、みな目に涙を浮かべていたよ」

「わかった」方燕は阿政に言った。「一九七九年といえば、私たちは二人ともアメリカに留学中で、この展覧会のことは見逃してる。情報も入ってこないし、道理でその名前に聞き覚えがないはずね」

「まあ、知らないのも無理はない」林玉山はため息をついた。「陳澄波という名前が台湾から消えて四十年近く経つ。若い人達が知る機会もなかった。でも、陳澄波が何をしたかを知れば、あの人が台湾画壇においてどんなに重要な画家か、君らもわかるだろう」

阿政と方燕はいぶかしげな表情を浮かべた。

お茶をひと口含んでから、林玉山はゆっくりと話しはじめた。「まず私と澄波兄さんとの関係を話そう。われわれには三つの縁(ゆかり)がある。ひとつはふたりとも嘉義出身であること、次にどちらも日本に留学していたこと。三つ目は、私は東洋画を学び、兄さんは西洋画を学んだが、二人とも筆には思い入れが深いこと」

「どうしてですか？」方燕が口を挟んだ。

「私の家は額縁屋だった。子どもの頃から龍や鳳凰(ほうおう)をよく描いて、筆には親しんでいた。対して、澄波兄さんのお父上は清朝の秀才〔科挙の地方試験の合格者〕だった。お父さんの影響で書道を生涯熱心に学んでいたし、筆を使って字を書くのが好きだった。でも兄さんは運命に翻弄された人でもあった。母親を早くに亡くして、父方の祖母に育てられたんだ。あのふたりにはお互いだけが頼りだった……」

◆ ◆ ◆

一九〇五年、明治三八年、嘉義郡。

十歳の陳澄波(ちんとうは)と祖母は、一軒の古びた商店をひらいていた。陳澄波は小学校にも上がらずによく店を手伝っていた。学校教育を受けたことはなくとも、小さい頃から聡明で、算数に長け、お金の勘定も間違ったことがない。

「頭家(タウケー)〔店の主人の意〕、落花生油を四両〔一両は三七・五グラム〕ちょうだい」

この日、女の人がひとり店に来て油を買い求め、いくらかとたずねた。陳澄波の祖母は笑って、「あたしは計算ができないの。一両一銭半だから計算しておくれ」と言うなり、油を瓶につめて渡した。女は四十歳ほど、やつれて顔色が悪く、あまり裕福そうではない。

「一両一銭半なら、四両で……五銭ね」女がそう言ってお金を払い立ち去ろうとすると、「ちがう、ちがう！」と、奥で粥を炊いていた陳澄波が飛び出してきた。「おばさん間違ってるよ、油四両なら六銭でしょう」

「そう？」女は陳澄波をにらみつけた。

「そうだよ」陳澄波は小さくても勇気がある。負けじと女をにらみ返した。

「こんな子供（ギンナ）にちゃんと計算できるのかい？」女が祖母にたずねると、祖母は笑いながら言った。「孫はまだ小さいから計算は適当ね。合ってるときもあるし、間違うときもある」たまらず言い返そうとする陳澄波を、祖母は手で制した。

女がポケットを探って「お金が足りないから、次に持ってくるわ」と言うと、祖母は大急ぎで「いいよいいよ、ある時でね」と引き取った。

女が去ったあと、陳澄波は不服そうに言った。「おれの計算は間違ってない。あのおばさんは、おれたちを騙したんだよ」

祖母はほほえんで、小さな陳澄波にこう語りかけた。「私はあの人を知ってるの。あの人は旦那さんを早くに亡くしてね。家には養わなくちゃならない子供もたくさんいて、うちよりもっと大変なんだよ。うちは、暮らしていけさえすりゃあいい。だから、そこまでガツガツしなくていいよ」

「でもちゃんと言わないと、今度もやられるよ」陳澄波も譲らない。

「暮らし向きがよくなれば、あの人もお金をごまかすようなことはしないよ」祖母は油の缶の蓋を拭きながら言った。「みんな一緒、苦しい生活なんだから、思いやることだよ」

「でもそれじゃ、おれら儲からないよ」まるでその日の苦労すべてが水の泡だとでも言いたげに、少年は不満をもらした。

祖母は缶の蓋をきれいに拭いたあと、纏足(てんそく)で小さくなった足を引きずって流し台まで行き、雑巾を洗いながら笑い声をあげた。「坊や、いいかい。そもそも落花生油を売ったってお金がそんなに儲かるわけじゃない。飢え死にさえしなければいいの」祖母がそう言う頃には、雑巾はきれいに洗って干されていた。

「そうかなあ」と言いながら、少年はまだ皮もむいていないサトウキビをテーブルから取り上げ、噛みしめた。

祖母は「そうだよ」と答え、ふたたび小さな足を辛そうに前後させて藤椅子までたどり着き、ゆっくりと腰を下ろした。「おばあちゃんだって、そうだったよ。若い時にお前のおじいちゃんを亡くしてね。でも助けてくれる人があってこのお店をひらけたし、おかげでおまえの父さんや叔父さん、叔母さんを育てることができた。人と人はお互いさま、おかげさまなんだよ」

小さな陳澄波は、自分で拾ってきたサトウキビをかじりながら、分かったような分からないような心持で、祖母の言ったことを考えていた。

◆◆◆

「澄波兄さんは貧乏のなかで一生を過ごしたよ。小学校に上がれたのは、十二歳のときだった」林玉山は手に持った絵を見て、感じ入ったように言葉を続けた。「しかし、どれだけ自分が辛くとも、他の人を助けることは常に忘れなかった。おばあさんの教育の賜物だろうね」

「絵はどうやって習いはじめたんですか？」陳澄波がいかにして絵を志したのか、阿政は画家として人一倍興味を持った。

「十八歳の時に台北師範に合格して、石川欽一郎（きんいちろう）〔一八七一～一九四五　洋画家〕に出逢った。石川先生の影響で絵の道に進み、人生が変わったんだ」

「石川欽一郎？」林教授の口から、聞き慣れない名前がまた飛び出し、阿政は小声でたずねた。「どなたですか？　日本人のようだけど、僕でもお会いできますか？」

林玉山は頭（かぶり）を振って苦笑した。「日本時代の台湾美術史は、光復〔台湾の日本による統治終了と中華民国への編入を指す〕後にはなかったことになって、美術学科の学生でさえよく知らない。われわれの世代の失敗ともいえるが、どうしようもなかった。この時代の哀しみというほかない」

それから林玉山は、日本時代の教育制度や初期の台湾美術がどのように発展したのか、簡単に説明した。林教授によれば、日本は台湾の統治をはじめるにあたって、まずふたつの学校をつくった。ひとつは西洋医学の医者を養成することを目的とした「総督府医学校」。現在の台湾大学医学院で、台湾人の健康増進を図るために創設された。もうひとつは「総督府国語学校」。現在の台北市愛国西路にあり、台湾人の国民としての知識を向上させるため、小学校教師を増やすことを目的とした。総督府国語学校は一九一八年に「台北師範学校」と改名し、「台北師範」と呼ばれた。一九一〇年より、石川欽一郎は台北師範の美術教師として教鞭をとった。美術に造詣が深く、ヨーロッパ帰りの見識と、芸術家らしい風格を備えた石川は若い学生たちの憧れの的だった。誰もがプロの西洋画家になりたがり、思いがけず台湾新美術運動をになう画家を多く輩出することになった。黄土水〔一八九五〜一九三〇 彫刻家〕、劉錦堂〔一八九四〜一九三七〕、陳澄波、陳植棋〔一九〇六〜三一〕、廖継春、顔水龍〔一九〇三〜九七〕、李石樵、洪瑞麟……皆この台北師範を出て、東京美術学校〔現在の東京藝術大学〕に学び、ついには台湾美術の重要画家になった。

「この台湾画家の養成モデルは、石川先生のおかげでつくられた。台湾美術の功労者といっていい」林玉山の言葉は石川を慕う気持ちであふれていた。

「陳澄波は台北師範を卒業後、すぐに嘉義に帰って学校の先生になった。でも、どうしても絵が描きたくて、日本へ留学してさらに学びたいと奥さんに告げたところ、奥さんは夫が何を学びたがっているのかよく知らなかったから、反対もしなかったらしい。結局、夫が日本に行ってから初めて、美術を学びに行ったと分かったそうだ」林玉山はよくわかるというようにほほえんだ。

「美術学科の学生はみな似たような経歴をたどるものですね」阿政も思わず笑みをこぼした。

「ただ、澄波さんは石川先生をとても尊敬してはいたものの、日本の植民地主義にはかなり反感を持っていた。われわれが東京にいた頃には、陳植棋と抗日的なサークルを組織しようとして、ほかの〝センパイ〟が止めに入って思いとどまらせたこともある」

「陳植棋？」阿政の耳に、またもや耳慣れない名前が飛び込んできた。「陳澄波とどういう関係の方ですか？」

「陳植棋と兄さんはとても親しかった。澄波兄さんが日本へ渡った時はもう三十近くになっていたが、植棋は二十歳。ふたりは十一も離れているにもかかわらず、学年でいえば澄波さんは植棋より一つ上なだけだった。でも、ふたりの境遇はずいぶん違っていたな。おばあさんと奥さんを嘉義に残して来た兄さんは、いつもお金に困っていた。一方、植棋は台北師範を放校になったとはいえ、運よく東京美術学校に受かった。ふたりの状況はまったく異なっていたが、興味や性格、ものの考え方の面では気が合ったようで、ちょくちょく一緒に出かけていたよ」

「陳植棋さんはどうして台北師範を放校になったのですか？」方燕はたずねた。

「あれは一九二四年十一月のことだった！」林玉山は感きわまったように、台湾美術界に彗星のように現れて消えた陳植棋を振り返った。

その年、台北師範学校では、修学旅行の行き先を巡って日本人学生と台湾人学生が対立するという事件があった。学校側が人数の少ない日本人学生の希望を優先したことで、不満をつのらせた台湾人学生らは全授業をボイコットするにいたった。台北郊外の汐止（しおどめ）〔現在の新北市汐止区〕の裕福な家の出だった陳植棋は、台湾人学生たちのリーダーとして運動を盛り上げたため退学処分を受け、学校から追放された。あと四か月で卒業証書がもらえるところだった。石川欽一郎はなんとか陳植棋を救おうと試みたが、実を結ばなかった。だが石川はその才能と前途を惜しみ、陳植棋に東京美術学校を受験するよう強く勧めたのである。

「阿棋（アギー）〔植棋の愛称〕はやっぱり天才だった。一度の受験ですんなりと東京美術学校に合格して、陳澄波の後輩になったんだからね」林玉山は目を細めて続けた。「裕福な家庭で育ったせいか、律儀で情に厚い昔気質なところがあってね。東京の住まいは日本に留学した台湾人学生のサロンみたいだったが、阿棋はなかでも意気盛んだった。当時の東京で起こっていたいろんな活動に率先して参加し、最先端のプロレタリア美術を吸収していった……」

◆　◆　◆

一九二八年、昭和三年の東京。

その日、陳澄波と陳植棋、林玉山の三人は連れ立って上野の東京府美術館に出かけた。ちょうど日本で初めて「前衛・プロレタリア美術」をテーマにした、第一回プロレタリア美術大展覧会が開かれていた。

美術館は多くの若者であふれている。陳澄波と陳植棋は示し合わせたわけでもないのに、ベレー帽にスーツというモダンファッションに身を包み、多くの観衆にもまれながら展示に目を輝かせた。一方でやや堅苦しい詰襟姿の林玉山は、専門が東洋画ということもあり、展覧会のテーマにそこまで興味を持てないでいる。同郷のふたりに付き添って、新しいものを見ておこうといった風である。

ヨーロッパで点火した社会主義思想の炎は、一九二〇年代には日本の青年たちへも燃え広がった。

陳澄波と陳植棋は展示に目をやりつつ、幾人かの大学生が永田一脩（いっしゅう）〔一九〇三～八八 画家、写真家〕という若い画家を囲んで熱い討論を繰り広げているのに耳をそばだてた。

「永田さん、あなたの描く労働者は、引き締まった体が真に迫っていますね」学生の一人が讃えた。

「うん、命のひたむきさのようなものをできるだけ表現したつもりです」

「つまりプロレタリア美術というのは、労働者階級の生活のありさまを表現するものですよね？」

「たしかに、大衆のための「リアリズム」を推し進める芸術と言えるんじゃないかな」

「それなら、プロレタリア美術と浮世絵は、現実の社会を描くものとして同列に語りえますか？」

「そうは言い切れない」永田は実直に答えた。「浮世絵の表現は民間風俗を描いたものだが、基本的には商業的、娯楽的なものだ。対してプロレタリア美術には思想がある。ドイツの哲学者マルクスのプロレタリアート理論に基づいて創作される。昨今の西洋では最も重要な思想の波だよ」

こうした対話から、ヨーロッパで生まれた新しい思想を日本がすぐに取り入れていること、関心が高いだけでなく、豊富な知識や能力を備えていることがうかがえた。世界への窓は台湾には未だ開かれておらず、台湾の学生たちが政治や経済、社会、芸術といった思想的な討論を交わすことは少なかった。永田一脩と大学生たちの会話は、プロレタリア美術への畏敬の念を陳澄波に抱かせた。気忙しく紙と鉛筆を取り出してメモを取る陳澄波を見て、そばにいた陳植棋は笑い出した。

「澄波さん、やめなよ。絵を見るときは見りゃあいい。メモまで取るだなんて、真面目にすぎるよ」

「阿棋（アギー）、おまえは若いし、家だって裕福だ。せいぜいゆっくり勉強するがいいさ。でも俺はもう三十すぎだぞ。台湾には俺が早く卒業して金を稼ぐのを待ってる妻と子供がいるし、ちょっとの時間でも惜しいんだよ」

「それはそうかも知れないけど、プロレタリア思想を学んで金儲けなんてできるかい？」陳植棋は左右を見やり、ささやいた。「ヨーロッパの政府はこの流行を心の底から歓迎しているわけじゃない。ロシアでボリシェヴィキが政権を取ってからはとくに、社会主義やプロレタリア運動にはかなり否定的だよ」

「でも日本政府は別にきびしく取り締まっているわけじゃないだろ。こんな展覧会が開かれるぐらいだし」

「のんきすぎるよ」陳植棋は語気を強めた。「日本政府はヨーロッパ相手に日本が文明国家だと示したいから大目に見てるだけだよ。社会主義や共産主義思想でさえも、日本は堂々と取り入れているのだとね。そんなのいつまでも続くもんか」

「そうですよ」と、林玉山も口をはさんだ。「澄波さん、台湾に帰りを待ってる人がいるんだから気をつけたほうがいいと思うよ。阿棋みたいに、せっかく台北師範に受かっても、もうすぐ卒業ってとこで騒ぎを起こして退学なんて事になれば元も子もないよ」

「退学がなんだよ。だから東京に来れたんじゃないか。どうせ教師なんかなりたくもない」

「じゃあ、何になりたいんだ？」陳澄波は聞いた。

「俺かい？」陳植棋はこらえきれずにくすくす笑った。「じつは廖添丁(りょうてんてい)（一八八三～一九〇九　日本統治時代の「義賊」）になりたいんだ。日本の警官をひどい目に遭わせてやるんだよ」

「バカ言うな！」陳澄波は叱った。

「はいはい、ちゃんと言うよ」陳植棋は改まった。「できれば、トルストイみたいな真心のある地主になって小作農たちを解放したい」

「それでこそだ」と言いながら陳澄波はうなずいた。

「じゃあ、澄波さんは？」林玉山は陳澄波に問いかけた。「卒業したら、台湾に帰って教師になりますか？　それともプロの画家に？」

「俺は……ああ！」陳澄波は考え考え答えた。「もし選べるなら、そりゃヨーロッパの画家みたいに絵を描くことに集中したい。でも、養わなくちゃならない家族がいるし、環境がそれを許さない。あ、でも、それはその時だな。今はただ頑張って向こうの知識を取り入れたいだけだ。政府の統制に触れるかもしれないが、それでも知りたい。貧乏な家の出の俺だからこそ、プロレタリア思想の価値がわかると思うんだよ」

「ちぇっ」陳植棋は面白くなさそうに言った。「俺みたいなお坊ちゃんにはプロレタリアートの気持ちなんかわかりっこないって言うんだろ？」

「わかる、わかるとも！」陳澄波は激しい調子で言った。「何年か前、おまえが学校相手に先頭に立って抗議したのも、退学すら辞さなかったのも、同級生のため、プロレタリア階級の大衆のためじゃないか」

「シッ！　静かに」林玉山は陳澄波の興奮を鎮めようとした。「ここは美術館ですよ」

陳澄波はすまなそうな表情をしたが、陳植棋は笑って言った。「うん。俺を産んでくれたのは両親だが、俺を理解しているのは澄波さんだけだ！」

陳澄波は陳植棋をにらんだが、釣られて一緒に笑い出してしまった。

◆
◆
◆

ふたりの「陳」の笑顔が脳裏によみがえり、林玉山も思わず笑った。窓から風が吹き込み、白い髪がさらさらと揺れた。

「あの日は、展覧会の帰り道でも、ふたりはまだ熱心にプロレタリア美術の話をしていたよ。永田一脩が東京美術学校の卒業生で、歳もそう変わらないと知って、ふたりはますます敬服した。講演を何度も聞きに行っていたな。数年前に関東大震災があり、その経験は多くの日本人の人生観を変えた。あの頃、プロレタリア芸術の理念を追い求めた若いインテリたちがどれだけいたか！　しかし昭和の時代に入って何年も経たないうちに、日本社会の雰囲気は一気に変わった」

「どう変わったんですか？」方燕はたずねた。

「軍の勢力が内閣に浸透し、政府は社会主義思想を持つ者の調査を始めた。左寄りとみなされたインテリは次々に逮捕された」林玉山の口調は重くなっていった。「内心に社会主義的な思想を持ってはいても、学校ではその話題をみな避けるようになった。政府におおっぴらに反抗すれば退学になるだけじゃなく、将来、公職に就くことも難しくなる。それにわれわれ台湾籍の学生は公然と抗日的な態度をとる勇気がなくて、むしろ「文化協会」の路線を選んだ。あの頃、林献堂（りんけんどう）〔一八八一～一九五六 実業家、政治家〕や蔣渭水（しょういすい）〔一八九〇～一九三一 医師、社会運動家〕が東京に来て請願運動〔台湾議会設置請願運動〕をすれば、われわれも声援を送るために駆けつけたものだよ」

「そうですね」阿政は同意した。「当時、林献堂と蔣渭水が文化と政治の啓蒙活動をしていたこと、学校の歴史の教科書では教えていませんが、僕もある程度は知っています」

林玉山は頭を搔いた。「私の知るかぎり、陳澄波はちょくちょく陳植棋に社会の不公平について愚痴をこぼしてはいたが、社会運動に力を注ぐ余裕はなかった。時間が限られているプレッシャーもあったし、落ちこぼれるのを心配してもいた。あのころの陳澄波は、昼間の授業に加えて、夜もデッサンに励み、休みの日も写生に出かけていたよ。一日だって休むことなくね」

◆◆◆

一九二七年、東京美術学校のキャンパス——。

東京美術学校は緑豊かな上野公園にあり、四季を通して学生たちがスケッチを重ねるのに絶好の場所である。春の風景にも秋の景色にも、それぞれに人を惹きつける魅力があった。図画師範科で学んだのちに研究科へと進んだ陳澄波は、学内でイーゼルを立て筆を持って写生に励んでいた。暮れるのが早い秋の陽光をどうにか留めようと、黄昏どきの色の変化を急いでキャンバスの上に写しとっている。

東京美術学校での西洋画の教育は、ヨーロッパで学んだ黒田清輝（せいき）〔一八六六～一九二四　洋画家〕西洋画科主任の影響が強く、パリのエコール・デ・ボザール式の古典的なスタイルで、繊細なタッチを重ねることを重視した。比較的粗いタッチの印象派と技法は異なるものの、戸外での写生を重んじる点は同じだった。

黒田清輝の指導する画風を、日本では「外光派」と呼んだ。学生たちは授業で「外光派」の技法を学ぶほか、美術雑誌に載っているヨーロッパの巨匠たちの作品に傾倒し、十九世紀末には主流だった印象派の画風もひそかに慕っていた。陳澄波もそのひとりで、油絵の技法を数年かけて模索したあと、外光派と印象派をミックスしたような独自の画風を卒業前に確立していった。

光の七色の変化に追い立てられる野外写生は、制限時間のある競走のようだ。すばやく絵筆をふるい、日没前にようやく絵を完成させた陳澄波の心は、ふつふつと沸き立った。

「この絵をどう思いますか?」作者は自分の絵を客観的に見ることができないと考える陳澄波は、道行く人々にいつも自分の作品の評価をたずねた。このとき声をかけたのは、剣道の用具を背負ってやってきたふたりの男子学生である。

「申し訳ありません。お二方に私の作品を見ていただきたいのですが」陳澄波は頭を下げた。だが、思いがけず相手はいかにも不愉快そうな素振りをみせた。

「なんだと!」体つきのたくましい学生が言った。「俺たちは美術学科ではないし、絵のことはわからん。他を当たってくれ」

「そうだ」もう一人の学生が続けた。「われわれは音楽学校で打楽器を学んでいるんだ。剣道も修めているが、西洋の油絵なんぞに興味はない」

「かまいません。美術の専門家でなくても、民衆の代表としてご意見をくだされればいいのです」陳澄波は食い下がった。

「俺らは美術館さえ行ったことないんだぞ、どう意見を言えっていうんだ?」相手は弱ったように言う。

「美術館に行った事がない？　ならばなおさらいい」陳澄波は言った。「この国の九十九パーセントの人々は美術館に行った事なぞないのです。この絵はあなた方のために描いたようなものだ。ぜひご意見を」

「面倒くさいやつだな」たくましい学生が言った。「俺たちは早く銭湯に行きたくて急いでるんだよ。遅くなると湯がぬるくなる」

「そうだ。我らには西洋美術なぞわからん」もう一人も言った。「プロレタリアートに過ぎないんだから」

「プロレタリアート⁉　それならなおいい」陳澄波はますます興奮した。「私が最も必要としているのは、プロレタリアートの意見なんです。ここは何が何でもあなたがたに批評してもらわなくては。お願いします！」

「腹の立つ野郎だ！　どけよ」

「頼みます！　ぜひとも批評を」

「バカ野郎！」たくましい体つきの学生は不意に木刀を抜くと「上段」の構えから即座に振り下ろした。陳澄波は「パアン！」という音を聞いたと思うや、その場に倒れ込み気を失ってしまった。

　翌日、陳澄波は頭に包帯を巻いて学校に現れた。いつもと変わらずアトリエで真面目に絵を描く陳澄波に、教授も同級生も怪我の理由をたずねたりはしなかった。ついこの前も帝室博物館の外で写生をしていて、絵に集中するあまり落ちてきた木の枝に気づかず、頭に包帯をしてきたばかりだった。陳澄波のそんな様子には、みな慣れっこになっていたのである。

学生たちは学期の課題を提出し、それぞれ作品を持って先生の講評を受けていた。自分の番が来て、陳澄波は『二重橋』（口絵ⅱ頁）というタイトルの一枚を田辺至〔一八八六～一九六八 洋画家〕教諭の前に置いた。口ひげをたくわえ、ヨーロッパ紳士のようななりの田辺至は、絵を見るなり眉をひそめて言った。

「陳君、この絵にはかなり問題があるよ」

「すみません」陳澄波はすぐに頭を下げた。「ご指導をお願いします」

「見なさい」田辺は絵を指さしながら説明した。「君の描いた雲はこんなにも明るいのに、川の水面がこうも暗いのは、光線を判断する能力が不足しておるんじゃないかね。もっと鉛筆を使って明暗を対比する訓練をしなさい」

「先生、しかし……」陳澄波は言いかけてやめた。

「しかし、なんだね？」田辺は顔を上げた。

「私が写生をしていたときは、空はとても明るかったのです」陳澄波は勇気を振り絞って説明した。「でも、二重橋の下の川は本当にこの絵のように暗かった。私は事実にもとづいて描いています」

「あり得んね」田辺は信じられないという表情で言った。

「そうだ、鈴木君もそこにいました。彼の作品を見てください」

「そうかね？」田辺はまだ半信半疑である。「なら鈴木君、作品を持ってきなさい」

同級生の鈴木が作品を持ってきたが、その川の色が空と同じように明るく描かれているのを見ると、田辺は怒って陳澄波を責めた。「鈴木君の水面の色は空と同じぐらい明るいじゃないか。やはり君の観察には問題がある。明暗の度合いを判断できないなら、一体どうやって印象派の画家になれるのかね?」

「しかし……」陳澄波がなおも納得できずにいると、鈴木が口を開いた。

「先生、すみません。実を言うと、あの日の空はとても明るかったのですが、生い茂った木々に光がさえぎられていたのか、たしかに水面は暗く見えました。その時も、空と川の水の明るさのバランスがおかしいとは思ったのです。本来ならば現実どおりに描くべきですが、光の明るさが一致していないと批評家に批判されるのが怖く、そうなると有閑階級の人びとの絵の評価にも影響が出るのではと心配になり、空と川の明度をわざと合わせました。先生が今ご覧になっているのは、作り物の明るさです」

「ああ、そういうことか!」田辺はパイプをくわえ、ゆっくりと煙を吐き出してから言った。「そういうことなら陳君の判断に問題はないし、私も誤解していた。ただ、鈴木君が思い至ったことについては、陳君も考えてみたほうがいい。時には、必ずしもその場の状況に完全に一致した絵を描かねばならないわけじゃない。考えてもみなさい。もし批評家に攻撃されれば、もしくは絵を鑑賞する有閑階級の関心を失えば、コレクターの購買意欲に大いに影響する。作品の価値を損ねるよ。適度な調整をおこなうのも、画家の知恵というものだよ」

「知恵?」陳澄波はショックを受けた。

「この絵は持って帰って修正し、次回もう一度提出しなさい」

「適当な調整をするのが、画家の知恵だって？」

その夜、陳澄波は畳の上で田辺至の言葉を思い返していた。『二重橋』は部屋の引き戸の脇に静かに置かれている。窓の外の星空を眺め、何度寝返りを打っても眠れず、陳澄波は起き上がって先日届いた妻からの手紙を取り出すと、もう一度読み始めた。

澄波へ
あなたが東京に行って四年になります。これまで、私はなるべくあなたの勉強のじゃまにならないよう気をつけてきました。できれば勉強に専念して、早く帰ってきてほしい。しかし、あなたは帰ってくる時期をずっと引き延ばしています。大学の図画師範科を卒業したのに、今度は西洋画の研究科で二年。こんなことでは、あなたを応援し続けることはできません。実はもう家にはお金がなく、これからは生活費を送ることはできませんので、自分で何かしら方法を考えてください。
いま、家計はすべて私の縫い物の内職でまかなっています。長男の重光(じゅうこう)もだんだん大きくなって、母乳だけでお腹を満たすわけにはいかないのです。家の支出は増えるばかりで、嫁入りの時に持って来た箪笥も食器棚も全部売り払いました。どうせ私には着飾る服も、余分な食べものもなく、高価な紅木の衣装箪笥も食器棚も必要ありませんから。でも、次は何を売ればいいのでしょうか。

おばあちゃん、紫薇（しび）、碧女（へきじょ）、重光は皆元気です。――妻・捷（しょう）より

狭い居酒屋で、台湾から来た六人の若者――陳澄波、陳植棋、林玉山、楊貴（ようき）〔一九〇六～八五 作家。筆名楊逵〕、游柏（ゆうはく）〔一八九七～一九七一 政治家。のちに游弥堅と改名〕の学生五人と、内地で結婚し仕事を探している東京美術学校の卒業生・王白淵（おうはくえん）〔一九〇二～六五 詩人〕は、焼酎を飲みながら台湾語でひそひそと語り合っている。窓ガラスの外では細雪が飄々と舞っている。

「妻からの手紙を読むたび、泣けてくる」酒の勢いか、陳澄波は喋りながら涙を浮かべた。「妻がつらい思いをしているのも、家族の生活が安定しないのも、俺の理想のせいだというのはわかっている。でも、ここまで諦めずにきたんだ。今さら諦めるわけにはいかない」

「兄貴、その通りだよ。諦めたらおしまいさ」陳植棋は杯を持ち上げた。

「妻にはもう金を送る必要はないと心をこめて返事を書いた」陳澄波は嗚咽しながら続けた。「東京の生活費は自分でなんとかする。でもこのところ、創作ははかどらず、先生にも描き直せと言われて、妻に顔向けできないという気持ちは増すばかりだよ。だいたい俺はなんで、どうしても絵を描かなきゃいけないんだろう。どうせ台湾には油絵を理解できる人は幾人もいないし、ましてやプロの油絵画家もいやしない。俺の勝手のせいで家族に苦労をかけて、とりわけ妻が実家でどんなに肩身の狭い思いをしているか……捷ひとりに我慢させて、本当に申し訳ない」

陳澄波は涙ながらに嘆きをぶちまけ、友人らは同情した。ただ、一番隅に座っていた王白淵だけはタバコをくわえてわざと軽く言った。「そうしてみると、俺は日本人の女房をもらって幸せだな」あ

くまでふざけた調子だ。「金がなけりゃ実家でメシを食ってこいと言えばいいし、謝罪の手紙を書く必要もないからな、はは」

陳澄波と同郷の林玉山は、王白淵の冗談を無視して真面目に言った。「捷姉さんの実家（アウタウツー）は由緒ある家柄で、ちゃんとした教師に娘をやったつもりが、まさか絵描きの嫁になるとは思いもしなかったでしょう。筆を握って描く仕事といって想像できるのは、嘉義の米街にあるふすま屋の絵師みたいに貧乏人の子弟が就く、給料も安い仕事です。捷姉さんが幸せになれないのに実家がいい顔をするわけがないし、俺たち気楽な独り身とはわけがちがう」

「ああ、好きなことのために、家族を犠牲にしてるのさ」陳澄波は深くため息を吐いたあと、焼酎をひと口であおった。

「澄波さん、あんまり自分を責めるなよ。澄波さんがやっていることは、とても意味があることだよ」ひよわそうな体つきの楊貴は、煙草に火を点けて言った。「僕らの世代は台湾人を救わなきゃいけないという重大な使命がある。美術や文学を通して台湾人の文化を立て直すんだ。僕らが日本に留学していることは、すごく意義のあることだよ。僕はいま小説を書いてるが、台湾じゅう探してもこの仕事で飯を食えてるやつはいない。僕らは開拓者であり先駆者なんだよ。民族の十字架を背負ったイエスの精神を見習わなくちゃ」

「そのとおりだ」王白淵はタバコを投げ捨てると、うれしそうに言った。「おれたち芸術家はな、人民の先頭を行くべきなんだ。われら台湾の人口は五百万あまりだが、その九十五パーセントは愚かで何もわかってない。今、アジアでどんな大きな事が起こっているかまったく知っちゃいないんだ」王白淵は体をかがめて背の低いテーブルに身を寄せながら、さらに続けた。「台湾人はアメリカのウィルソン大統領が民族自決宣言を出したことも、世界中で民族独立運動を進める偉大なリーダーたちがいることも知らない。見てみろ、ソ連のレーニン、トルコのケマル、インドのガンジー、中国の孫文、みんな歴史を創っている。台湾人だけが日本人の奴隷に甘んじてるんだ！」

「シッ！　声が大きいですよ」林玉山が注意した。

王白淵は左右を見まわし、隣のテーブルで幾人かの日本人男性が酒を飲んでいるのを認めたが、どうでもいいというように言った。「何が怖いってんだよ。台湾語を話しているんだ。あいつらにはわかりっこない」

「理解できないからこそ、日本語を話せと迫ってくるかもしれない」林玉山は心配した。

「ふん、日本語といえば腹が立ってさ」阿棋（アギー）が怒った。「俺の同級生たちは俺が九州なまりだって笑いやがる。まるでその土地生まれみたいだってさ。台湾の国民学校の教師はみんな九州人なんだから、俺らの日本語が九州なまりになるのは当然だろ！」

「だから、内地の人間は俺らをねいてぃぶ(native)って呼ぶのか！」

王白淵がそう返すと、みな思わず苦笑した。

それまで一人で黙々と飲んでいた游柏が口を開いた。「じつのところ、文は武に勝るよ。僕は君たちと違って経済学を学んでいるけど、一つの国が強大になるには文化芸術は最も重要なんだ。僕が見るに、内地は科学や文明の上でも急速に西洋に追いついているだけじゃなく、文化的にもさらに多くのものを西洋から取り入れてる。とくに音楽がそうだ。西洋の民謡に日本語の歌詞をのせれば、もうそれは日本の芸術というわけさ。例えば、スコットランド民謡の『オールド・ラング・サイン』に日本語の歌詞をのせれば、僕らが公学校を卒業したときに歌った『蛍の光』になる。文化の浸透力はそれぐらい強いんだ。君たち芸術家の重要さは、われわれ政治経済を学ぶものに引けを取らないよ」

陳澄波は、游柏に杯を向けて敬意を表した。

阿棋はふたりが乾杯をしているのを見てうれしく思った。游柏がこの美術学校の学生たちと交流を始めたきっかけは、阿棋だった。游柏と阿棋は実家が両家とも台北郊外の汐止や内湖（ないこ）一帯の地主ということもあって昔から交友があり、東京に来たあとも連絡を取り合っていた。

王白淵は声を抑えて話を継いだ。「前に学内で政治運動をやったら学校が警告してきたんだ。俺は、東京美術学校は恥さらしだと言ってやったよ。画家が政治に関われなければ、どうやって創作するんだ？　西洋の偉大な芸術家はみんな、誰もが革命の最前線に立ってるってのに！」

楊貴も我が意を得たりと調子をあわせる。「文学だって同じだ！　偉大な文学者たるもの象牙の塔に閉じこもっていてはならない！」

「阿貴（アグイ）」楊貴の向かい側に座っていた林玉山が口をはさんだ。「君は学校で運動をやって、一度逮捕されてる。退学になるのが怖くはないのか？」

「そりゃ仕方のないことさ。従順な市民でいつづけるってことは、永遠に奴隷として使われるってことだ。われわれ台湾人は闘士スパルタクスに学んで、勇敢にローマ帝国に立ち向かうべきだ」楊貴はしばし黙ると、おごそかな顔つきになって、さらに続けた。「今年卒業できてもできなくても、僕は台湾に帰らなくちゃならない。僕の戦場は苦しみにあえぐ故郷にこそある。華やかなこの大東京にはないんだ」

「政治運動家の戦場が苦しみにあえぐ故郷にあるとすれば」陳植棋は皆にたずねた。「俺たち画家の戦場はどこにあるんだ？」

「画家の戦場は画布(キャンバス)の上だよ」陳澄波が答えた。「どこにいようとも、われわれの戦場はいつも画布の上にある。台湾画家がもし台湾人の気魄(きはく)を日本人に見せようっていうなら、新高山(にいたかやま)〔現在の玉山〕に登って写生しなくちゃ。四千メートル近くもの高さには奴らも圧倒されるぞ」

「画家の戦場が画布の上なら、文学者の戦場は原稿用紙の上だな！」楊貴もふるいたって、太ももを打った。「構想中の小説がひとつあるんだ。新聞配達夫の話なんだが、僕は紙とペンを通して、資本家が労働者を搾取していることを訴えたい。それこそがプロレタリア芸術の力なんだ！」

「そうだ、よく言った！」その場にいた全員が杯を挙げ、豪快に飲み干した。

「でも実は、われわれ台湾人にとっての戦場はもうひとつある」乾杯のあと、ハンカチで口を拭いながら游柏が口を開いた。「考えてもみたまえ。台北と東京で学位を取ったり、必死に事業をやったり、政治運動をする以外に、われわれが力を発揮できるもう一つの広大な土地がある。それは、我ら漢民族の祖国だよ」

「漢民族の祖国？」

「そうだ」と游柏はうなずいた。「俺は今年卒業したら、内地で仕事を探すでもなく、台湾に帰るでもなく、支那に行くつもりだ。チャンスはどこにだって転がってる。祖国には人材が不足しているし、活躍できる舞台は大きいぞ」

「柏ちゃん、君は支那がわれわれの祖国だってのかい?」阿棋はたずねた。

「シッ、わかるだろ」游柏はウインクで答えた。

游柏の言葉は、その場にいる全員の心をかき乱し、一同は急に黙り込んだ。しばらくして王白淵が沈黙を破った。「日本は支那より進んでいるよ」見識の広い王白淵は言った。「昨今の支那で一流といえる人材は、まず日本で学んでから国に戻り、リーダーの役割を担っている。つまり、日本に留学したわれらのような台湾人であれば、将来上海や北平〔北京の古い呼び名〕で職を探すのも確実に有利だってことだ」

「センパイは簡単に言い過ぎだよ。俺たちは台湾に親兄弟もいるし、なんたって俺らができるのは「あいうえお」だけ、ㄅㄆㄇㄈ(ボポモフォ)〔中国語の発音記号である注音符号のこと。先頭の四文字をとって「ボポモフォ」と呼ぶ。中国で発案されたが、現在は主に台湾で使われている〕だってできないんだぜ」阿棋は言った。

「僕は斉白石(せいはくせき)〔一八六四～一九五七 近代水墨画の大家〕の絵が見たいんですよ」林玉山が自分の考えを述べた。「もしチャンスがあれば北平に行って真筆が見たいですね」

「そうだな」陳澄波も思うところがあるようだった。「小さいころ、祖国の風景は錦の刺繡のように美しいと父親が話してくれたな。祖国に行って写生ができたら夢のようだろうな」

「はは、俺はもう画家になるのはやめだ」王白淵はさっぱりしたように言った。「作家になるんだ。あのインドの文学者タゴールみたいに、偉大な文学や思想を生み出すんだ」

「センパイ、前はミレーになって、台湾の農民の苦しみと心の声を描きたいって言ってましたよ。今度はタゴールですか?」陳植棋がからかった。

「いや、それは……」王白淵が窮すると、「阿棋、先輩に対してそんな言い方は失礼だぞ。罰として飲め！」と、游柏が取りなした。

陳植棋は笑いにつつまれながら杯を挙げ、皆にも游柏の祖国行きと前途を祝して乾杯をうながした。

「カンパイ」一同はそういって、一斉に飲みほした。

それから林玉山が話題をまた現実の悩みに引き戻した。「澄波さん、生活費の目処はつきましたか？」

「俺が貸すよ！」陳植棋は威勢よく言った。

「ダメだ。自分の生活は自分でどうにかする」陳澄波は固辞した。たとえ貧しくても貸し借りはならぬというのが、おばあさんの言いつけだという。

「心配ないさ」楊貴が大声を出した。「僕と一緒に新聞配達をすればいい。ダイジョウブ！　飢え死にすることはないよ」

「生きのびるためなら新聞配達だって牛乳配達だって、便所掃除だって何でもやるよ、ただ……」

陳澄波は深いため息を吐いて言った。「妻や子どもには苦労をかけるなあ！」

宿舎の窓の向こうの夜空に浮かぶ上弦の月を眺め、ひとり畳の上に横たわって陳澄波は嘆いた。

「理解してくれるかどうかわからないが、自分の理想がなんなのか、捷にはきちんと話しておかなくちゃ」

体を起こしランプを点けた陳澄波は、筆をとって手紙を書き始めた。

捷へ
研究所を卒業するまであと二年、将来の仕事について確実なことはまだ言えませんが、夫としての責任は必ず果たすつもりです。絵を描く仕事が衣食に事欠かない保証はないにしても、もし油絵を仕事にできれば、こんなにうれしいことはありません。創作しているとき、わたしの心はとても愉快です。描くことが好きだからというほかに、絵を通じて皆を喜ばせたいとの気持ちもあります。小さいころ、ばあちゃんが言ってくれた言葉をまだ覚えていますが……

書いているうちに、陳澄波はいつのまにか寝入ってしまい、机の上のランプも油が尽きて消えた。『二重橋』はまだ引き戸のあたりに置かれたままで、描き直されることはなかった。

数日後、ふたたび絵の提出の時間になった。陳澄波は田辺至教諭に同じ『二重橋』の絵を見せた。田辺は絵を見るなり愕然とした。

「これは、前回の絵と完全に同じだ、そうだね？」

「そうです、先生」陳澄波はおずおずと答えた。

すると、いつもはヨーロッパ紳士然とした物腰の田辺が突然大声で怒鳴った。「なぜ描き直さないのだ⁉」

「なぜなら……」陳澄波は口ごもった。

「なぜなら、何だ⁉」田辺は力いっぱい机を叩いた。

「なぜなら、私の絵は一般の人たちに見てもらうためのものだからです」陳澄波はようやく一息に言った。「プロレタリアートの絵の見方は、生活にゆとりのある人びとや、裕福な収集家とは違います。大衆のなかには最近、二重橋に行った人もいるでしょう。もし彼らが自分の目で見た二重橋と、この絵に描かれた明暗の度合いが違う事に気づけば、きっと彼らは作者がウソを描いたと思うでしょう。大衆を騙すようなことを私はしたくありません。だから描き直すことはできません。申し訳ありません！」

そう言って陳澄波は、田辺に向かって日本式に九十度の角度でお辞儀をした。

田辺はしばらく呆然とした後、ゆっくりと言った。

「君の信念を尊重するよ。描き直さなくていい。合格だ」

田辺から絵を受け取った陳澄波の目には、大粒の涙が浮かんでいた。

◆◆◆

「その日本の先生も、随分道理のわかる人ですね」林玉山が語る過去の物語を聞いて、阿政は感慨深げに言った。

林玉山は目元をもむようにして言った。「当時の西洋の思想の影響か、一部の日本人教師や同級生にも話のわかる人はいた。この件からは澄波さんの性格がよくわかる。自分の信じる理念は決して曲げない人だった」

「そのあと日本人の教師たちは陳澄波に一目置くようになったのかしら？」方燕はたずねた。

「当時の日本の台湾人に対する差別意識はかなりのものだった。台湾人が対等に敬意を払われるには、真面目に頑張るだけではとても足りなかったんだ。澄波さんは努力に努力を重ねて、日本人に自分を認めさせようと必死だったよ」

「認めさせるって、どうやって？」

「日本政府は一九一九年に帝国美術院展覧会、いわゆる「帝展」を設立した。当時の日本美術界最高峰の、官設の絵画展だよ。入選作品は日本の美術界最高の栄誉が得られる。プロの画家でさえ入選は難しかったし、学生は言うまでもない。一九二〇年、彫刻家の黄土水が台湾の美術家として初めて帝展に入選した。六年後の一九二六年、陳澄波が『嘉義の街はづれ（一）』で入選した。台湾の画家が油絵部門で入選するのは初めてだった。翌年、陳澄波はまたも帝展入選の快挙を成し遂げた。それから日本人の同級生たちも、みな彼を尊敬の目で見るようになったよ」

「帝展に入選するって、そんなにも名誉なことだったんですね」と阿政はたずねた。

「昔の中国でいえば、科挙の試験に合格するようなものだよ」林玉山は笑って答えた。

「これで陳澄波も故郷に錦を飾れたのね！」

方燕がうれしそうに言うと、林玉山は頭を振った。「澄波さんは、研究科を卒業したときはもう三十五歳だった。台湾に戻って仕事を探したいと思っていたが、かえっていやな目にあった。帝展に二度も入選した画家なのに、日本政府は高等学校で教えるなんてもってのほかというわけだよ。志はあってもそれを実現できる場所がない。ちょうどその頃、上海新華芸術専科学校から声がかかって、澄波さんは上海に行くことになった」

「上海に行ったあとは順調だったのですか？」と阿政はたずねた。

「上海での日々は、澄波さんの芸術家人生のなかで一番うまく行っていた時期だと思うよ。西洋画科の主任になれただけでなく、当時の中国を代表する画家十二名に選ばれて、海外の展覧会にも出品した」

「すごいじゃないですか」方燕は声をあげた。

「陳澄波がそれほどすごい画家だったのなら」阿政はますますわからなくなった。「修復を僕に依頼してきたコレクターは、どうして作者を隠そうとしたんでしょうね」

林玉山は突如言葉を失った。

阿政と方燕の二人は真剣な面持ちで林玉山を見やった。「林先生、どうかしましたか？」

林玉山はそれに答えず、窓の外の木犀に目をやった。花の盛りはとっくに過ぎたというのに、ほのかに甘やかな薫りが室内に流れ込んでくる。木犀の薫りに記憶を刺激され、林玉山は嘉義の琳瑯山閣の文化サロンを思い起こしていた。あの頃も、夏と秋には多くの友人らが集って、花の薫りに浸りながら、詩をつくり写生をした。

「澄波さんの声がいちばん大きかったなあ」林玉山は心のなかでつぶやいた。「結局のところ、澄波さんは世間をいちばんよくわかっている人だった。当時の嘉義の文化の盛り上がりはよその街を超え台北に次ぐ勢いだったが、それも澄波さんの人をまとめる力のおかげだったろう……」

林玉山のまぶたの裏にかつての情景が次々と浮かんだ。陳澄波に最後に会ったのは一九四七年、旧正月の元旦のことだった。

「あの年、われわれは琳瑯山閣で年始の挨拶を交わした。あの頃は物価がひどく混乱していて、年越しのめでたい雰囲気はなかった。でも新しい年の始まりで、みんな未来に望みもあったし、苦しい中でもなんとか楽しみを見いだしていた。ひまわりのタネをかじりながら、玉山の景色がどれだけ雄壮かを、あなたはいかにも楽しそうに喋ってたね。台湾で最も高い山を描いたのだから、もう死んでも悔いはないと。琳瑯山閣の主人が、死ぬなんて不吉な事を言わずにもっと描けと激励した。それから十数日のあいだに台湾が暗闇に包まれるなんて、誰も予想していなかった。そしてあなたがあんなふうに逝ってしまうことも。澄波さん……」

林玉山の目に涙がにじんだ。

「林先生、どうされましたか?」方燕がそっとたずねた。

林玉山はわれに返ると、指で涙をぬぐった。それからちょっと考えたあと、阿政をまっすぐに見つめた。「いや、本当は言うまいと思っていた。しかし母校を同じくする者として、君には打ち明けよう」

林玉山は突然声をひそめ、ゆっくりと言った。「〝陳澄波〟という三文字は、台湾ではタブーなんだ。修復を依頼した人が名前を明かせなかったのもそのせいだ」

「タブー?」阿政にも方燕にも理由がわからない。「なぜタブーなんですか?」

居間は静まり返った。庭の向こうの路地から、物売りのスピーカー音だけが響いてくる。

「土窯鶏(トーヨーゲー)〔土窯で焼いた鶏の丸焼き〕～土窯鶏～! お買い求めの方はお早めに!」

しばらくして林玉山は立ち上がり、ゆっくり窓のそばへ歩いた。

「東京美術学校を卒業したはいいが、職探しはうまくいかなかった。そんなあれこれが澄波さんに祖国のアイデンティティについて考えさせたのかもしれない。だからあの人は……」林玉山はまたひとつ、大きなため息を吐いた。「ああ。おそらくは、それがその後の……」

「その後のなんですか?」阿政と方燕は声をそろえた。

「その後……」林玉山の声はどんどん力を失ってゆき、ふたりには聞き取れなくなった。

最後に林玉山は窓辺に立ったまま独りごちた。「陳植棋と陳澄波の二人は、本当に彗星のようだった。台湾の空のはてで一瞬輝いて、すぐに消えてしまった。……台湾美術史上、最大の損失だろう」

林玉山はゆっくりと身を翻し、ふたりを見送ろうと言った。

庭に面した大きな門のところで、阿政と方燕は、林教授に深くお辞儀をしながら、失望を隠せなかった。ふたりのしおれた様子を気の毒に思ったのか、林玉山は一度家に入り、電話番号を書いたメモを手に戻ってきた。

「もし陳澄波についてもっと知りたければ、ご家族に電話してみるといい」そう言うと、林玉山は静かに赤い木の門を閉じた。


「もしもし、こんにちは。私、台北の記者で方と申します。陳澄波さんのご家族でいらっしゃいますか?」方燕のフットワークの軽さは性格のせいもあるが、記者としての訓練の賜物でもある。その日の昼、方燕は会社に戻るやいなや、林玉山から教えてもらった番号に電話をかけた。

「はい、はい。すみません、実はこういうことなんです。私の友人の画家が、ある絵の修復を頼まれました。琳瑯山閣を描いた風景画で、陳澄波さんの作品の可能性があります。友人はもっと陳澄波さんの作風について知りたいと思っており、宜しければお宅をお訪ねしたいのですが……え、なんですか？　もしもし、もしもし？」

夕食の時間に、方燕は急いで阿政の家にやってきて、遠回しに断られたことを告げた。

「電話の向こうのご家族は、琳瑯山閣の名前を聞くなり黙り込んで、もう話したくないみたいだった。おかしいよねえ」

「さらにおかしいのはさ」お気に入りのタバコ「長寿」を吸いながら阿政は言った。「陳澄波はどうして台湾の美術界から消えてしまったんだ？　それも僕らの世代がまったく知らないほどに」

「っていうのは？」

「一九七九年の遺作展を逃したのは、僕らがアメリカに留学していたからだとしよう。だけど、林教授が話してくれたような、それほど重要な台湾の画家だったとしたら、まったく聞いたこともないなんてありえないよ」

「うん、そうだよね」方燕は考えこんだ。「〝陳澄波〟という三文字はどうしてタブーになったのか」

「まさか陳澄波には何か隠された物語でもあるのか？」阿政は好奇心に駆られた。

「そんなこと言われると、ますます知りたくなるじゃない」方燕も興奮して言った。「よくよく調べないと。もし感動の物語でも掘り当てられれば、最優秀ルポルタージュ賞も夢じゃないね」

新聞社に戻った方燕は、時間を見つけて資料室に入った。「一九七九年、一九七九年は民国六八年、と……」ぶつぶつ言いながら古い新聞をめくっていく。

古く黄ばんだ民国六八年の新聞の束が目に入った方燕は、すばやく目を通して、思わず声をあげた。

「あ！　そうか、この年はアメリカと断交した年だったんだ。高雄の橋頭事件〔台湾の戦後戒厳令下で行われた初めての政治デモ活動〕に、桃園県長許信良(きょしんりょう)の弾劾〔許信良は橋頭のデモに参加したことで弾劾され失職した〕、鄧小平(とうしょうへい)のアメリカ訪問、朴正熙(パクチョンヒ)暗殺、イラン人質事件、北京の春事件、年末には高雄の美麗島事件〔雑誌『美麗島』主催のデモ活動が警官と衝突し、主催者が投獄された言論弾圧事件〕……なんてたいへんな年だったんだろう！」

最後までめくると、年の終わりの文化欄の片隅に、陳澄波の遺作展に関する記事をみつけた。

「こんな時代の雰囲気の中で開かれた展覧会だったんだ」

それは数行の簡単な記事で、画家の死因については何も書かれていなかった。ただ、師範大学美術学科の主任教授である袁枢真(えんすうしん)〔一九一二～九九　浙江省出身の画家〕の名前があった。かつて陳澄波の教え子だったため、観覧に訪れたという。

2

阿政と方燕は相談して、袁枢真の線をたどることに決めた。連日の雨が止んだ冬のある午後、方燕と阿政は約束の時間に袁枢真の官舎を訪れた。文人風の優雅で品のあるリビングにはリアリズムの油絵に交じって前衛風の絵もいくらか見られ、クラシックやコンテンポラリーの別を問わない趣味のよさが感じられる。

袁教授は現代的な中国風のシャツに身を包んでふたりを出迎えた。見知らぬ若い訪問者とはいえ、方燕の新聞記者という肩書きは、こういう時に信頼される。

「とても上品なお住まいですね。広々として、本に囲まれて」

「まあ、ありがとう。さあ、コーヒーをどうぞ」ふたりの前にコーヒーを置きながら、袁教授は方燕にたずねた。「ご用件は、陳澄波についてだったわね？」

「そうです」方燕は急いで言った。「じつは幾日か前、こちらの王明政に修復を頼みたいと持ちこまれた油絵が、陳澄波の作品のようなのです。ただ明政は陳澄波のことを知りません。修復に取りかかる前にできるだけその生涯や画風について理解したいと思いまして。そこで、先生におうかがいしたいと」

袁教授はうなずき、熱いコーヒーを啜（すす）ってから口を開いた。「ちょっと意外だわね。陳先生の最初の展覧会が五年前にようやく開かれてから、この数年は美術界でも少しずつ話題にのぼるようになったわ。とはいえ、若いあなた方が興味を持つとは思いませんでした」

「縁だと思います」と、阿政は応じた。

「そう、縁ね。じゃあ遠回りはやめましょう」

袁教授はそう言うと本棚から一冊の画集を取り出した。「これ、陳澄波の遺作展の画集よ。一冊差し上げるわ」

急いで画集を開くと陳澄波（ちんとうは）の写真が目に飛び込んできて、ふたりは思わず声を上げた。「この人が、陳澄波……」このときふたりは初めてほかの作品も見た。阿政は袁枢真の存在も忘れてページを繰った。一方、方燕は記者の能力を発揮して袁教授に質問を続けた。

「先生がご記憶の陳澄波さんは……」

「私が話せるのは、私が知っていることだけ。陳先生が上海で教えていた頃のあれこれだけよ」袁枢真はコーヒーカップを片手に、ゆっくりと言った。

「民国一八（一九二九）年ごろだったかしら。私は上海の新華芸術専科学校で学んでいて、その時の西洋画学科の主任がちょうど、東京から上海へ赴任したばかりの陳先生だった。先生の教え方は熱心で本当に面白くてね。誰もが親しみを感じていたわ。北京語を話すのに苦労していたようで、少し日本語のアクセントもあったけれど、理解するには充分だった。最初の日、先生が教室に入ってきたときにね、先生、日本語で「おはよう」って大声で言ったのよ。それから北京語で「わたしは陳澄波です、みなさんと会えてうれしい」って。豪快で明るくて、距離が一気に縮まった感じがしたわ」

袁枢真は笑った。阿政と方燕も、陳澄波の挨拶を真似する袁の口調に思わず笑ってしまった。

「あの頃の先生は、耳のあたりまで髪を伸ばしていてね」袁枢真は続けた。「世間を騒がせるとまではいかなかったけど、モダンでにぎやかな上海にいてさえかなり目立ってたわね。しばらくして子供を三人連れた奥さんが台湾から来たときは、先生の長髪を見るなり仰天しちゃって。画家ってそんなに気ままで、人の目を気にしないものなの？——なんて文句を言ってたわ」

「陳澄波はどうして長髪に？」方燕は知りたがった。

「画家が髪を伸ばすのは、たぶんヨーロッパの芸術家の影響じゃないかしら？」

方燕が阿政を振りかえったので、阿政はやや恥ずかしそうに自分の短い髪に触れた。

袁枢真は続けた。「上海で教鞭をとっているあいだ、江南を旅してまわった陳先生は、有名な景勝地のほとんどを絵に描いたのじゃないかしら。必ず現地に赴いて写生するのがポリシーで、伝統的な中国絵画に特有の「門を閉ざして車をつくる」ような、つまり独りよがりな観念は捨てて、実物に向き合うことを教えてくれた。私たち生徒と先生は、近くは上海市街、遠くは杭州西湖と、いたるところで写生をしたわ」

◆　◆　◆

一九二九年の夏、杭州西湖の一角。

台湾中部の大甲で作られたイグサ編みの帽子をかぶった陳澄波は、首にタオルをかけ、イーゼルを立てて学生たちと共に写生に励んでいた。陳澄波にとっては教師として初めての屋外授業である。授業の目的は、学生に「写生」という言葉の持つ意義を認識させることにあった。当時の中国の学生は「写生」という言葉が一体どういう意味なのかも知らなかったのだ。

「「写字」〔字を書くこと〕も「写信」〔手紙を書くこと〕もわかりますが、「写生」は聞いたこともありません」中国の学生たちは、困惑した目で陳澄波を見た。

「よろしい。それでは今から「写生」という絵画に関する新しい概念について、皆さんにお話ししましょう」

陳澄波は額に流れてくる汗をぬぐいながら、噛みくだくように説明をはじめた。中国で「写生」という言葉が知られていないのは、それが日本語由来だからであること。日本人はこの言葉を昔、中国文化から取り入れて使い始めたこと。中国・宋以前の水墨画において、花や果物、草木や動物の実物を見ながら紙に写し取ることを「写生」と言い、人物の場合は「写真」と言ったこと。「写生」「写真」というこの二つの言葉は、水墨画の技法に象徴される「写心」や「写意」といった精神性を表す言葉とは対照的であること。

陳澄波は、学生たちが熱心に聞き入っているのを見て説明を続けた。中国絵画の道具は簡単に戸外へ持って出られない。だから昔の山水画はその場で描くことができず、景色を頭に記憶して書斎へと持ち帰り、それを絵に写し込むようになった。こうして次第に記憶に頼って描く人が増え、さらには文人画が興ったことで、形が正確であるかどうかは重視されなくなった。みなが思うままに描くようになると、正確すぎる絵はかえって面白みがないと見なされた。そのうち中国の水墨画では「写心」「写意」という絵画手法が確立され、「写生」「写真」は忘れ去られてしまった……。

陳澄波は言葉を切ると、水筒から水をひと口飲んだ。

「陳先生は、日本から来られたのですよね？　どうして中国の古い学問に詳しいのですか？」

「私は日本語の本を学んで育ったが、父親が台湾最後の秀才の世代でね。子どもの頃は古典や漢籍も読んだもんだよ」

陳澄波のくだけた説明に学生たちも緊張が解けて笑い出し、先生と学生の間にあった「異国」の隔たりは一気になくなった。

水を飲み終えた陳先生は、講義を再開した。西洋絵画は中国水墨画とは逆に「写生」を重視する。画家は対象に直接向き合って、造形の正確さに気を配るだけでなく、光と影の対比も写しとり、目の前の景色を誠実に描かねばならない。それこそが、美術における中国と西洋の違いである。

「写生」の意義を説明し終えると、陳澄波は眼前に広がる西湖を、それぞれ自分の目でとらえるよう学生たちに言った。それから、絵具の色彩をとおして直接この景観を描きだすこと。光と影の変化に注意し、時間の流れのなかにある西湖の風景をとらえること。

陳先生の指導を聞きながら、学生たちは写生に没頭した。陳澄波はかつて石川欽一郎もそうしたように、学生たちと共にイーゼルを立てて写生をした。

途中、たびたび振り返って、先生がどう描くのかを参考にしながら筆をすすめる学生もいた。陳澄波はそれに気づくと、「みなさん、絵を描く時は前だけを見なさい。よそ見はしない」と注意した。

学生たちも頭では分かっているのだが、初めて油絵具を使って描くことにびくびくしていた。もし失敗したら、高価な輸入品の絵具を無駄にしてしまう。だからこそ先生の筆を真似しようとしたのだが、まさか陳先生が真似を許さないとは思いもしなかった。先生曰く、絵画の技巧は教室の中でも鍛えられるが、一歩外に出れば、己の観察と感覚にのみ頼って描くべきである。

そうした陳澄波の要求に、かつて水墨画を学んだ経験のある男子学生は疑問を投げかけた。

「先生、以前水墨画を学んだ時は、一筆一筆先生の絵を模倣することから始めました。陳先生が、先生と同じように描くのはダメだと言うのはどうしてですか？　もし先生の絵を見て描いてはいけないのなら、西洋画の先生は何を教えるんですか？」

それを聞いた陳澄波は、自分がこれまで生きてきて経験したことが通じない、新しい国にいることを意識した。血縁の上ではルーツに違いないが、陳澄波が身につけた現代的な知識は、ここではほとんど浸透していない。陳澄波は、絵を教えるより先に現代的な概念について知ってもらおうと考え、まずはオリジナリティの大切さを説くことから始めた。

「みなさん、中国画は模写を重んじるとはいえ、最終的に個性を出すところまで到達しなければ、結局はうわべを真似るだけで終わってしまう。しかし西洋の美術はルネサンス以降、とにかく個性を追求することに初めから重きを置く。先人の痕跡を模倣する必要はまったくないし、とくに十九世紀の“Impressionism”(印象派)以降は、さらに個人的なスタイルへの探求が始まった。もし自分なりの画風を打ち立てたければ、自分なりの方法を貫いて描くことが大切なんだ」

「でも僕らにはまず、自分なりの方法というものがありません」

「必要なのは、絶え間ない試行錯誤だよ。その過程で出てきた個性こそが、独立した人格をつくる重要な鍵なんだ。それなしに偉大な芸術家になることはできないよ」陳澄波はきっぱりとした調子で言った。

男子学生は曖昧にうなずいた。

「先生、今おっしゃったImpressionismとは何ですか?」別の学生がたずねた。

「Impressionismとは……」

「知ってます、中国語では「印象派（インシャンパイ）」ですよね」とまた別の学生が答えた。

「印象派（インシャンパイ）? なんだ、君たちは印象派って呼ぶのかい」陳澄波はぶつぶつ言った。「印象か、それはモネの名作〈Impression, soleil levant〉（印象、日の出）から来たのかなあ?」

そう言って陳澄波は学生をまじまじと見やり、学生たちも陳澄波のほうを見た。思わずみんな噴き出してしまった。

それから、先生と学生は絵を描き続けた。何人かの学生たちはまだ振り返って先生の画法を見たがったが、そのうちに我慢を覚えた。最後、各々が提出した西湖の風景画は、それぞれに天と地ほどの違いがあり、みごとにバラバラだった。学生たちは互いの絵を見て笑ったが、陳澄波は絶えず皆を讃え、励ました。

◆ ◆ ◆

袁枢真は立ち上がって、レコードプレーヤーのそばに行き、パブロ・カザルスによるバッハの『無伴奏チェロ組曲』をかけた。低いチェロの音が、スピーカーからひびいてくる。

「実のところ、技法についてては特別なことを教えてもらったわけではないの」袁枢真は椅子に戻って続けた。「先生は、現場で得たインスピレーションを元に創作をするよう学生たちに求めた。デッサンの授業では技術の正確さにこだわったけれど、それを除けば、油絵を描くときの構図や造型、色彩構成、筆づかいには一切干渉しなかった。常に自分の目で物事を観て、感じたことやアイデアを絵に表わすようにさせたわ。テクニックありきの描き方ではない、完全に自由自在な創作よ。それでも私たち、やっぱり先生を観察してはテクニックを盗んでた。例えば先生は最初に筆を入れるときは平塗りから始めて、それから細かいブラシのタッチで色彩を決めていくの。何重にも色を重ねることでコントラストを作り、「揺らぎ」を画面にもたらす。この揺らぎは印象派の特色に近くて、光の動きによる立体感を生み出すものよ」

阿政はそばで何度もうなずいた。袁の言葉、いや陳澄波の言葉に心の底から共感したからだ。

袁枢真は陳澄波の理念について話し続けた。「先生は、モネの絵のスタイルは簡単にいえば揺らぎの感覚であり、それを極限まで追い求めたのがゴッホだった、と説明していたわ。私たち学生も先生の絵をたくさん見ていて、やはり共通するスタイルがあると思った」

「その通りです」阿政は言った。「その揺らぎが平面に動きを出し、キャンバスの上の景色を生き生きとさせる。光の動きを見る人に感じさせるんですよね」

袁枢真はコクリとうなずいた。「その揺らぎの効果は、日本の外光派の繊細な画風とも既に違っていたわ。陳先生は、日本の先生の制約を離れて、自分のスタイルを創りだした。だからこそ、授業で学生が先生の真似をすることを、ひたすら望まなかったの。でもそれは、長いあいだ儒教の教えに従ってきた中国の学生にとっては一種のカルチャーショックだったし、挑戦でもあった。それゆえに、得がたいものだったわね」

袁枢真は言葉を切り、何か思い当たることがあるという風に阿政が持つ画集を見つめた。それからしばらくして天井を見上げると、独り言のようにつぶやいた。「こうも言えるかな。あの頃の多くの美術教師のなかで、陳先生は、テクニックを教える上で最もよい先生ではなかった。だけど芸術に対する考え方を教えることにかけては一流だった。初めて絵を学ぶ私たちのような学生と、技術の奥深さについて語り合ったりはしなかった。学生がテクニックを磨くことばかりに熱中しないよう、心がけてくれたのね。細かいところに注意が行きすぎると、かえって画面が硬くなってしまうから。だからもし「陳澄波が教えてくれたことはなにか？」と聞かれたら、それは絵を描く態度であり、創作への情熱である、私はそう答えるわ」

「絵を描く態度と創作への情熱、ですか？」

「そうよ。先生が教えてくれたのは、一種の「芸術家としての在り方」ね」

袁枢真は窓の外を眺めた。まるで一九三〇年代の上海が目の前に戻ってきたようだった。

◆
◆
◆

一九三〇年、上海外灘(バンド)の波止場。

広場には冷たい風が吹きつけている。背の高い台座の上では、勝利の女神像が風を迎えるように翼を広げる。第一次世界大戦で亡くなった欧米の居留民を記念して建てられたものだ。

もう春分だというのに、未だ寒気が肌を刺す。

とある休日、陳澄波は学生を連れて写生に出かけた。みな分厚い綿の入った服を着てはいるが、筆とパレットを持つ無防備な両手は冷たい空気にさらされ、凍りついて痛いほどだ。学生たちは絵を描いては、手に暖かい息を吐きかけた。

港は人波であふれ、気忙しさに充ちている。ひっきりなしに船から貨物を下ろしては積む労働者たちの間を、荷を載せたトラックが絶え間なく行き来する。バンドを舞台に輸出品と輸入品の一大ショーが繰り広げられているようだ。

陳澄波は鉛筆で、この模様をスケッチしていた。波止場で忙しく働く労働者たちの姿をすばやくとらえていく。陳澄波のそばで学生らも鉛筆写生の練習をしている。懸命に手を走らせてはみるが、労働者たちの早い動きに追いつかず、ある学生は音をあげた。

「先生、どうしてもっと静かな動きの人物ではなく、港の労働者なんて描くのですか？　ずっと動いているのに、どうやって絵に描けというんです？」

他の学生も口々に賛同した。なかにはこう愚痴を言う者もいる。

「波止場なんて汚くて乱雑で、詩情も画趣も、ちっとも感じられない。絵の題材に取るにしては、少しも美しくないですよ」

陳澄波は手を止め、おごそかな顔つきで学生らを見た。「君たちをここに連れて来た理由はふたつある。ひとつは、上海バンドが中国と西洋をつなぐ一番重要な場所であり、時代を代表する景色だからだ。もうひとつは、波止場で働く人々は、君たちが早い筆の運びを学ぶのにとてもいい練習になる。どんな職業の人でも絵にする価値があることを知ってほしいんだ。前に話したドラクロワの『民衆を導く自由の女神』を覚えているかい？　ドラクロワが絵に取り入れたのは、フランスの労働者や農民などの庶民だった。フランス革命後の西洋の画家たちは、美術作品が、ただ貴族階級のためだけのものではないことを、身をもって知っていた。市井の小市民こそが本当の理解者だってね」

「先生」女子学生のひとりが自分の考えを述べた。「先生がおっしゃったこと、まるでいま頬に吹きつけてくる風みたい。刺すように痛いけれど、なんだか頭がすっきりしました」

「君の例えはとてもぴったりくるね」陳澄波はその大きな目で女子学生を見た。「たしかなことは、美術はただ目を悦ばせるだけであってはならない。人の心を刺激するものであるべきなんだ。ひとりの画家として、絵の可能性を狭めてはいけない。大衆に接する気概をもたなければ」

陳澄波の言葉を聞いた学生たちはうつむいて、ある者は考えこみ、ある者は再び集中して手を動かしはじめた。

どのくらい時が経ったろう。労働者たちが桟橋のあたりで口々に何か叫び、人がどんどん集まっている。

ただごとではない雰囲気に陳澄波と学生たちは筆を止め、様子を見に行った。するとそこに年寄りの労働者がひとり倒れていた。誰かが水をぶっかけて、氷のように冷たい水が老人の顔に当たり水しぶきをあげている。

陳澄波は慌てて大声をあげた。「やめろ、水をかけてはいかん！　気絶してる人間に水なんて意味がない。こんな寒空に危険だし、人の道に反する」それから急いでひざまずき老人の脈をとると、「脈は少し弱ってはいるが大丈夫だろう。腹をすかしているのかも」と言い、妻がつくった米漿(ミージャン)〔ライスミルク〕を手提げカバンから取り出した。そして老人の口にゆっくりと流し込んでから、自分の羊毛のコートを脱いで着せかけてやった。

そうこうするうちに、老人の目が薄く開いてきた。それを見た学生のひとりが叫んだ。「用務員の周おじさんじゃないか？」皆がじっくり目を凝らすと、やはり周老人である。

この現場の親方と名乗る男が出てきて言った。「このオヤジが学校で働いてるのはたしかだが、恐ろしいほど家に金がないんで、日曜日はここで働いてんだ。そうだ、息子もここで下働きしてるはずだが」

そこにやせっぽちの少年が駆け寄ってきて、涙声で言った。「とうちゃん、大丈夫かい？　おいらと一緒に家に帰ろう」

陳澄波は老人が学校の用務員と聞き、急いで言った。「早く、人力車を一台呼んでくれ」

やがてやってきた一台の人力車に、みなで周老人を運び込んだ。陳澄波は車代を払い、さらにポケットからいくらかの金を出して周老人の息子に渡した。「何か買ってきてお父ちゃんに食べさせておやり、わかったね？」

少年はコクッとうなずくと、人力車に乗って去った。

労働者たちは各自持ち場に戻り、陳澄波も急いで絵に戻るよう学生らに呼びかけた。どさくさに紛れてサボってはいけないよ、と。港は再び忙しさを取り戻し、陳澄波と学生らの鉛筆も、再びスケッチブックの上を舞い始めた。

◆　◆　◆

バッハの無伴奏チェロ組曲は、変わらず低い音色をひびかせている。

袁枢真はひと口コーヒーを啜った。「あの頃、教師の待遇はそれほどよいとは言えなかったわ。それでも先生はよく、学生が絵具を買うといえば力になってくれたし、貧しい人がいれば助けずにはいられなかった。一つ一つはささやかなことでも、私たちはこの目ではっきり見ていたわ。台湾から家族を呼び寄せてからは、四番目のお子さんも生まれてね。家ではお腹を空かせた子供が泣いているわけだから、経済的なプレッシャーはかなりのものだったはずよ。それでも、先生は困っている人を放っておけなかった」

「この方が奥様ですか?」方燕は画集を開き、陳澄波の作品を見つめる年のころ七、八十歳の老婦人の写真を見せた。

「そうよ。上海にいたときの奥様は、もっと若かったけれど。初めて先生の家に招かれた時のこと、今でも覚えてる。玄関で靴を脱ぐ習慣なんて、当時の中国になかったから驚いたわ。それが日本文化の影響っていうのは後で知ったの」袁枢真は笑って続けた。「私が覚えている先生の奥様は、真面目でめったに笑わない方だった。とっても礼儀正しくて、日本女性のような奥ゆかしさがあった。普段から口数が少ないのは、北京語が得意でなかったからかも。だから私たち、身ぶり手ぶりや、簡単な北京語か日本語でお喋りしたわ。陳先生は西洋画を学んでたけど、子供には伝統文化を身につけさせるのに熱心でね。だから陳家の子供たちはみんな書道がとても上手で、全国書道展覧会に入選したこともあったわ」

方燕と阿政は驚いて目を見交わした。

「『私の家庭』という五十号ぐらいの絵があるの。家にうかがうといつもアトリエのイーゼルに置いてあるこの絵に、先生はちょくちょく手を入れてたわ。それまでの努力がついに報われて、家族そろって平和な生活が送れるようになったことを記念するつもりで描いたのかも」

阿政は画集をめくってその絵のページを開いた。方燕はとりわけ、絵の中の三人の子供たちに見入った。

「いちばん印象に残っているのは、子供たちがお父さんのアトリエに入ろうとして大騒ぎになった時のことよ……」袁枢真は頭を高くあげると、当時の記憶にふたたび分け入っていった。

◆◆◆

一九三〇年、上海黄浦区（こうほ）にある陳澄波の住まい。

この日、紫薇(しび)、碧女(へきじょ)、重光(じゅうこう)の三人が書道の先生の家から自宅へ戻ると、玄関にたくさんの靴が脱いであった。父親がまた友人たちを家に連れて来たらしい。子供たちは興奮し、喜び勇んで家に駆け込み父親を探した。

リビングに父親の姿は見えない。アトリエにいるのかと駆けていったが、ドアに鍵がかかっている。いつもは開放されているアトリエが、どうして今日にかぎって？　お父さんはきっと中にいるに違いない。子供たちは次々にドアを叩いて叫んだ。「お父さん、お父さん、開けてよ！」妻の張捷(ちょうしょう)が急いで止めにやってきたが、子供たちは聞こうともせずドアの前で泣きじゃくった。

アトリエの中では、一糸まとわぬ女性がポーズを取って微動だにせず座り、ぐるりと囲んだ学生たちが全神経を集中して木炭デッサンに励んでいる最中だった。ドアの向こうに子供たちの泣き声を聞いた学生たちはソワソワしはじめ、滑らかな肌を見せているモデルも、次第に身をこわばらせた。モデルの女性は身を隠すべきかためらっているようだったが、かたわらで学生を指導していた陳澄波が「大丈夫、大丈夫、みんな続けてくれ」と、声をかけた。

陳澄波が学生とモデルを自宅に連れてきたのには、理由があった。公序良俗に反して猥褻な裸の絵を描かせるのが西洋式の教育かと、学校に抗議が寄せられたのである。上海教育局はモデルに服を着せるよう要求し、もし局部の露出が認められた場合は学校を閉鎖すると通達した。

モデルは服を着ることになったが、その皮膚の光沢やライン、肉感は裸婦とは比べるべくもない。しかも陳澄波にとって肉体とは純潔なものだった。画家は、裸婦を描くのは悪いことであるなどという主張を受け入れるべきではない。さらに言えば、薄い布で隠すほうが、よほど猥褻に思える。教育局の命令をよそに、陳澄波は人体デッサンの授業の場を自宅に移すことにした。

子供たちが外で騒げば学生たちは落ち着かず、集中して絵を描けない。陳澄波はそう考え、子供たちを中に入れようと決めた。だがドアを開けると、なんと子供たちはみなテーブルの脚にロープで縛り付けられていたのである。

陳澄波が驚いて何が起きたのかをたずねると、張捷は何でもないというように言った。「白梅（はくばい）におっぱいをやらないといけないし、あなたたちの昼食の用意だってあります。あの子たちが泣いて騒いでるままじゃ、どうにもならないわ」

陳澄波は言葉に詰まったが、ようやく「子供たちは入れてもかまわない。別に悪いことをしているわけではないのだから」とだけ口に出した。

授業を終えて、学生とモデルの小玉（しょうぎょく）は陳の家でお昼を共にした。

小玉は、なかなか一緒のテーブルに着こうとはしなかった。「田舎から出て来て、今年で十五歳です。年明けから紡績工場に働きに出ましたが、いくらもしないうちにストが起こって皆クビです。仕事がなくちゃ三度のご飯だって食べられない。仕方ないから、いわゆる「人体芸術」の仕事を始めたんです」という。

陳澄波はそれでも、一緒の席に着くよう誘った。「小玉さん、我が家では誰もが平等です。大旦那もいなければ下僕もいない。身分の上下も何もない。私は学生にそう接しているし、あなたに対してもそうします。だから気にせず一緒に食べましょう」

そう言って陳は料理を一人ずつに取り分けた。女子学生は小玉に「もっと食べて」と勧めてはしゃぎ、男子学生は小玉をからかって笑わせようとした。

思いがけず、小玉は食べながら涙をこぼした。陳澄波がどうしたのかとたずねると、小玉は答えた。

「今日みなさんが描かれた私の裸、もしも他の人に見られたら、私は一生お嫁にいけない」

学生たちが愕然としていると、陳澄波は突如大笑いして言った。「小玉さん、心配には及ばないよ。画家が絵を描くときに見ているのは体の線や光であって、顔が似ているかどうかじゃない。誰もあなただとわからないよ。だいたい昨今の上海は混乱が続いていて、ちゃんとした食事にありつくのもそう簡単じゃあない。結婚して子どもを産むのも、楽しく働いて生きていくのもたいへんだぞ。さあさあ、悩むのはもうやめだ。うちの妻が作った台湾料理、うまいぞ」

陳澄波が言い終えると、楽しげだった雰囲気が、ふいに凍りついていた。おかずを取り足すものはなく、みな黙々と食事をかき込む。誰もが、心にのしかかったものを言葉にできないでいる。リビングから紫薇と碧女が童話を読み上げる声だけが響いてきた。

食事が終わると陳澄波は報酬を、張捷は台湾のちまきをいくつか、小玉に持たせた。ひっきりなしに礼を口にしながら、もし次も「人体芸術」の仕事があれば声をかけてくださいと言って、小玉は帰って行った。

◆　◆　◆

「このとき私たち初めて知ったの、モデルの費用がすべて先生の自腹だったってこと。デッサンの基礎を私たちに身につけさせるためにね」袁枢真は喉の奥が乾いたように咳払いした。目には涙がたまっている。方燕と阿政はなにも言えず、カップの中のコーヒーが冷めるに任せた。

それから、方燕が沈黙を破った。「上海での陳澄波は絵を教えるのと描く以外にどんなことを？」

「あの頃の上海には、中国の芸術家でも最もエリートの人たちが集まっていたわ」袁は答えた。「潘玉良（はんぎょくりょう）〔一八九五～一九七七 パリで活躍した女性画家〕、張大千（ちょうだいせん）〔一八九九～一九八三 書画家〕、劉海粟（りゅうかいぞく）〔一八九六～一九九四 画家、美術教育家〕とかね。陳先生はしょっちゅう、そういった画家たちと交流していた。一度、私たちもお手伝いで梅園酒家での集いに行ったけど、そのときのこと、まだ覚えてるわ。先生が配っていた名刺には「福建漳州（ふっけんしょうしゅう） 陳澄波」と印刷されていてね。だからみんな、先生のことを福建人と思っていた。先生が台湾人だなんて誰も知らなかったでしょうね」

「どうして福建漳州だなんて？」阿政は好奇心が湧いた。

「本当の理由は私にもわからないけど、ルーツを忘れないという意味かしらね」

◆ ◆ ◆

一九三〇年、上海、梅園酒家。

「最近、先生の大作が展示されていましたね。観にいきましたが、まったくの眼福でした」

「いやいや、わしは土山湾画館（アラー）〔十九世紀に宣教師によって建てられた土山湾孤児院に附設された美術工芸所で、近代中国で最初の西洋画教育を行った〕の出身でね。洋行の経験もなく、お恥ずかしいことで」

「ご謙遜を。任伯年（じんはくねん）〔一八四〇年～九五　清朝末期の画家〕先生の門下でいらっしゃるだけに、伝統の水墨画も西洋水彩も能（よ）くなさり、東西の文化に通じておいでですな」

「隘路（あいろ）に活路を見出すようなものですよ。もはや上海の西洋画の水準はたいへんなものですから……」

今日は画家の交流会である。会が始まると、ロビーは画家たちのお喋りでにぎやかになった。話題の中心はもちろん美術のことだ。

陳澄波は傅巳梅（ふいばい）という水墨画家と名刺を交換した。傅は陳澄波の名刺を眺めやって言った。

「福建漳州の陳澄波？」

「そうです、私の祖先は福建の出身です」陳澄波は控えめに答えた。

「陳澄波？　陳澄波……」繰り返しそう言うと、傅は以前その名前を新聞で見たことをようやく思い出した。「ああ、あなたが陳澄波さん。御高名は聞きおよんでおります。東京美術学校を卒業し、日本の帝展に入選されたという。日本人かと思いましたが、まさかわれわれと同じ中国人とは」

「どうぞ宜しくお願いします」陳澄波は深々とお辞儀をした。

「李叔同（りしゅくどう）〔一八八〇～一九四二　詩人・禅僧。東京美術学校・東京音楽学校で学んだ。弘一の号で知られる〕が東京に行って以来、日本で美術を学ぶ中国人は増えるばかりですな。今後はどうか我らが上海も盛り上げてください」そう言って傅も、両こぶしを目の高さで組んでお辞儀をした。

「恐れ入ります。上海に来てこの大きな時代のうねりに立ち会えることと自体、たいへん光栄なことです」陳澄波は謙虚に答えた。

「それもそうだ。どうぞ時代の証人になってくださいよ」傅は高らかに笑ったが、不意に口調を変え、陳澄波に不満を述べ始めた。

「しかし、私にはよくわからん。どうして中国人でありながら日本で絵を学ぶ？　戦艦や大砲で劣るというならわかる。しかし、詩や書画までどうして、あんな小日本などに学ばなきゃいかんのかね。この一千年以上にわたって、ひたすら我ら中国の文化を輸入してきたのが日本だ。茶道に書道、香道、将棋、華道に園芸、建築、織物、楽器、仏教、禅宗……中国の影響がないものがあるかね。とりわけ美術など、完全に中国の足元にも及ばん。信じられぬなら王羲之（おうぎし）の『喪乱帖（そうらんじょう）』を見るがいい。皇宮に収蔵される日本の国宝だよ。逆に日本の絵には、中国で国宝になるようなものがどこにある？　ひとつもない！　だのになぜ、日本に絵を学びにいくというのだね？」

陳澄波はこうした意見にはとっくに慣れっこになっていた。そこでにっこり笑うと、落ち着いた物腰で、この複雑な問題について討論をはじめた。

「もちろん水墨画では、日本は中国に太刀打ちできますまい。しかし、明治維新で膨大な西洋の科学技術を輸入したのと同じように、日本は文化芸術もまた、ヨーロッパより多くの技術や精神を学び取り入れました。絵画は、日本の西洋経験を代表する文化のひとつなのです」

陳澄波は話を続けようとしたが、傅に割って入られた。傅は頭（かぶり）を振って言った。

「ヨーロッパの美術というなら、十八世紀には早くもイタリア人画家の郎世寧（ろうせいねい）〔清朝の宮廷画家として活躍したカスティリオーネの中国語名〕が我が中国北京の宮廷で絵を描いているぞ。日本より百年も早くヨーロッパ美術に触れた中国の、どこが日本に劣るというのかね？」

「いや、傅さんは日本が西洋美術を取り入れた過程をあまりご存じないようです」陳澄波は傅をうながして、静かな一角へ場所を移した。明朝様式の楡(にれ)の木の椅子に腰を落ち着けたところで、陳澄波はふたたび口を開いた。

「つまりルネサンス以降の西洋美術は、バロック、ロココ、古典主義、ロマン主義、リアリズムと多種多様な流派やスタイルを経てきました。十九世紀の中・後期にはついに印象派が誕生し、ヨーロッパ美術を席捲します。まさにその頃、日本で興ったのが明治維新です。あらゆるジャンルにおいて西洋に学び、西洋の技術を吸収した日本では、美術界においても西洋の油絵を取り入れました。しかし、日本が当時学んだ油絵の技法とは、もはやルネサンスのものではありません。十九世紀中期の最新の画風を、直接取り入れたのです。そうした意味で、今の日本の美術界は思想の上でも技術でも、どちらにおいてもヨーロッパに引けを取りませんよ」

傅は無表情だったが、陳澄波の熱のこもった話は続いた。

「中国がいま現代化を進める上で使われている名詞はどれも、日本から学んだものです。たとえば政府、経済、財政、交通、警察、消防。あるいは学校、算数、国語、自然、社会なども皆、日本でできた言葉です。先ほどあなたがおっしゃった「美術」という言葉ですらそうです。だから、中国の学生が日本で美術を学ぶのはまったく恥ずかしいことではないし、むしろ至極まっとうな道ですよ」

傅は膝を細かく揺り動かし、顔を掻いて、どうしようもないといった表情を浮かべた。そしていきなりこうたずねた。「その様子では、あなたの日本への印象はなかなかよさそうじゃないか?」

陳澄波は一瞬驚いて、口ごもるように言った。「日本はたしかに現代化という点で、アジア各国の先端を行っています。われわれの祖国は現状に満足していてはならず、追いつくよう努力すべきでしょう」

傅は陳澄波の話をさえぎり、話題を変えた。「ところで、福建人には林の姓が多い。有名どころでは林紓〔一八五二～一九二四 翻訳家〕、林覚民〔一八八七～一九一一 革命家〕、林語堂〔一八九五～一九七六 作家〕、林徽因〔一九〇四～五五 建築家、作家〕……」

「たしかに」話の腰を折られたことは気にも留めず、むしろほっとしたように陳澄波の口調はのびやかになった。「故郷には、「陳林満天下（天下は陳と林でいっぱいだ）」という言葉がありましてね。小さいころ父親から聞いた話では、昔、陳元光という将軍がいました。軍を率いて瘴癘〔伝染病や熱病のこと〕の地と呼ばれた福建を切り開き、のちに漳州・泉州あたりの人から「開漳聖王」と崇められた。それで漳州・泉州には陳という姓が特別多いんだそうですよ」

「なるほど、君は将軍の子孫か」傅已梅は驚いた表情を見せた。

「いやいや、恐れ入ります」と、陳澄波は頭を振って笑った。

「それなら、私の先祖は誰か知っているかね？」傅は長い中国服のすそを引っ張りながら笑った。

「我ら傅氏の祖先は、満洲八旗の一つ、鑲黄旗の富察氏だ。皇家の子孫といったところだが、我ら二人とも画家なぞに堕落するとは不幸なことだな、ははは！」

ふたりはこらえきれず、笑い声をあげた。

◆◆◆

かつての旺盛な芸術論議を聞いた阿政は、おおいに興味をそそられた。「陳澄波と上海の画家たちの熱心な交友からは、どんな影響が生まれたのでしょうか」

「当時の上海画壇はすごく複雑でね。保守派もあれば革新派もあり、日本留学組もいればフランス留学組もいて、それぞれの立場で争いが絶えなかったわ。そこで日本留学派の陳先生は、「決瀾社（けつらんしゃ）〔一九三二～三五〕」っていう会をフランス留学組の友人らと結成したの。美術界の力を団結させ、中国美術に尽くそうって。でも残念なことに……」袁枢真はため息を吐いた。

「残念とは？」方燕が疑問を投げかけた。

袁教授は数秒ほどしてから、ゆっくりと口を開いた。「残念なことに、それから上海で起こった一・二八事変〔第一次上海事変。一九三二年一月二十八日から三月三日にかけて上海共同租界周辺で起きた日中両軍の衝突〕で、そうした交流も断たれてしまった。決瀾社の活動もほとんど止まってしまって……それが中国の近代美術に与えた影響は、計り知れないわね」それから急に、袁枢真は声をひそめた。「あるいはそれがなければ、徐悲鴻（じょひこう）〔一八九五～一九五三　画家、美術教育家〕が主導したリアリズムが、赤い党と結びつく機会はなかったかもしれない。それが中国画壇を制覇してしまうことも」

阿政と方燕は目を見合わせた。

「先生がおっしゃっているのは、つまり……」阿政は訊いた。

「中国の美術界で印象派の画風がどんどん支持を得るにつれ、アカデミズムの写実主義の立場をあくまで譲らなかった徐悲鴻は、批判を始めたの。中国画家の印象派への傾倒はある種の盲目的な追随でしかない、現実の苦労を知らず浮世離れした印象派は、道徳的な罪人も同然だって」

「どうしてですか?」方燕にはわからなかった。

「当時の時代性、政治、社会、文化。何もかもが関係していたわね。西洋人が集まる上海は、取り入れる文化もヨーロッパのブルジョワジーの娯楽だった。二十世紀になって欧米の美術市場で主流になった印象派とは、ある意味、特権階級の持つ優雅さの象徴ともいえた。それは、写実主義の芸術家たちの目には、道徳的な堕落と映った。そして労働者階級にシンパシーを感じる左翼の画家も、印象派の批判をはじめた……」

◆　◆　◆

一九三一年、復旦(ふくたん)大学の講堂。

この日、上海のいくつかの美術学校が集まって、教師と学生合同の秋期展を開催した。陳澄波と学生らは人体デッサンを展示している。会場で陳澄波は一枚の絵を指しながら、学生らに人体デッサンが西洋画への重要な橋渡しであることを強調した。造型の正確さは印象派にとってそこまで重要でなくとも、人体の輪郭、比率や陰影のコントラストを意識することは基礎的な力となる。それがなければ、直接キャンバスの上に色を乗せることなどできない。

陳澄波はロートレックを例に挙げた。人体デッサンに精通していればこそ、すばやいタッチで人の体の真に迫った形状や、心のうちにある思いをとらえられるのだと。

陳澄波が話し終えたところに、若者が一人やってきた。若者は傲慢な様子であたりをにらみつけ、鼻で嗤うように言った。「裸の女が芸術なもんか。女の裸を描くようなやつらは道徳に反する罪人だ」そして傍若無人な態度で続けた。「俺は江豊〔一九一〇～八二 版画家〕ってんだ。今日はおまえらと「お付き合い」してやろうと思ってな」

年のころは二十歳前後、かなり強い上海なまりである。陳澄波は見覚えがないので、何が目的なのかを考えあぐねていると、江豊はさらに乱暴な言い方で続けた。「俺は上海っ子で生まれたのは労働者の家だ。親父もお袋も製綿工場で働いて、給料の支払いがたびたび遅れちゃあ一家でピーピーしてたよ。子供んときから絵が好きだったが、ちゃんとした美術の学校に通うなんざとんでもねえ。だから早いとこ工場で働いて、安い金もらってしのいでるってワケだ」

江豊はそれから、近年は労働組合の組合員らと知り合って組合活動に積極的に参加していること、何度もストライキをして、雇い主の頭痛の種になっていることを滔々と語った。「運動をしながら自分で絵を描いてたら、たまたま魯迅先生の木版画教室に行くチャンスが降ってきた。こんとき俺は、人民の苦しみを描くんだ、もう二度と雪だ花だってな風流なもんは描かねえと決めたんだよ」上海左翼美術サークルの一員となった江豊は木版画展に参加し、合同で出した画集には魯迅が序文を寄せたという。右手を振り回しながら話すそのさまは、まるで戦績を数えあげてでもいるかのようだった。

陳澄波は目の前の若者が、年は若くともいっぱしの革命青年であることに驚いた。

「それで今日は、何かご助言がおありですか？」陳澄波は丁寧にたずねた。

「俺は助言に来たんじゃない、批判に来たんだ！」江豊は威張って言った。

「批判！　どういった批判ですか？」

「裸の絵のことだよ！　裸の絵ってのはつまり肉体への欲望だ。労働者たる大衆の苦しみを忘れ、人民のための芸術からまったくかけ離れたものだ。これは魂の堕落だよ！」

「お若い方、何か誤解があるようです。裸体というのは、アダムとイブの頃から人類の純真さの源ですよ。それに裸体を描くことは、線をとらえる練習になる。線とは画家にとって何より大切なものだ。よく描けた線だけが、よい絵を生む。そうではないですか、江さん？」陳澄波は誠実に答えた。

「ちがう」江豊は口調に怒りをこめる。「まったくなってない！　今の美術学校の教育は、気楽で愉しい題材に走り過ぎだ。教師が率先して学生の目を大衆の苦労から背けさせている。陳先生、考えてもみなよ。ルノワールの『ピアノを弾く二人の少女』を真似したみたいな、人間の苦しみを無視した絵に価値なぞあるかい？」

「では」陳澄波は、左翼画家の切り込み隊長とでもいった風に振る舞うこの若者に、礼儀正しく答えた。「学校の美術教育は、一体どんな美術の見方を学生に教えるべきだと思いますか？」

「中国の美術は人民とともに立つべきである」江豊は威勢よく答えた。「学校美術ってのは、徐悲鴻のような人に倣うべきなんだ。創作で中国人民の生活や革命の現実に応えるような進歩的な観点に立ってこそ、新しい中国の社会主義美術教育の基礎を築けるんだ！」

江豊はまるで糾弾するような身振りで訴え、最後に陳澄波の鼻先を指差して罵った。「あんたみたいなブルジョワの芸術観を持った形式主義者は、人民にとって唾棄すべき対象だ。偉大なプロレタリア芸術の歴史における罪人だ。わかってんのかこの野郎（シャオスーラオ）が！」

興奮が頂点に達し、江豊はついに卒倒した。みな驚いたが、あわててニトログリセリンを探してきて飲ませると、ゆっくりと意識を取り戻した。
陳澄波はそばに立って呆然とつぶやいた。「俺がプロレタリア芸術の歴史の罪人だって？」

◆◆◆

「あなた方には想像もつかないでしょうね。徐悲鴻の芸術観を讃える江豊の演説を、当時展覧会場にいた教師と学生たち全員がただ黙って聞いてたなんて」袁枢真は精巧なカップを手に取ってコーヒーをじっくり味わうように鑑賞していたが、その言葉には深い感慨がこもっていた。「要するに、芸術と政治の歴史が複雑に絡み合った時代だったってこと。画家がただ絵を描き、誰かとただ交友を結ぶことが難しい時代ね」

バッハの無伴奏チェロ組曲は第四番のサラバンドまできた。ゆったりした旋律はおごそかで、重厚さを帯びている。

「先生がいまお話しになったような歴史については、学校でも教えていないし、僕らもまったく知りませんでした」阿政は混乱したようにため息を吐いた。

「もちろん」袁枢真は身をかがめて小声で言った。「学校では教えないでしょうね。この話題はタブーだから」

「またタブーですか？」方燕は大きな目を見開いた。

「左派と右派との間には、とても政治的で複雑な問題が横たわってきた。簡単に説明できるような話ではないわ」袁枢真は二人にウインクした。「密室談義ね。台湾社会はおおやけの場所でこういった話はしないの。それがタブーってこと」

「もちろん、台湾には触れてはいけない政治的にセンシティブな事柄があるのは知ってます。でもたんなる美術の話題も政治に関わるなんて……」方燕が言った。

「まったくです」阿政も同調した。「とくに戦争が頻発していたような時代に、上海の画壇とそんなにも密接に関わっていた台湾画家がいたとは」

袁枢真は、最後のひと口を飲み終えて言った。「とにかく陳先生は上海時代、交友に熱心だった。決瀾社という大きな画会に参加した経験が、台湾に戻って「台陽美術協会」として花開いたとすれば、決瀾社が台湾美術史に与えた影響はとても大きいと言えるわね。大陸出身の画家の李仲生（りちゅうせい）〔一九一二〜八四　広東出身で戦後は台湾で活動〕も、当時の決瀾社に参加してた一人でね。台湾に来た後は一九五〇年代、六〇年代の前衛画派を牽引した。台湾美術の足跡を遡ってみれば、かならず決瀾社にもたどり着くってことね」

阿政は美術を学んできたにもかかわらず、この大きな時代の移り変わりについてはまったく聞いたことがなかった。同時に袁教授の話を聞きながら、どこかよく知っていることのような気もして夢中になり、また驚いてもいた。台湾美術に大きな影響を与えた「台陽美術協会」設立の裏に、そんな立役者がいたとは。以前は名前すら聞いたことがなかった画家——陳澄波。しかも阿政は、その絵を修復しようとしているのである。

「先生」方燕は突然質問した。「私たちが林玉山（りんぎょくざん）教授を訪ねたとき、林教授は「陳澄波は台湾で仕事を探そうとして壁にぶつかった」とおっしゃっていました。そして「上海に赴いて仕事をしたことが、陳澄波の祖国へのアイデンティティの持ち方に影響したかもしれない」とも。これはいったいどういう意味ですか？」

阿政と方燕はそろって袁枢真を見つめた。しばらくして袁は言った。

「林教授がそう言ったのね。でもそれを解釈するなんて、私にはできない。外省人〔中華人民共和国が成立した一九四九年前後、国民党政権とともに大陸から台湾に渡ってきた人々とその子孫〕の私には、陳先生の心のうちを推し量ることだって難しいもの。ただひとつ言えるのは、台湾人の祖国についての感じ方はものすごく複雑ってこと。その心の来し方は、簡単に説明できるようなものではないの」

袁枢真はふたたびカップを口に当て、もう一滴も残っていないことに気づいて下ろした。「陳先生の心がどんな道のりをたどったのか。あなた方がもし本当に興味があるなら、劉新禄（りゅうしんろく）〔一九〇六〜八四〕を訪ねるといいわ。彼も上海の同じ学校で絵を学んだのよ」

「劉新禄さんですか？」

「劉新禄も陳先生と同じく嘉義（かぎ）の出身なの。戦火のひろがるあの頃、異郷で出会ったわけだから、通じ合うものも多かったのじゃないかしら」

三人は沈黙し、カザルスのチェロの音だけが部屋を満たした。阿政は陳澄波の遺作展の図録をしっかり握りしめていた。

3

袁枢真が語った芸術と政治の歴史の複雑な絡み具合に、また、台湾の人々があえてそこに触れようとしない心理的な壁に、阿政と方燕は半ば怖くなったが、同時に好奇心をもかき立てられた。タブーと言われればなおさら興味を刺激される。ふたりは引き続き陳澄波のタブーを追求することに決めた。

「そうです、画家の方です」住まいへ戻ると、方燕はさっそく嘉義の地方記者に連絡をとり、劉新禄の電話番号を調べてもらえないかと頼んだ。「年齢ですか？　かなりご年配だと思いますが……」方燕が電話で長々と喋っている間、阿政はそばで陳澄波の画集をひっきりなしにめくっていた。半分はモノクロ印刷とはいえ、阿政を夢中にさせるには充分だった。

ちょうどリビングのテレビでは、アメリカ在住の作家・江南が殺害された事件（江南の筆名で活動していた作家、劉宜良が一九八四年十月十五日に、中華民国国防部情報局の主導により、サンフランシスコの自宅で殺害された）のニュースを伝えていた。アナウンサーが厳粛な面持ちで語っている。「情報局の正式な声明によれば、我が国はこの中国系アメリカ人作家・江南殺害に一切関与しておらず、あらゆる伝聞や噂は事実無根である。我が政府はアメリカ政府と協力して捜査を進め、必ずや我が国および政府の潔白を証明すると共に、各界人や新聞メディアには、事実ではない報道や妄想によって人心に影響を与えることは厳に慎むように求め……」

阿政はニュースを一瞥して頭を振り、テレビを消してすぐに画集のなかへ戻っていった。

方燕は電話を切ったあと、ソファーのそばに来てこう言った。「オッケーよ、嘉義の地方記者が劉新緑の連絡先を調べてくれるって」

「さすが早いなあ」阿政は感嘆した。

「あたりまえじゃん、記者だもん」方燕は腰かけるなり、阿政に問いかけた。「今のニュースの殺害がどうのって、なんのこと？」

「先月の江南事件のことだよ」

「やっぱり政府の仕業だと思う？」

「君はどう思うんだよ」阿政は方燕を見た。

「私？　ふふん、どうせこう言いたいんでしょ」そう言って、方燕は阿政の口調を真似た。「もし政府がやたらと〝ＮＯ〟とばかり言うのであれば、それは恐らく〝ＹＥＳ〟だ」

阿政は苦笑いした。「別にわざわざ悪く言おうってんじゃないけどさ。例えば、われわれは民主国家であるって毎度のように政府は言うだろ。ところが毎回選挙のたびに、南部の僕の実家には買い上げられた票の金が入るんだな」

「はいはい、もうやめよう。聞き飽きちゃった、この話」方燕は話題を陳澄波に変えた。「画家の目から見た陳澄波の作品の印象を教えてよ」

阿政は画集を開き、それぞれの絵について自分なりの見方を解説しはじめた。

「陳澄波の『自画像（一）』（口絵ⅰ頁）は、ゴッホみたいな味わいがある。僕の画風ともよく似ている、というより、どちらもゴッホの影響を受けていると言うべきだけど……」

「だけど、なに？」方燕はテーブルの上のオレンジをひとつ手に取った。

「他の作品もそうだけど、絵自体はかなり情熱的で世界観も豊かだ。でも、どこかしっくりこないんだよな」

「え、何がしっくりこないの？」

「例えばさ、『西薈芳』〔西薈芳は嘉義に実在した酒楼〕ってこの絵」阿政は画集を見ながら思案した。「視角が不自然というか、フォーカスがぶれてるというか。なんか不安定なんだ。下側の地面は俯瞰だけど、右上の廂は見上げた角度から描いているだろ。こういう「二重視角」は、プロの画家なら普通はやらない間違いだよ」

『西薈芳』, 1932年. 地面は俯瞰の角度で, 右上の庇は仰向きに見上げる角度で描かれており, 「二重視角」が形成されている(口絵iii頁参照)

「じゃあ、陳澄波の絵はよくないってこと？」
「そういうわけじゃないよ。絵のよし悪しってのは、単純にテクニックだけで評価できるもんじゃない。でなきゃ、美術学校で学んだことのないゴーギャンやゴッホの絵は価値がないってことになるだろ」

「じゃあ何が気になるっていうの?」方燕はオレンジを剝いてひと房口にいれた。

「東京美術学校を卒業して、日本時代の帝展に入選したほどの陳澄波だよ。だから、技術レベルは疑うべくもない。なのに何でこんなにも不自然で、不安定で、しっくりこない感覚を見るひとに与えるんだろう。まさか……わざとなのかな?」

「わざと?」方燕はオレンジを飲み込むのを忘れた。

「そう。ピカソやミロみたいな巨匠だって、わざと稚拙な画風を作りだすことにこだわったもんだよ」

「じゃあ、陳澄波はどうして稚拙な画風を?」

「あえてそうすることで、伝えたい意図があったんじゃないかな。どんな意図かって聞かれてもわからないけど。暗号でも隠されているのかも」

「暗号? 陳澄波の作品のなかに暗号が隠されてるっていうの?」

「うん、陳澄波の絵にはもしかしたら、何かしらの暗号が埋め込まれてるのかもしれない、もしくは……ああもう、いいから今はメシに行こう。腹が減って死にそうだよ」阿政は画集をテーブルに置き、方燕の手を取って外へ向かった。

ふたりがやってきたのは、阿政の行きつけのレストラン「ボレロ」である。南部の田舎出身の阿政が台北の大学で学んでいた当時、台北っ子の同級生の紹介で来たのが、この、日本時代より知られた古いヨーロッパスタイルのレストランだった。方燕も台北っ子だが、これまで足を踏み入れたことはなかった。そもそも重慶北路から西のこの一帯自体、あまり来たことがない。洋食が食べたければ家族と行くのは老舗レストランの「沾美(ジミー)」で、そこのリブステーキや生演奏のピアノが流れる雰囲気が好きだった。

「ボレロ」で阿政はカツカレーを注文した。方燕はさほど空腹でもなかったので、オックステールのスープを注文した。食事が運ばれてきて、ふたりは食べながら先ほど阿政が持ち出した暗号の話を続けた。

「暗号ってどういうこと?」方燕が阿政にたずねた。

「うん、話すと長くなるんだけど」阿政はスプーンを置いて、ナプキンで口の端に付いたカレーをふき取った。「いわゆる暗号、コードっていうのは、西洋独特の一種の符号のことだよ。いろんな分野を通じて使われ、西洋美術史のなかでも特別な起源を持ってるんだ」

阿政は熱心に説明した。ローマ帝国時代のキリスト教徒は、魚に似たシンボルを玄関の上に描き、自分がキリスト教徒であることを暗に伝えた。そうすることでローマ軍による逮捕を逃れつつ、神への忠誠を示したのだ。のちにキリスト教がローマの国教になると、これらのシンボルはどんどん進化し、さまざまな宗教画のなかに続々と登場するようになった。ライオンや城、ほかにもたくさんのシンボルが敬虔さの象徴となった。

ルネサンス期に入ると、教団の指導者や貴族たちがこれらのシンボルを集団のなかで使うようになった。家族の肖像画やプライベートな会話には、身内だけに通じる符号が仕込まれ、後世へ秘密裏に伝えられた。それが「コード」である。

「すっごく面白そうね」方燕はうなずいた。

「それから、この暗号遊びに画家たちも加わるようになった。絵の中の暗号を使ってプライベートなメッセージを伝えるのさ。とりわけあまり人に知られたくないような思想とか教派、秘密結社から性的指向までね……ただ仲間内だけにわかるのさ」

「なるほどね」

「ボッティチェリの『春』ってあるだろ。あれだって、暗号を使った有名な作品だよ」

「へえ、ボッティチェリはどんな暗号を隠したの？」

「表面上は絵を依頼したメディチ家の意向に沿って、ギリシャ神話を讃えるように描かれているけれど、画家にはもうひとつの意図があったといわれてる。季節の異なる花が数百種類も細かく描かれ、不合理にもひとつの花園のなかに配置されているとかね。この花がつまり画家の暗号じゃないかって」

「どういう意味の暗号なの？」

「どういう意味って、当時はそんなこと誰も気づかなかったし、画家本人が生前、それを説明したわけでもない。だから美術史上の未解決事件ってやつだよ」

スープを啜（すす）りながら阿政の話を聞いていた方燕の手が、急に止まった。

「ってことは、暗号は解けないってこと？」

「いや、後になって、やっぱり専門家たちに解読されてるよ」

「解読できたの？　どうやって？」

「ボッティチェリ自身の手紙とか、ノートに文献、当時の美術界や文学界の人々が個人的に書き残したものに手がかりを探して、ついに答えを出したんだよ」阿政の解釈によれば、元々、ボッティチェリは古代ギリシャの自然主義的な作品に傾倒していた。しかし十五世紀になると、自然主義はキリスト教の「神が万物を創造した」という観念とは相容れなくなっていた。異端的な思想への傾倒が露見すれば最悪、火あぶりの恐れさえある。そこで画家は自然主義への敬意を絵のなかの花に託し、画家の信念を伝えながら、権力者の信仰と道を違えて迫害に遭うことがないようにしたという。

「なるほど、暗号ってそんなにたくさんの物語を秘めてるんだ」方燕はがぜん興味をそそられたようだった。「じゃあ、陳澄波の絵にもそういう暗号があるっていうの？」

「その通り」阿政はカレーライスをひとさじ口に運びながら言った。「直感では必ずある。そうじゃないと、彼の絵の不合理な部分が説明できない。少なくとも『私の家庭』っていう絵は、技法的にもおかしいのは明らかだし」

「そうなの？」

「帰って画集を見ながら、また説明するよ」

「わかった」方燕はオレンジジュースをひと口飲んだ。「じゃあ今日は私がご馳走する。マネージャーの経費が使えるからね」そう言うと、方燕は得意げに笑った。

陳澄波 1979 年遺作展画集より『私の家庭』, 1931 年(《學院中的素人畫家：陳澄波》雄獅美術より撮影)

　住まいへ戻ると、阿政は急いで画集を手に取り、「ほら、この絵」と言って、『私の家庭』のページを開いた。「どう変だかわかる？」

「待って待って」方燕はしばらく絵を見ながら考えた。「うん。絵の中の人物がみんな笑ってない。表情が硬くて、たしかに変な感じね。陳澄波はまたどうして家族が笑ってない場面を描いたのかな？　袁教授は、奥さんは真面目であんまり笑わなかったって言ってたけど、子供は無邪気なものじゃない？　でも三人の子供たちは誰も笑顔じゃないよね？」

「よく気づいたね」阿政はうなずいた。「画家がその絵を描いた理由と動機がはっきりすれば、なぜ絵の中の人物がこんなふうなのかも自然と理解できると思う」

「あと、それぞれ手に何か持ってるね。どうして家族の手に何か持たせているのかな」

「君は人物の奇妙さにばかり気がつくね。僕は技法の方が気になるけど」

「技法がおかしいって、どういうことを言ってるの？」

「まずは陰影の付き方かな。左側の陳澄波の影だけ、他の四人と反対方向にのびてる」

方燕はまじまじと絵を見た。「ほんとだ、ちゃんと見てなかった。まったく気がつかなかった」

「それに、テーブルを見て」阿政は眉間にしわを寄せ、困惑したように言った。「画面のほぼ半分を占めて、まるでテーブルに絵を乗っ取られたみたいな構図だろ。遠近法もおかしい。楕円に描くべきところが、正円になってる。こうあからさまに間違えるなんて、信じがたいよ」

「遠近法がどうこうっていうのはよくわからないけど」方燕はふたたび視線を絵に注いだ。「たしかに、どうしてテーブルの上にこんなにたくさん物があるのか、気になってきた」

「そうなんだよ、人物よりも物のほうが目立ってる。しかも、左下の隅にある本、これ何の本なんだろう?」阿政はタバコをはさんだ指をおでこに持っていき、コツコツと叩いた。

「本? それって大事なこと?」方燕は顔を上げた。

「もちろん大事だよ。さっき西洋絵画の暗号の話をしたろ。画家は絵の中に、象徴としての物を描き入れることができる。この本だって、もしかすると陳澄波の秘密の暗号かもしれない。例えばゴッホの『ゴーギャンの肘掛け椅子』に描かれた二冊の本は、ゴッホがゴーギャンに宛てたメッセージなんだ」

「もし『私の家庭』にも暗号があったとして、まさか解読する気?」

「まあね」阿政は肩をすくめた。

「でも、陳澄波はもうこの世にはいないんだよ。どうやって調査するの?」

「だからボッティチェリと同じだよ。文章、ノート、もっとたくさんの作品や陳澄波の人生のなかに、答えが隠されているかも」

「まずいな」方燕は眉根を寄せた。「元気出して欲しいとは思ってたけど、こんなにハマっちゃうなんてね」

「僕の人生には情熱が必要だって言ってたろ？」阿政は珍しくとっておきの笑顔を見せた。「陳澄波を知れば知るほど、わからなくなる。わからなくなるほど、知りたいって思うんだよ」

「だから？」

「調査を続けて解読するのみだろ！」阿政は語気をたかぶらせた。

方燕はオフィスに戻る道すがら思案した。俗世のありかたに怒り、自らの不遇な現状にやるせなさではちきれんばかりだったのが数日前までの阿政だった。それが今では向かうべき方向を得て、陳澄波の絵の暗号に込められた真相を解明することに燃えている。絵の修復に取りかかるのが遅れ、納期に間に合わないことを心配しないでもなかったが、阿政の熱心に取り組む姿や画集に見入る時の目の輝きに、やはり感動をおぼえずにいられなかった。しかし老画家はもうこの世にいない。残された家族も訪問を拒否している。資料も手がかりも乏しいのに、どうやって暗号を解読すればいいのか？『どうやら頑張るしかないみたいね。そもそも、阿政にこの仕事を受けるように言ったのは私なんだし』

この時、方燕はひらめいた。この陳澄波という画家がタブーになったのは、政治と深く関係するからだ。でなければ、なぜ二人の教授は最後にどちらも言葉を濁したのだろうか。だが、もし本当に政治的なタブーだとしたら、どこまで触れてよいものだろう？

『先に新聞社の資料室で、陳澄波に関係するものを探そうか。それからどうやって阿政が暗号を解くのを手伝うか、決めればいい』方燕はそんなふうに計画を立てた。


その晩、方燕は原稿を提出すると、同僚が校正にとりかかり、記事が組み上がるのを待つあいだ、上司の老羅（ラオロー）のオフィスを訪ねた。

「資料室で何を探すつもりなんだい？」老羅はこの同郷の叔父の娘が資料室に入室するために提出した申請書を一瞥した。

「台湾省の文化人に関する資料を探したいんです」方燕は落ち着いた様子で言った。

「文化人の資料を探すために、どうして資料室に入る必要がある？」

「それは……とある文化人について詳しく知りたくて」方燕は、資料室には機密の新聞資料が収蔵されていることを知っていた。入室するためには必ず申請と許可が必要で、重要なニュースに関わることでもなければめったに入ることはできない。同僚たちは政治家の機密ファイルを集めたＦＢＩの長官フーバーの名を取り「フーバーの小部屋」と呼んでいた。

「何に使うんだね？」老羅はなおもたずねた。

「文化人の方々に、蔣経国（しょうけいこく）総統に連任していただくための記事の執筆をお願いしたくて」方燕は胸を張って言った。「なので、彼らの思想が正しいか、信頼できるかどうか調べたいと」

「蔣経国総統は五月ですでに連任が決まっているが？」

「あ、いえ」方燕は急いで適当な理由を探した。「つまり、思想の正しい文化人の方々に、蔣経国総統が連任されたあと、文化界もさらに愛国的に団結するべきだと呼びかけてもらいたいんです」

「それを書いてどうする?」老羅は疑わしそうに言った。

「いいじゃないですか」方燕は、厳粛な面持ちで上司の机に近づいた。「江南殺害事件のことが最近は新聞を騒がせていますが、文化界から政府を支持する記事が出れば、政府にはとても大きな助けになります。もし怪しげな輩がその記事を批判すれば、彼らと論争することでニュースも盛り上がり、江南殺害事件から目を逸らさせることもできるでしょう?」

老羅は思わず笑いだした。「どういう風の吹き回しだね?」

「私って割と政治センスあるんですよ! 知らなかったでしょ?」方燕は得意げに言った。

「じゃあまあ、任せたよ」老羅は笑いながら申請書に捺印した。

「承知いたしました」方燕は恭しく一礼した。

それからの数日、方燕は暇があれば資料室に入り浸り、陳澄波の資料を探した。

その日も、方燕はやはりほの暗い部屋のなかに身を沈めていた。かなり長い時間をかけて探したが、これというものは見つからず、方燕は眉根を深く寄せた。『おかしくない? 蜘蛛の糸一本ほどの手がかりさえ見つからないなんて』

方燕はふとひらめくと、これまで調べていた文化関連の棚から政党関係の棚へ移動した。

「なにを探してる?」いつの間に部屋へ入ってきたのか、濃紺の中山服〔孫文が考案した中国式の服。人民服〕を身にまとった男が突如目の前にあらわれた。

「え、資料を探しているのですが」方燕は飛び上がりそうなほど驚いた。

「なんの資料だ?」男の声は冷ややかだ。

「それは……」方燕はすぐ答えられずに押し黙った。

「この数日、ここに出入りしているのは知っているが、怪しいな」

「申請は出していますし、どのぐらいここにいるかは私自身が決めることですが」方燕は顔色ひとつ変えずに言った。

「申請が出ているのは文化関係の資料についてだ」男は方燕の申請書を手にしている。「しかし今、政党関連の資料を勝手に探そうとしていたろう。どうもおかしいな」

「あなた、どなたですか? 関係ないことに口をはさんで何のつもりですか?」方燕は、男の頭から爪先までをしげしげと見た。

「私は王という。人事部の人間だ」男は方燕をにらみつけながら、一言一言を区切るように言った。「私は君たち全員に干渉する権限がある」

それから男は身分証を取り出すと、方燕の目の前でひらひらと振った。

方燕は急に緊張したが、努めて強い口調で返した。「私が……何か違法なことをしているとでも? 私はただ、記者のつとめを果たしているだけですが」

「違法かどうかは今後の君の行動次第だが、ひとつ言っておく。資料室で資料を探すときは、事前に申請した棚以外の資料を探してはならん。でなければ、私が調べ上げて処分をくだすからな!」

新聞社の「人事部」に警告されたことを、方燕は阿政に言わなかった。心配させたくなかったからだ。実際、あの王という男が「法務部人事室」と書かれた身分証を持ち出したとき、すぐに甘く見てはいけない相手だとわかった。方燕の父親は中央政府で働いていたから、その豊富な経験談を聞くにつけ、一部の政府機関ともめごとを起こしてはいけないことを方燕は心得ていた。たとえば法務部調査局がそうだ。つまるところ、方燕は無邪気な蝶ではないし、何も知らずに黒蜘蛛の目の前をひらひら飛んで災いを招くような真似はしない。「陳澄波」、この三文字にはもう二度と触れてはならない。方燕はひそかに決意した。嘉義の劉新禄を訪ねたら、もう陳澄波の暗号について調べるのはやめよう。

劉新禄の連絡先は、嘉義の同僚を通じて調べていたが、とうとう知らせが届いた。同僚は電話で方燕に告げた。「ものすごく骨が折れたよ、というのも、嘉義のどこにも劉新禄という画家は見つからなかった」

「見つからなかった?」阿政の家のソファーに座っていた方燕は、信じられないという気持ちをあらわにした。

同僚は続けた。「でもひとり、退職したおじいちゃんで劉新禄って人がいた。あなたが探してる人かはわからないけど」

方燕はすぐさま、教わった番号に電話をかけ、その「おじいちゃん」に連絡した。ところが、陳澄波を知っている劉新禄さんですかと訊いてもそれには答えようとせず、ただ「劉新禄にどういったご用ですか」と繰り返すばかりだった。方燕は、袁枢真（えんすうしん）教授の紹介を受けて陳澄波が上海で教えていたときのことを訊きたいと伝えた。するとはじめて、老人はゆっくりと答えた。「あなたが探している劉新禄は、私です」

　翌日、方燕と阿政は電車に乗り、劉新禄に会うため南下した。座席に座った阿政は顎に手をやり、窓の外を見つめている。

「なに考えてるの？」と方燕が訊いた。

「南へ行く電車に乗るたび、泣きたいような気持ちになるんだ」阿政は声を潤ませた。

「どうして？」

「さあ」阿政は、頭を軽く揺すった。この悲しみはどこからくるのだろう。それに台北で生まれ育った方燕に、どう説明すればいいのだろう？

　ここ何年もの間、阿政が電車で南下するのは、子ども時代の思い出がつまった嘉義の大林（だいりん）にある実家に帰る時だった。いまも農業に勤しむ父母の住む、三合院〔コの字形をした伝統家屋〕の家だ。大林駅は各駅停車しか止まらない。だから帰省するときは、普通電車の車輪がガタゴト鳴る音につつまれ、ゆっくり家に帰る時間を迎える。朴訥（ぼくとつ）な父と母は、どんな「事業」に携わっているのかなどと阿政に訊くことはない。食事はちゃんとしているか、台北で寒い思いをしていないか……そんな心配ばかりだ。そうして帰るたびに阿政は父母が歳をとったことを強烈に感じる。農家の仕事を切り回している手は皮膚が荒れ、ますます分厚くなっている。

「感傷に浸り過ぎじゃない？」方燕は阿政の上着をぎゅっと引っ張った。

「郷愁ってやつだよ」阿政はぼそっと答えた。

「郷愁？　うーん、郷愁ってよくわかんないな」方燕はどうしようもないという顔つきで目を閉じたが、しばらく経ってまたパッと開いた。「郷愁っていうなら、私の場合は西門町の映画館街かな。アメリカに留学してたとき、一番恋しく思い出した場所だった」そして思わず笑い出した。

方燕は上着から手を離すと、阿政に身を寄せて言った。「阿政、劉新禄さんを訪ね終わったら、私たち二人とも前の普通の暮らしに戻ろう、ね？　私は真面目に記者の仕事をして、あなたは修復の仕事に全力を傾ける。休みになったら手を繋いで武昌街（ぶしょうがい）に映画を観にいこう」

「そうかい？」阿政が訊き返すと、

「I hope so」と言って方燕はうなずいた。

阿政は答えるかわりにほほえみかけて、その手を握った。

列車は広大な水田を抜けていく。目の前にひろがるのは嘉南平原だ。

劉新禄は、台北から来た記者と画家の取材を受けることに同意はしたが、陳澄波の話題については明らかに用心深かった。玄関で阿政と方燕を出迎えた時もしきりに外を見回して、誰かが後をつけていないかと恐れていた。その様子はまるでスパイ映画のようで、劉新禄はひどく老け込んで見え、心にのしかかってきた重圧を思わせた。

小さな書斎は古びた本であふれ、ごちゃごちゃとしていた。部屋には淡い黄色の灯りが一つだけぶらさがり、たまにチカチカと瞬いている。その下で、窮屈そうに顔を突き合わせた三人は、まるで公にできない密談でも交わしているかのようだ。

歳のせいもあってか、劉新禄の口ぶりはややゆっくりで聞き取りづらい。劉はまず、どうして陳澄波の話を聞きたいのか、二人にたずねた。

「つまり、こういうことなんです」方燕は言った。「陳澄波のとある絵を修復するにあたり、彼のスタイルや作品の背景について、もっと理解を深めたいのです」

阿政は急いでリュックから絵の写真を取り出した。劉新禄は老眼鏡をかけて写真に顔を近づけ、ぽろぽろと涙をこぼした。

「私の目はまだ見えるが、この絵はもう四十数年も見ていなかったな」劉はハンカチを取り出して、涙をぬぐいながら言った。「間違いない、これは澄波兄さんの絵だ。題名は『琳瑯山閣（リンロンサンガ）』」

「題名も、この絵が描かれた場所と同じ『琳瑯山閣』なんですか?」阿政があわてて訊いた。

劉はうなずき、涙を拭き続けた。それから顔を上げると、いぶかしそうにたずねた。「どうしてこの絵を持っているんだね?」

「ある人が、阿政に修復を頼みにきたんです」方燕は答えた。「でも依頼人が誰かは、私たちにもよくわかりません」

「この絵の持ち主は、陳澄波と関係のある人物だな」劉新禄は老眼鏡をしまいながら言った。

方燕と阿政は顔を見合わせた。

「どうしてお分かりになるんです?」方燕はいぶかった。

「ああ、これもすべて「縁」と「怨」ってやつだ!」

「「縁」と「怨」？　どういうことですか？」阿政も追及した。

だが、劉はそれ以上答えなかった。このまま話を終わらせたくない一心で、方燕は話題を変えた。

「劉さんは、どのように陳澄波と知り合われたんですか？」

劉新禄はタバコに火を点け、ゆっくりと話をはじめた。「兄さんと私は同じ嘉義の生まれだ。歳は兄さんのほうが随分上で、私が台南師範の学生だったころ、兄さんが帝展に入選したことを耳にしたが、たいへんな評判だったよ。一九二九年に私は学校の教師をやめて上海芸術専科学校で油絵を学びはじめた。まさにその年、兄さんも教師として上海へ渡ったんだ。異国で故郷を同じくする人に出会って、私たちは特別に気が合った」

劉新禄はタバコの灰を落として続けた。「兄さんが上海に教えに行ったのは、ひとつには台湾でも日本でも高等学校の教師の口が見つからなかったせいだ。上海の専門学校では教授として迎えるというのだから、一も二もなかったよ。もうひとつには、あの年代の台湾人には祖国への強い興味と好奇心があった。とくに彼の父親は科挙の秀才だったから、知らず知らずのうち漢民族としての意識に深く感化されていたんだろう。古い詩にある祖国とはどんなところかを、ひと目見たいとずっと思っていたんだな……」

劉新禄は言葉を切り、タバコをひと口吸った。

阿政は共感をこめて言った。「劉先生のおっしゃるような心理は、十九世紀のアメリカ人がヨーロッパやパリに対して抱いた憧憬に近いですね。ヨーロッパ大陸はアメリカ人にとって文化的な母体だし、当時ある程度の文化水準にあったアメリカ人は皆、ヨーロッパにルーツを求めるような意識がありました。ヘンリー・ジェイムズの小説『アメリカ人』は、まさにそのような心理を書いています」

劉新禄は阿政の言葉にうなずいた。

「そうだ。のちの鍾理和（一九一五～六〇　作家。戦中に中国に渡り最初の小説集を発表）や呉濁流（一九〇〇～七六　作家。代表作に『アジアの孤児』）にも……それと似たような気持ちがあった。文化的な祖国に呼び寄せられていったのさ」

「じゃあ、陳澄波は上海に行った後、教える以外に何をしていたんですか？」方燕はたずねた。

「教える以外、ほとんどの時間は絵を描いていたよ。教授という高い地位にあったが、プロレタリアートと交遊するのを好んだ。市井の人々との付き合いを大事にして、よく工事現場の作業員や通行人を淡彩でスケッチしに出かけていたよ。澄波兄さんの人物スケッチは、線や造型の訓練ではなく、名もなき人たちの表情や姿勢をとらえるためのものだった」

「名もなき人たちの表情や姿勢をとらえる？」と阿政は繰り返した。

「思うに、草の根の民衆の心に入り込み、彼らの苦労を自分でも経験したいと思っていたんだろう。ゴッホだって炭鉱でたくさんの炭鉱夫をスケッチしただろう？　それから上海には〝福建同郷会〟というのがあってね。澄波兄さんは、福建出身で貧しい家庭の学生をよく支援していたな」

「どうして福建同郷会に参加したんですか？　台湾同郷会を結成するのではなく」阿政は訊いた。

「あのころ台湾は日本の領土だったから、中華民国のなかに〝台湾〟はなかった。だから私と澄波兄さんが中国にいる時の本籍は、〝福建〟ということになっていた」

「だから、お二人の名刺には〝福建漳州〟と印刷されていたのですか？」方燕がたずねた。

「まさにその通りだ」

「なるほど、そうだったんですね」阿政が言った。

「上海では、陳澄波はどんな日々を過ごしたんでしょう?」方燕はふたたびたずねた。

「当時の上海は、中国全土で最も美術が発展していた場所と言っていいだろう。私たちが上海に行ったあの年、一九二九年のことだが、まさに上海で第一回の全国美術展覧会が開かれ、澄波兄さんも『清流』という絵を出品した。それで全中国の現代画家十二名の一人に選ばれ、『清流』は中国を代表する作品としてシカゴの万国博覧会にも出品された。こうして脚光を浴びた兄さんは、数多くの画家の集まりや座談会に呼ばれたよ。しかし当時の上海は全国からエリートが集まっていてね。誰もが自分を最も優秀だと思っていたし、人が集まれば、派閥同士で激論を戦わせたものだ」

「激論って、どんなものでした?」方燕はたずねた。

「例えば、中国美術は伝統的な水墨画を守るべきか、現代絵画を切り拓くべきか?　もし現代絵画を切り拓くならば、芸術は芸術のためにあるのか、あるいは社会のためにあるのか?　社会問題に関わらないならば、自分の心境に従って創作するのか?　そうであれば印象派に行くのか、フォービズムに行くのか……皆それぞれの考えがあった。ああだこうだと喋る時間が、絵を描くより多い画家もいた。そして兄さんは、いやでもこうした議論に巻き込まれていった。中国現代画家の十二名に選ばれていたから、その影響力は大きい。何も言わないわけにもいかなかった」

「陳澄波さんは、どんなことを?」

「ひたすら、みんなで団結しようと呼びかけることしかできなかった。中国であれ上海であれ、結局はどこも自分の故郷ではないからね。地盤もなければ、人脈やツテ、派閥もない。そんな複雑な環境の中では、言葉ひとつまちがえても攻撃の対象になる。まして兄さんは日本語で考え、書き、話す人間だ。中国の論壇で活躍しようったって容易いことじゃない。だからある美術グループに参加し、むしろそのグループの力を借りて、自分の理想を推し進めようとした」

「それは決瀾社のことですか?」

「そうだ」劉新禄は方燕の質問にうなずいた。「決瀾社ができてまもなく、たくさんの画家から支持や賛同が寄せられ、あのころ最も一目置かれる美術サークルになった。兄さんはもう水を得た魚みたいでね。とくにあの耳まで垂らした長髪は画家たちの前に出ると、かなりの説得力があった」

「袁先生がおっしゃるには」方燕は笑って言った。「陳澄波はヨーロッパの画家たちを真似て長髪にしていたんですよね?」

「ヨーロッパの真似? はは、そうじゃないと思うがね」

「違うんですか?」

その時ちょうどタバコが燃え尽き、劉新禄はまた新しいタバコに火を点けた。「そうだな。あの頃の私らの一番の楽しみは絵を教えたり描いたり、画家の集まりに行ったりする以外に、本を買うことだった」

阿政は劉新禄が話題を変えたことに気づいたが、合わせるしかない。「どんな本を買ったんです?」

「思想に関係のある本かな。とくにヨーロッパから来た哲学、社会、政治にはみんな関心を持っていた。当時は色んな思想が世界各国から上海になだれこみ、若いインテリたちはかなりの衝撃を受けたもんだ」

「東京の方が西洋文明の吸収は早かったのでは？　陳澄波が留学したときは、きっと上海よりも進歩的な思想を学んだんでしょう？」阿政がたずねた。

「それは違うな、東京は物質的には進んでいたとはいえ、政府による思想統制があった。「十里洋場(シーリーヤンチャン)」と呼ばれた上海の租界には南京政府も手出しができず、そこに行けばたくさんの発禁本を買えたよ。例えば、魯迅(ろじん)がよく行っていた内山書店では、日本語の原書も買えたもんだ」

「魯迅？」方燕は袁枢真からもその名を聞いたことを覚えていたが、誰なのかはわかっていなかった。いま劉新禄がまた魯迅の名を口にしたので、方燕はつい驚いてしまった。

「君らは……」劉新禄は警戒するような表情を見せた。

「劉さん、ご心配なく。僕らは抓耙仔(ジャウベイアー)〔台湾語で「まごの手」だが、密告屋という意味もある〕じゃありません」劉新禄の不安を見てとった阿政はあわてて説明した。

「どうしたの？」方燕はわけがわからない。

「魯迅と魯迅の本は、台湾ではタブーだよ」阿政は小声で方燕に告げた。

「そうなんだ」方燕はまたもや困惑した。これまで生きてきて、こうしたタブーにあまり触れたことがなかったからだ。

「大丈夫ですよ、劉さん、続きを」阿政は劉新禄をなだめた。

「君らは……どの組織から送り込まれたのかね」それでも劉新禄は警戒をとかない。

「僕らはどの組織とも決して関係はありません」阿政は、劉新禄の信頼を回復しようと焦った。

「劉さん、私たち、本当に悪者なんかじゃありません」方燕は突然思い出した。「信じていただけないなら、これをご覧ください」そう言うと、急いでカバンの中から名刺を取り出し劉新禄に見せた。

「これは林玉山（りんぎょくざん）教授の名刺です。教授は私たちをご存知ですし、お宅にもうかがいました」

「うん、長いこと嘉義には帰ってきてないな」劉新禄は林玉山の名刺を見つめた。

「それと、こちらは袁枢真教授の名刺です」方燕は続けて名刺を劉新禄に示し、阿政も自分たちは絶対に当局の人間ではないと言葉を重ねた。

はたして劉新禄はようやく警戒をといたようだった。「ええと、どこまで話したかな？」

「よく魯迅の書店に行き、日本語の本を買ったと」方燕はほっとした。

「そうだ、当時の魯迅は中国でとても人気があって、若者のアイドルだった。ただ、書店は内山完（かん）造（ぞう）という日本人が開いた店で、魯迅の店じゃない。内山完造は魯迅の親友で、魯迅の本の多くは内山書店から出版された。魯迅はよくそこで講演をしたり、人に会ったり、秘密の活動を進めたりしていた。私たちも本を買いに行って魯迅にバッタリ会ったことがある。当時だいたい五十歳ぐらいだったか、あまり健康ではなさそうに見えた。しかし、われわれがその書店によく行ったのは、魯迅に会いたかったからじゃない。目当ては大量の日本語書籍だよ。それも東京で出版されてまもない本ばかりだった。まるで魂の宝物庫だったよ。中国語の世界のわれわれは、干上がった池に放り込まれた魚のようなものだった。それが内山書店に行けば、恵みの雨でつくられた池で、自由自在に泳ぎ回ることができたんだ」

◆ ◆ ◆

一九二九年、上海スコットロードの内山書店。

その日の午後、陳澄波と劉新禄はぶらぶらと歩いて内山書店までやって来た。書店がある虹口(ホンコウ)一帯は日本租界だ。道沿いの住宅や建築、看板に至るまで日本的な雰囲気が充満し、陳澄波は自分の家へ帰ってきたような気がした。そんなわけで暇さえあれば虹口を歩き回っていたが、内山書店で日本の書籍、とくに大正時代の本が大量に売られているのを見つけてからは、なお熱心に通って買うのを楽しんだ。昭和に入ると、こうした自由思想を唱えるような本は日本では発禁となったからだ。

ふたりが店の入り口まで来ると、その日はやけに混み合っていた。覗いてみると、店主の弟である内山嘉吉(かきつ)が木版画技法の講習会をしている。このところ、内山書店では、版画を広めるための活動をよく行っていた。陳澄波は、以前この書店で開かれた座談会で魯迅が発した「木版画は社会や政治の改革を進め、大衆の意識を変えるための最良の道具だ」という言葉を忘れられずにいた。陳澄波は魯迅より十五歳ほど若かったが、そうした考え方には共感できた——版画の芸術性について、意見を保留するところはあったにせよ。

今日もまた、ちょうど版画の普及活動に行き当たったのだが、酷薄そうな顔つきの男が外をうろうろしては、店内をちらちらと観察していることに陳澄波は気がついた。「特務機関の人間だろうか」三年前に起こった四・一二事件〔一九二七年四月十二日、蒋介石が上海の共産党勢力を弾圧・粛清した事件。上海クーデターとも呼ばれる〕のあと、内山書店は左翼青年らの避難所となった。依然目を付けられてはいても、ここ外国租界ならば特務といえどもあからさまな手出しはしない。

内山夫人がお客に茶を出していた。陳澄波は熱い茶を受け取り、日本語で礼を言った。劉新禄も版画に興味津々で、陳に質問を投げかけた。

陳澄波は説明した。ヨーロッパで啓蒙思想が起こって以来、印刷と版画は知識やニュースをいち早く伝達できる道具として、人々の知識を啓発するにも、様々な社会運動を宣伝するにも、すばらしい効果を発揮していることを。

「なるほど、版画にはそんな効用があるんだね」劉新禄は目から鱗が落ちたように言った。

「もしいつか、台湾でも何か大きな事件が起これば、版画を使って社会に広めることができるよ」

「台湾でどんな大きな事件が?」

「わからない。台湾は自分で自分の運命を決められない立場だ。今後どんな大きなことが起きるか、誰にも予測はできないよ」陳澄波は、自問自答するようにつぶやいた。

内山書店は、最新の開架式の陳列方式を採用している。それぞれの本に価格が表示され、買いたいと思えば備え付けの箱にお金を入れればいいので店主と勘定のやり取りをする必要はない。

陳澄波は突然目を輝かせた。永田一脩(いっしゅう)の『プロレタリア絵画論』を見つけたからだ。陳澄波は興奮気味に劉に本を見せながら、東京のプロレタリア絵画展でこの画家に会ったこと、彼のプロレタリア芸術についての講演を聞いたが、まさか今日ここ上海でその著作に遭遇するとは思わなかったことを語った。

劉新禄は、本を買わなくてもいいのかとたずねたが、陳澄波はすこし考えて、永田サンの講演は聞いたことがあるし、その考え方は既に理解し感服しているから、この本は他に必要な人のために残しておこうと言った。この本には何が書かれているのかと、劉がさらにたずねると、陳澄波は声をひそめた。「プロレタリアとは無産階級という意味だよ。つまりこれは、プロレタリア階級の絵画のことを書いた本だ。こういった左翼的な本は、日本と中国では禁じられている」

「どうして?」劉新禄はおっかなびっくりたずねた。

「なぜなら……」陳澄波はしばらく考えて言った。「プロレタリア芸術の中心思想とは、文化や芸術を広めて社会正義に奉仕することだからだよ。この本は、貴族や上流階級の持つ財産を再分配して貧困層や下層階級に対する補償や援助とし、階級間の大きな貧富の差をなくして平和な社会を実現するべきだと主張している。でもそういう改革は、貴族や上流階級にダメージを与えるだろう。だから政府は禁止するんだよ」

「澄波兄さんは、どうしてそういうことに興味があるんだい?」劉新禄は好奇心から訊いた。

「阿禄(アロッ)、俺は小さいころ、金持ちが貧乏人をいじめるのを嫌というほど見てきたよ。世間はあまりにも不公平だとつくづく感じた。それから東京に留学したら、たくさんの教授や大学生がマルクスの思想について議論していた。例えば「人類社会は生産資源を管理する支配階級と、労働生産を提供する労働者階級との間の不断の階級闘争によって発展した」というような議論をね。もしかしたら俺はマルクス思想とは何かを完全には理解できていないかもしれない。だが、金持ちが貧乏人をいじめるという経験は嫌というほど知っている。親父が死んだとき棺桶も買えず、ひざまずいて地主に借金を申し込んだけれど、とうとう一銭も貸しちゃくれなかった。そういう哀しみを俺は死んでも忘れない。ああ、永田サンがこうして正義を追求するべく本を書いたことに、俺は芸術家として最高の敬意を払いたいのだよ」

「なんで左翼って呼ぶんだい？　右翼ではなく？」

「うん」陳澄波はしばしためらい、どう簡単に説明するかを考えた。「それはね、フランス革命のとき、当時の国会の左側の席に座ったのが、王政に反対し共和制を支持した議員たちだったんだ。だから左翼って呼ぶんだよ。反対に、右側の席に座って王家や貴族をかばった議員たちは右翼と呼ばれた。その後、マルクス思想がヨーロッパを席捲したあと、無産階級による革命を支持するのが左翼で、ブルジョワジーを保護するのが右翼と言うようになった。つまり、左翼を支持する人の多くは進歩的な思想を持った青年で、右翼を支持する人の多くは金のある保守的な中年や老人ってことだよ」

「ってことは、兄さんは左翼かい？」

「しっ！」陳澄波は左右を見て、小さな声で劉をたしなめた。「めったなことを言うな」

劉新禄もあたりを見回した。

「そんな適当な物の訊き方をしてはいけない」陳澄波は小声で言った。「いいかい、本当の左翼は共産党に入るものなんだ。でもな、日本だろうが中国、満州、朝鮮だろうが、あるいは俺たちの台湾だろうが、共産党に入った人間はみんな捕まると心しておけよ」

陳澄波が言い終えると、ちょうど書店の反対側で誰かが大声で演説していた。見れば、先日の合同展覧会を騒がせた左翼画家・江豊（こうほう）が、糾弾するような身振りで、右手をひっきりなしに振り上げている。「版画とは大衆のための芸術である」と来場者に語りかける江の顔は強情そのもので、語気は荒く、早口だ。「だから、皆が版画芸術の思想を中国の美術教育に徹底的に取り入れ、社会主義の美術教育のために、意味ある探求を準備せねばならない。そのためにどうか、版画運動が広めるところの、人民が必ず勝利するという意識を支持してほしい！」

江豊が言い終わると、ひとりの柔和で文化的な雰囲気の中年男性が「版画なんて黒いばっかりで、何が描いてあるかもよくわからない。どこが美しいのかね？」と言った。聞くなり江豊は怒りを露わにした。「てめえに何がわかる！　俺（アラー）が版画を彫るときにゃ一刀一刻に気力を振り絞ってんだ！　それぞれの絵は虐（しいた）げられた下層階級の真実だ！　人物の表情はすべて取るに足らない民衆の叫びだ！　てめえ自分を見てみろ、スーツにネクタイ、髪は油で撫でつけてすました顔してやがる。ひと目であっち側の人間ってわかるようなやつがブルジョワの肩を持ちやがって、胸糞悪い！　そのうちてめえが群衆の手で樹の上に吊るされる日がくるってもんだ！　わかったか、この薄汚ねえ野郎（シャオスーラオ）が！」

江豊の言葉は激しく情け容赦がなく、まるで喧嘩だった。最後には呪いの言葉さえ飛び出した――

「わかったか、この薄汚ねえ野郎（シャオスーラオ）が！」

陳澄波は眉根を寄せて、あの日を思い出した。この怒れる若者に鼻先を指差され、「あんたみたいなブルジョワの芸術観を持った形式主義者は、人民にとって唾棄すべき対象だ。偉大なプロレタリア芸術の歴史における罪人だ」と罵られた日のことを――。

そこまで思い出したとき、陳澄波は胃が痙攣するような痛みを覚えた……俺はプロレタリア芸術の歴史における罪人なのか？　人混みをかいくぐって棚からもう一度『プロレタリア絵画論』を抜きだす。『俺はプロレタリア芸術の歴史における罪人なのか?』陳澄波は心の中でぶつぶつと呟きながら、幾枚かの紙幣を箱に入れた。『ほんとうにそうなのか?』それから鋭く響きわたる江豊の声を背にして、本を片手に足早に店を出た。

劉新禄は、陳澄波の一連の不可解な行動を黙って眺めていたが、問うこともできず、ただ彼の後ろについて歩みを早め、人々の声で沸きかえる書店を後にした。

◆◆◆

「君らは『二都物語』は読んだかね?」劉新禄が二度ほど軽く咳こんでからたずねた。

「読みました! A Tale of Two Cities、ディケンズですよね」方燕は答えた。

「本のなかにこんな言葉がなかったかな、「最良の時代であり、最悪の時代でもあった」。当時の上海が、まさにそうだった。われわれは非常に充実した時間を過ごしたが、それは絶えず成長を迫られる試練の時期でもあった」劉新禄は頬の白い髭を掻きながらそう言った。

「上海で送った日々は試練だったんですか?」阿政が訊いた。

「まさにそうだね」

「どうしてです?」と方燕も訊いた。

「話せば長いが、表面的に見ればわれわれは創作活動に忙しかった。しかし生活の複雑さという点では、絵だけ描いていられる暮らしからは程遠かったよ」

阿政と方燕は劉新禄の話に引き込まれ、上海でふたりにどのような試練があったのか、続きを聞きたくてたまらなかった。劉新禄はさらに一本のタバコに火を点け、肘掛け椅子に深く体を押しこむと、ゆっくりと話しはじめた。「一九二九年に上海に着いて以来、われわれの生活は次から次へと動乱に巻き込まれたよ。国民党は共産党に加入した労働者らを相手に血まみれの弾圧をおこなっていた。上海のあちこちでストが起こって、一般人の生活にも相当な影響をおよぼした。一見すれば繁栄を謳歌していたあの頃の上海も、内側では嵐が吹き荒れていたよ」

劉新禄は煙を吐いて続けた。「同じ年に、魯迅らが中国左翼作家連盟を組織した。翌年、演劇界も左翼演劇家連盟を組んで、間もなく美術界にも左翼美術家連盟ができた。それから上海で龍華の弾圧事件が起きて、左翼の若者二十四人が裁判もなく警備司令部に銃殺され〔一九三一年二月七日、国民党によって共産党員や左翼作家が殺害された事件〕、世論はどよめいた。上海の大学生たちは誰もがこの血なまぐさい事件について議論していた。私たち幾人かの台湾人は、内心ものすごく衝撃を受けていた。イーゼルを背負って景勝地へスケッチに出かけ、政治については口にできず、さわやかな天気の絵を描いてはいても、心は大荒れだった。ダヴィッドが『マラーの死』を描いた時も、われわれと同じような乱世を生きていたのではないかと思ったものだ」

「『マラーの死』って?」方燕が阿政にたずねた。

「フランス革命の混乱期に、革命の指導者の一人が刺殺されたところを描いた絵だよ」と阿政は答えた。

「澄波兄さんは社会情勢に関心をもっていたから、上海で起きた政治事件について、何も感じなかったはずはない。あるいはせっかく上海で一家そろって暮らせるようになって、奥さんへの申し訳なさもあったから、政治活動や学生運動への参加を思いとどまっていたのかもしれない。でも私には、ダヴィッドのことをよく考えると言っていた。結局、上海の画壇では左翼と右翼がそこらじゅうで対立し、周りの友人でさえ、立場によって態度は豹変した。その渦中にあって、無関係でいることは不可能だった」

「それから、どうなりました？」方燕は訊いた。

「それから、国民党と共産党による熾烈な内戦に乗じて、日本が中国への侵略をはじめた。一九三一年、東北で九・一八事変（満州事変）が発生し、上海市じゅうで十万人の学生たちが授業をボイコットした。授業が急になくなって落胆したが、兄さんと私はもっと熱心に色んな場所へ写生に出かけたものだ」

阿政と方燕は真剣に耳を傾けた。劉新禄は、指の間でいつ消えたともわからぬタバコにもう一度火を点け、力を込めて吸い込んでから、話を続けた。「キャンバスに心血を注いではいても、内心はそれどころじゃなかったよ。時局のことが頭から離れなくてね。とくに澄波兄さんは熱血漢だったから、政局に敏感だった。上海の街の路地や食堂、新聞、いたるところで反日だ抗日だと聞こえて、私や兄さん、他の台湾人たちは常にびくびくしていた。もう明日はないかもしれない、ってね」

「劉さん、それって……」方燕がたずねた。

「政治的立場の問題だよ」

「政治的立場？」

「そうだよ」劉の手から灰が落ちた。

「今おっしゃったのは、自分の祖国をどこだと意識するか、ということですか？」阿政がたずねた。

劉はうなずきながら、答えた。「天下泰平の下では、台湾人と中国人は兄弟、家族みたいなものだ。でも中国と日本の仲が悪い時には、敵、味方の意識が強くなる。中国の画家たちは、われわれのように日本の領土から来た画家と以前のように仲よく交わらなくなった。われわれの顔には突然「通敵〔敵の協力者〕」の二文字が刻まれたのだ」

「通敵？」方燕と阿政は驚きを隠せなかった。

◆◆◆

一九三一年、上海の路地裏にある食堂。

多くの客に混じって陳澄波と劉新禄が食事を取っていた。注文したのは湯包（タンバオ）に雪菜の漬物と年糕（もち）の炒め物、豚の干し肉の煮物、青菜と豆腐のスープなど簡単なメニューだったが、このご時世では立派なご馳走といえる。

ふたりは食べながら、台湾語で話をしていた。

「兄さん、こんな情勢でトウキョウの帝展は続くかな？」

「うむ、なんとも言えないな。帝展は一九〇七年に「文展」という名前で始まって、一九一九年に名を「帝展」に改めたんだが、一九二三年の関東大震災の年を除けば、大正天皇が崩御した年でさえ、この二十年以上一度も中止されていないんだ。だから、続ける可能性は高いと俺は見てるがね」

「僕も応募するべきかな？」

「上海からトウキョウまでの物流は便利だし、画家として応募しない理由はないよ」

「それはそうだけど、もし上海で戦争になったら海運も封鎖されるだろうし、絵を送れないどころか、失くしてしまうかも」

「そうだね、その恐れはたしかにある」陳澄波は心配そうな表情を浮かべた。

話していると隣のテーブルの客が立ち上がり、ふたりのテーブルまで来て大声を出した。

「失礼だが、お二方はどちらから来たのかね？」顔いっぱいに髭を蓄えた屈強そうな男である。

「私たちは……」劉新禄はどう答えるべきか迷った。

「トウキョウ！　トウキョウ！　などと聞こえたが、アクセントといい、日本語か？」と、そばにいたインテリ風の男も声をあげた。

「違います、私たちが話しているのは、台湾語です」劉新禄が答えた。

「台湾語だと？」髭ヅラの男が訊いた。「台湾ってのは、どこにあるんだ？」

「台湾とは、かつて甲午戦争〔日清戦争のこと〕で清朝が負けて、〝小日本〟に割譲した東南の端にある島ですよ」インテリ風の男は近代史にも詳しいらしく、悠然と語った。

「ということは、おまえらは日本人か？」髭ヅラの男がまたたずねた。

「それは、どう言ったらよいのか……」劉新禄が言い淀んでいるうちに、周りにどんどん人だかりができた。

「お二方、皆さん」陳澄波は器と箸をおいて、落ち着いて声をあげた。「たしかにわれわれ台湾人はふたつの国を持っています。ひとつは国籍のある国、もうひとつは文化的ルーツという意味での国です。われわれは日本のパスポートを持ってはいますが、これは台湾人自身が選んだことではない。われわれは、時代によって国籍を変えろと迫られたんです。文化と血縁という意味において、われわれは自分を漢人と考えています。位牌の上の先祖の名前はみな漢人の姓であり、日本名ではありません。このことはご理解いただきたい」それから上海語で付け加えた。「俺（アラー）がこんなふうに喋れば、おまえ（ノン）にもわかるだろ？」

この一言でまわりの上海人たちは一斉に笑い声をあげ、陳澄波に同郷の親しみを感じた。

ただ、髭ヅラの屈強な男だけはまだ腹を立てていて、こう言った。「おまえらが自分で選んだんじゃないと言っても〝日本鬼子〟がおれたち中国人をいじめていることはもう疑いようがねえ。もしこれからも日本人でいるってんなら、中国から出ていきやがれ。でなけりゃ、せいぜい気をつけるんだな」

◆　◆　◆

「それから、おふたりはどうされたんですか？」

方燕の質問に、劉新禄はトントンとタバコの灰を落とし、またひと口吸いこんで言った。

「どうしようもなかったさ」煙がたまご色の電球の上になびいていく。「ただ、戦争が始まらないように祈った。ちょうどその時、台湾からの電報が陳植棋の病死を知らせてきた。私たちの驚きといったらなかった。とくに兄さんのショックは相当だったよ。東京でいつも行動を共にしていたふたりの絆は強かった。蔣渭水が政党を組んで社会改革の運動をやったようなことを、画家のグループをつくって一緒にやるつもりだったんだ。その阿棋が、数年会わないうちに二十六歳という若さで亡くなるとは。世のはかなさを強烈に感じた兄さんは、それから余計に家族との団欒を大切にするようになった。『私の家庭』というあの作品は、家族の肖像というよりむしろ、世の無常に向き合った記念といえるだろうな」

三人は急に黙り込んだが、ややあって阿政が沈黙を破った。「名刺に福建漳州と印刷していたのは、日本国籍を持つおふたりにとって、一種の予防線だったのですか？」

「そうともいえるね」

「それから、情勢はどうなったのですか？」方燕がふたたびたずねた。

「国民党が日本を容認しないよう、共産党は徹底的な手段を取り、上海は反日運動の大本営となった。日本は報復のために、一九三二年の一・二八事変で上海を全面攻撃し、無数の死者が出た……」

頭上のたまご色の電球が一瞬チカチカと明滅し、砲弾が爆発したときの火花を思わせた。

◆　◆　◆

一九三二年、一月三十日。日本軍が上海で戦闘を始めて三日目。

日本の上海領事館は日本人在住者らに対して、租界へ避難するよう緊急通知を発した。前もって合流した劉新禄を含めた陳澄波家族の一行は、両手いっぱいに荷物を下げて、家から比較的近いフランス租界へ徒歩で向かった。

散発された砲弾が屋根や道路、公園で爆発してほうぼうから煙が上がっている。紫薇(しび)、碧女(へきじょ)、重光(じゅうこう)ら三人の子供もよく状況を飲み込んで、泣いたり騒いだりもせずひたすら歩く。妻の張捷(ちょうしょう)はまだ一歳にもならない白梅(はくばい)を抱き、思うにまかせぬ足どりで後ろをついていく。行き交う人も車もほとんどなく、上海の真昼とは思えない静寂があたりを包み、遠く黄浦江(こうほこう)の桟橋からは鳴りやまぬ砲声が響いてくるばかり。その音がするたび、陳澄波は思わず子供らと繋いだ手にぎゅっと力をこめた。

七人の一行は、立ちはだかる障害物や煙をくぐりぬけ、ついに徐家匯(じょかわい)の一帯までたどり着いた。フランス租界は、もう目の前だ。突然、数人の中国軍の兵士が現れて陳澄波らの行く手を阻んだ。

責任者である小隊長にどこの者かとたずねられ、陳澄波は落ち着いた口調で福建の者ですと答えた。

「福建人だって？　じゃあどこへ行こうというのだ？」

「徐匯(じょわい)公学〔現在の徐匯中学。イエズス会が設立した中国で最も古い西洋式学校の一つ〕に行きたいのです、その、友人を探すために」

「徐匯公学は租界の中だ。今、租界は閉鎖されている。われわれ中国人は通行証がなければ入ることはできない」

別の兵士が付け加えた。「外国人を除いてはな」

陳澄波が臨機応変に「はい。はい。外国のパスポートなら持っています」と言って日本のパスポートを取り出すと、小隊長はさっと顔色を変えた。

「なんだ、日本人か？」

「これは……」

「日本が今、われわれの上海を砲撃しているんだぞ。おまえは中国語がうまいが、福建人だと？ふん、危うく騙されるところだった。そうと知って敵方の人間をフランス租界にみすみす行かせると思うか？」

小隊長は号令をかけ、兵士らに陳澄波一行を捕らえるよう命令した。

「倉庫に閉じ込めておけ」

「お待ちください！」もはや絶体絶命と思われたそのとき、ひとりの老兵士が息を切らせて走ってきた。「小隊長にご報告いたします、彼らは悪者ではありません、味方です」

「なんだ、味方だと？」小隊長は信じられないという顔で答えた。

「こちらの長髪の方は、新華芸専〔上海新華芸術専科学校〕の陳教授です。有名な教授で、われわれ中国の学生に非常に親切にしてくれました。日本のパスポートを所持してはいても、彼らは本当の日本人ではありません。日本国台湾の福建人なのです……」

「日本国台湾の福建人だと？」小隊長は困惑して陳澄波を見た。機転が利く陳澄波も、すぐには説明できずに、ただこくりとうなずくだけだった。

「おまえは、やつらが日本人ではないというのか？」小隊長は、確かめるようにもう一度たずねた。

「ご報告します、彼らは本当に日本人ではありません」老兵士は、重ねて強調した。「陳教授の三人の子供たちは、われらが上海の書道大会で優勝もしています」

「そうです、そうです」陳澄波は急いで荷物の底から賞状を取り出して見せた。

「小隊長、もし彼らが中国人でないなら、どうして中国の書道大会に参加する資格がありましょうか」

「しかし奴らはどうして日本のパスポートを持っておるのだ?」小隊長はパスポートを見ながら、疑いが解けない様子である。

「特殊任務のためです」そう言って老兵士は小隊長の耳元に口を寄せ、なにかしらをささやいた。

「なに?　祖国の諜報員だというのか?」

「その通りです」老兵士は力をこめてうなずいた。「ご覧ください、陳教授のこの奇っ怪な長髪を。これは諜報員であることを隠すためで、もし身分が露見しそうな時には、髪の毛を切り落として敵をあざむけるのです」

老兵士の話を聞き終わった小隊長は半信半疑ながら、「たしかにこの長髪は、ただただ奇っ怪だな」と言って、もう一度陳澄波の後ろにくっついている子供や婦人、赤ん坊らを一瞥した。たしかに恐ろしい悪人とはいえそうにない。

小隊長がパスポートを陳澄波に返すと、老兵士は大声をあげた。「まだ行かねえのか!」

陳澄波は驚きでしばらく放心していたが、妻の張捷が台湾語で「ほら、行きましょう(キンツァウラ)!」と急かし、一行は荷物を持ち上げてフランス租界へと急いだ。

陳澄波は走りながら、たった今助けてくれた老兵士を振り返った。たしかに見覚えがあるようだが、どこで会ったのか思い出せない。

突然、老兵士は陳澄波に向かって大声をあげた。「老周(ラオジョウ)だよ！　学校の用務員の！」陳澄波は老周を認めると、興奮して何度もうなずいた。

◆　◆　◆

「まさか！」方燕は仰天した。「陳澄波は本当にスパイだったんですか？」

「もちろん老周のでまかせだよ」劉新禄は少し笑って、またきびしい表情に戻った。「一・二八事変はそれでもひと月後には収まったが、上海が以前のような平和と輝きを取り戻すことはなかった。交通も封鎖された。上海全体が、ひとつの孤島になったみたいだった。私も台湾の実家からの仕送りを受け取ることができなくなってね。兄さんの新華芸専だって授業停止で収入は途絶え、われわれが上海で生きていくことはほとんど不可能になった。日本領事館は上海在住の台湾人にできるだけ速やかに台湾へ戻るよう通達した。そこで兄さんは家族を先に台湾へ帰して、自分は上海に残り時局を待とうとしたんだよ」

「なぜです？」方燕がたずねると、阿政も質問を重ねた。

「そうですよ、どうして家族と一緒に台湾へ帰らなかったんですか？」

「理由は二つ考えられる」劉新禄はタバコをもみ消してから言った。「ひとつは仕事の関係だな。学校が再開するかもしれないという期待もあったし、そもそも兄さんは教師の仕事が好きだった。もうひとつは、文化上の祖国とのキズナだろう。もし、そのまま中国を離れればもう二度と戻れないことを、どこかでわかっていたのだと思う」

「ということは、陳澄波は心の底では、自分を中国人だと認識していたんですか？」

そうたずねた方燕を劉新禄は一瞥し、もう一度たまご色の電球を眺めて、嘆息するように言った。

「中国人か、日本人か、それとも台湾人なのか。どれになりたいと思っても、われわれ世代の台湾の知識人にとっては霧の中に迷い込むようなもんだよ。どの道を選んだって、崖から落ちるかもしれない」

方燕と阿政は、劉新禄の答えにただ耳を傾けた。

「実際、澄波兄さんは日本のパスポートを持っていたが、シカゴ博覧会の絵画展には中国代表として参加した。そのこと自体が、文化的なアイデンティティと政治的な現実の上で二重に矛盾している。兄さんは漢文化と日本文化、東洋と西洋の文化のうちを気の向くままに歩き、美しさや技法を追い求め、芸術を謳歌して生きてきた。でも運命は、それが続くことを許さなかった。一・二八事変が彼に迫ったのは、身分を選択することだったよ。日本人なのか？　中国人なのか？　と」

「それで陳澄波は、どちらを選択したのですか？」方燕と阿政はほとんど同時にたずねた。

◆　◆　◆

一九三三年六月、上海バンドのキャセイ・ホテル（現在の和平飯店）。

八階のレストランは、アメリカから入ってきたばかりのジャズが鳴り響いて賑やかだった。

キャセイ・ホテルはオープンしてまだ数年しか経っておらず、陳澄波は老潘（ラオパン）とアメリカンステーキを食べている。ジャズバンドの演奏はこのレストランの目玉で、激しいラッパが自在に音を奏で、まるでシカゴのジャズクラブをそのまま運んできたかのような熱気に満ちている。一年ほど前に一・二八事変が起きたとはいえ、上海バンドは未だ芳しさと眩しさに充ちた恍惚のなかにあった。

老潘——陳澄波はいつも親しみを込めて潘玉良（はんぎょくりょう）をそう呼び、潘玉良は陳澄波を老陳（ラオチェン）と呼んだ——と陳澄波が知り合ったのは一九二八年。当時、陳澄波はまだ東京美術学校の研究所におり、フランスから上海へ西洋画の教師として戻ってきた潘玉良が東京を視察する際、土地に明るいので通訳や案内を務めた。翌年、陳澄波も教師として上海に渡り、潘玉良と再会した時の喜びはたいへんなものだった。

潘玉良に対して、陳澄波は深い縁を感じていた。同じ美術の道を歩んでいるというだけでなく、二人とも清朝の光緒（こうしょ）二一年、つまり同じ一八九五年に生を享（う）けた。ちょうど台湾が日本に割譲され、陳澄波の身分が漢人官吏の息子から明治天皇の臣民へと変わった年でもある。一方、潘玉良は揚州（ようしゅう）に生まれた。揚州はアヘン戦争後、上海が発展するにつれて衰退した。潘玉良は貧しい家に生まれてまもなく父母を失った。陳澄波と同じく両親を持たずに成長した潘玉良は、非情な運命に甘んじた。

陳澄波が学校へ通えるようになったのは十二歳のときだが、潘玉良は十四歳で親戚によって娼家に売られ、辛酸をなめた。その後幸いなことに、興中会〔孫文が結成した中国最初の革命団体〕の党員だった潘賛化（はんさんか）〔一八八五〜一九五九〕に身請けされ教育を受けたことで運命が変わり、新しい時代の女性となった。潘玉良は一九二一年に絵を学ぶためにパリへと渡り、陳澄波は一九二四年に東京へ留学した。そして一九二九年にふたりは上海において、真の友人同士となった。

ふたりが上海で教鞭を執っているあいだも、画壇ではフランス留学派と日本留学派のあいだで絶えず正統派争いが繰り返されていた。老陳と老潘は派閥間でどのように矛を収めて傷を癒すかを共に模索してきたが、一・二八事変がその機会を台無しにした。

陳澄波はついに台湾へ帰ることを決心し、今日は、老潘が設けた送別会にやってきたのだった。中国服を着た潘玉良がステーキを切るときの流れるように優雅な手つきは、パリで身につけたものだ。陳澄波も大都会東京の洗礼を受けてはいたが、西洋料理のマナーには不慣れだった。

お喋りしているうちに、ウェイターが食後のデザートにチーズケーキを運んできた。潘玉良はキャセイ・ホテルのシェフはパリのシェフには及ばないと感じ、「チーズを使ったお菓子のテクニックではフランスが全世界で一番ね」と言った。それを聞いて、陳澄波は羨ましそうな顔になった。フランスのお菓子が食べたいわけではない。学生時代、フランスで絵を学ぶのが夢だったことを思い出したからだ。「モネ、ルノワール、ゴッホ、スーラたちがパリで残したきらめきを思えば、それだけで興奮するね」

だが、何もかも西洋の技巧をよしとする必要はないというのが、恩師の石川欽一郎の教えだった。むしろ中国やインドの特色に学んでこそ、東洋の画家としてのスタイルを確立することができる。それはパリ行きを断念するのに充分な理由だった。

「だからシカゴ博覧会に出した『清流』には、伝統絵画の技法を混ぜ込んだってわけ？」老潘は興味深々でたずねた。

「たしかに、俺が参考にしたのは倪瓚（げいさん）〔元末の画家で簡潔な山水画を得意とした〕の線描法、それから八大山人（はちだいさんじん）〔明末から清代初期の画家、書家、詩人〕

の擦筆法(さっぴっほう)〔筆先をねじってこするように描く技法〕だ。そうやって画面にダイナミックな動きを生み出す手法は、モネが確立した印象派の画風からはかけ離れてる。でも、ひとりの東洋の油絵画家として、未熟なりに自分の文化に合う路線を探した結果だよ」老陳は言い終わると、自信ありげな表情(かお)を見せた。

潘玉良も陳澄波の論点に同意してうなずいた。ヨーロッパに暮らしたことで、東洋の画家が西洋の画風を学ぶだけでは彼らにとても太刀打ちできないことを身をもって知っていた。

「実際、私がフランスにいた時だって、林風眠(りんふうみん)〔一九〇〇〜九一 決瀾社に参加した画家の一人〕、常玉(サンユウ)〔一八九五〜一九六六 パリで活躍した画家〕、徐悲鴻(じょひこう)たちみんな……スタイルや路線をめぐって争い、最後にはどうしようもなくなって焦ってた。その後は決まって、しばらく筆を執れなくなったわ」老潘は目を閉じて頭を振っていたが、しばらくして輝くような笑顔をみせた。

「結局は、こう思えたの。どんな路線であれスタイルであれ、描くときにはただ軽く目を瞑(つむ)り、自然と導かれるままに筆を動かせばいい。手の動きに導かれて画面に形が現れ、一枚の油絵が完成していく。ああ、もう流行を追いかけずとも大丈夫だって。このごろの西洋画の移り変わりといったら、いくら追っても追いつけない。やれフォービズムだなんだと争って、今度はやれピカソってやつのキュビズムですって。やっとナントカ主義について理解できた！ と思ったら、それをあざ笑うみたいに次が出てくるのよ、ほんとやんなっちゃう！」

潘玉良は笑いながら言い、陳澄波もうなずいた。「どちらかといえば、祖国中国の人たちはたいへんだよ。だって君らには深い伝統があるし、西洋文化を受け入れるのに抵抗もあるだろう。台湾人は割と単純だから、日本人が持ち込んだものを何でも受け入れて、来るもの拒まずだ。台湾の画家だって、日本の先生がどこかで習った技法を初めから終わりまで学んでおしまいだ。フォービズムの影響を受けたとしても参考にする程度で、大きな変化じゃあない。だからわれわれはどんな波が来ようとも、ただ自分の得意な技法で、関心のあるテーマを描くだけだよ」

それから老潘は老陳に訊いた。奥さんを台湾に帰してひとり上海に残ったあなたが、どうしてついに帰ることを決心したの？　戦争が怖いから？

陳澄波はコーヒーカップを揺らしながら淡々と答えた。戦争はもちろん怖い、でもそれだけじゃない。中国と日本の衝突が激しさを増したとき、国籍の問題はすでに避けて通れないものになっていた。残りたいが、ならば日本国籍を捨てねばならない。祖国中国は日本のパスポートを持つものを教壇には立たせないからだ。「例えば、王悦之という台湾籍の先輩画家がいる。本名は劉錦堂と言って長く祖国中国に暮らし、姓を変え日本国籍も放棄し、河北の女性と結婚して本当に中国人になった。今は北平美術学院の校長だよ。でも、僕には、日本国籍を捨てるなんてできない。そしたらもう台湾へ戻るのは難しいし、僕と妻は台湾の親友たちまで捨てることになる。とくに妻は、僕のためにもう充分に犠牲を払ってきたよ。なのにどうして、僕のせいで故郷の両親に会えないような目に遭わせられる？　それに……」

陳澄波は顔を上げて潘玉良を見つめ、先を続けていいのか迷った。潘玉良はチーズケーキをひとくち呑み込んで続きをうながした。

「実はさ」陳澄波は苦笑した。「妻は上海の生活にまったく慣れないんだよ。外国租界エリアは、まあ豊かで賑わっているけれど、それより広い本国人がいる場所は、ゴチャゴチャして、無秩序といってもいい。周作人がこんな文章を書いたろう。「外灘の公園に犬と華人の立ち入りを禁ずという規定は、われわれに対する西洋人の紛れもない差別である。しかし中国人は公園の中で大小便をし、公共の物を壊し、いたるところで喧嘩するなど、自分で自分を尊重していない。どうして外国人に尊重しろと言えるだろうか？」って。祖国中国は文化の程度でいえば、日本に遠く及ばぬどころか、台湾にさえ及ばない。この悩みははっきりと言いづらいがね」

そう言って陳澄波が言葉を切ると、潘玉良は仕方がないという顔を見せ、ゆっくりとした口調で言った。「私の場合、文明のギャップに悩まされたことはなかったわ。パリと上海の違いっていうのは、まったく異なる世界の違いといってもいいかもね。私は上海で——言ってみれば中国で文明の水準が最も高い土地で、たびたび異様な目で見られてきた。実力で教授の地位を得たとしても差別に遭うし、女だと見ると馬鹿にされる。『あの女が大学で何を教えられる？　男へのサービスの仕方か？　男と寝るやり方か？』ってね。ある展覧会では、記者が私の絵は誰かの代筆じゃないか？　と訊いたわ。妓楼出身の女にこんな絵が描けるはずがないって、まったく信じようとしないの。仕方ないからキャンバスと絵具を出してきて、ひと筆ひと筆もう一回描いてみせてやった。啞然としてたわ。かつて私は、この土地で尊重されなかった。今度は学を修めて帰ってきても、やっぱり同じ苦さを味わってるってわけ、あはは」

潘玉良の笑い声は、涙を帯びていた。しばらくの間、陳澄波は彼女をどう慰めればいいのかわからないでいた。

「ねえ、老陳。あなたが行ってしまったら、私もここを離れるわ。大海を見た者の目に、川は魅力的に映らないものよ〔唐の詩人、元稹の詩「離思」にある言葉〕。結局のところ、私たちの遺伝子にある文明と祖国の水は合わなかったってこと。ひとつだけ言えることがある。祖国を愛しても、祖国は私を愛してはくれないのよ」

陳澄波は潘玉良を見つめながら最後のコーヒーを飲み干し、思った。今日の送別会は、いったい誰が誰を送る会なのだろうか。

「四年後、潘玉良も上海を去り、遠くパリへ旅立ったよ」劉新禄は椅子の背もたれに寄りかかり、ゆっくりと言った。「私の記憶がたしかなら、一生中国には戻らなかったはずだ。いわゆる客死というやつだな」

「ということは、陳澄波は国籍の問題のために台湾へ？」方燕がたずねた。

劉新禄はそれには答えず、独り言のように言った。「劉錦堂は……」

「誰ですか？」

「劉錦堂、つまり、王悦之のことだよ」

「ああ、日本国籍を放棄したという台湾画家ですね」方燕は、劉新禄を見つめた。

劉新禄はまたタバコを取ろうと「長寿」の箱に手を伸ばしたが、中にはもう何もなかった。劉新禄は箱をぐしゃりと握りつぶして、足もとのゴミ箱に捨てた。それから顎を撫で、物思いにふけっていたが、またゆっくりと口を開いた。

「錦堂兄さんは台中の出身で、彫刻家の黄土水(こうどすい)と東京美術学校の同級生だった。台湾から最初に東美に行った先輩の一人で、私たちよりも先に中国へ渡った。当時は国民党の王法勤(おうほうきん)〔一八七〇～一九四一〕を慕って義理の父親と仰ぎ、北平美術学院の校長にもなったよ。しかし、王法勤は汪精衛(おうせいえい)〔一八八三～一九四四 政治家。汪兆銘とも〕の側について国民党の派閥争いに負け、錦堂兄さんも巻き込まれた。南京の蔣介石政権側の新聞は錦堂兄さんが学校の資金を横領したと一斉に攻撃しはじめ、それから中国と日本の衝突が激化すると、今度は日本国台湾出身の身分が取り沙汰された。どちらの国に忠誠心があるのかと疑われたんだ。とっくに日本国籍を放棄していてもね。

錦堂兄さんは、祖国を愛する立場を表明するため、『棄民図』という一枚の絵を描いたんだ。日本軍の迫害を受けた中国東北の難民の姿をね。それでも困難な状況は変わらず、政争を避けるために華南に避難した。澄波兄さんは慰問の気持ちを込めて手紙を書き、もし本当にダメなら台湾に一度戻って再出発してはどうかと勧めたが、錦堂兄さんからの返事には、もう姓も変えてしまって台湾の家族に合わせる顔もない、帰ることはできないとあった。そして祖国に残ったものの、その後も同じように祖国の人々が与える試練に耐えねばならなかったよ」

劉新禄は咳をして痰を吐いてから、話を続けた。「前に彼の詩を読んだことがある。『迎台友遊中原(台湾の友を迎えて中原に遊ぶ)』という詩で、こうあった。『武人擅國政、剝奪民膏液。同胞自残傷、神州更誰惜。(軍人が国政をすれば、民衆は心血まで奪われる。同胞らは互いに滅ぼし合い、そんな神の国・中国を誰が惜しんでくれようか)』哀しいかな、彼は祖国の懐に抱かれながら、祖国の政争にその身を焼か

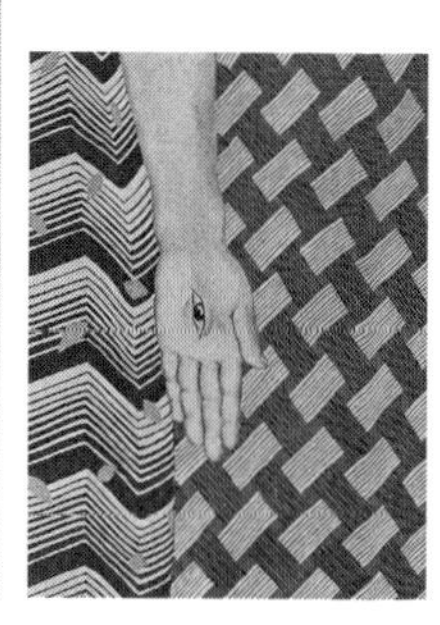

『台灣遺民圖』劉錦堂，1934 年．右は手のひら部分の拡大図

れたんだよ」

劉新禄は下顎を撫で、いっときしてまた口を開いた。

「一九三四年、澄波兄さんが台湾へ帰った翌年のことだが、錦堂兄さんは『台湾遺民図』という絵を描いて、故郷台湾への想いを表現した。絵の中には三人の女性がいて、真ん中の女性は手に地球をもち、左の手のひらには目がひとつある。ある人がその二つの手の意味をたずねたら、いわく、地球は世界をさまよう台湾人の境遇を表し、手のひらの目は、どこに流れていこうといつも台湾の方を見ていると示しているのだという。精神的な攻撃に絶えずさらされた錦堂兄さんは病気になり、それから何年もしないうちに死んだ。ああ、もし澄波兄さんがそのまま中国に居残っていたら、錦堂兄さんとあまり変わらない境遇だったかも知れない。その頃の日本籍台湾人の運命とは、鍾理和が書くところの「サツマイモのかなしみ」そのものだったな」

「サツマイモのかなしみ？」

「雨水（あまみず）がサツマイモの根っこを駄目にして、白いサツマイモの芯を腐らせる。われわれの世代の台湾人の悲哀を象徴する表現だよ」

「雨水？」方燕はわからなかった。「どんな雨水ですか？」

「つまり、根っこを見失わせるような雨水だよ。祖国中国の人々から見れば、台湾人と朝鮮人の血統や文化、地位は似たようなものだ。端っこの亜民族で、正統な中原の中国人ではない。日本人は台湾人を琉球人と同じように思っているし、大陸人は台湾人を朝鮮人と同じように見ている。慕えども想えども、われらの真心は一向に報われぬ。張秋海〔一八九八〜一九八八　画家。東京美術学校で学び、中国に渡る。終生台湾へは帰らなかった〕、郭柏川〔一九〇一〜七四　画家。東京美術学校で学び、満州に渡り、北京で教職を務めた〕、陳承藩〔画家。石川欽一郎の指導を受け、陳澄波、陳植棋らと「七星画壇」を結成した〕、王白淵、そして音楽界の江文也〔一九一〇〜八三　作曲家、声楽家。東京音楽学校の夜間科で学ぶ。中国に渡り戦後に文化大革命に遭う〕、みな同じように白いサツマイモの運命をたどった！　台湾人は永遠に外側に祖国を持っている。しかしどの祖国も、台湾人を本当の家族とは見なしていない……」

劉新禄は突然口をつぐんで、テーブルの上を見渡し、落ち着かない表情を見せた。阿政が急いでタバコを一本差し出すと、劉新禄は笑顔を見せて「シュボッ」という音とともに火を点けて指で挟み、頭の後ろを掻いた。それから唐突に、ふたりに質問をした。「われわれが大陸にいるとき、いつも見る夢があった。夢のなかでどこにいたか、わかるかね？」

方燕と阿政が頭を振ると、「台湾だよ」と劉新禄は答えた。

「私と兄さんのルーツは、太陽の光あふれる嘉南平原にある。だからわれわれは最後には、故郷に戻ることを選んだよ。それに、その頃中国と日本の間の緊張は高まるばかりで、もし台湾に戻らなければ永遠に帰れなかったかもしれない。劉錦堂みたいにね……」

言い終わって、劉新禄は長い長い溜息をついた。

阿政はその溜息を受けて、感じ入ったように言った。「陳澄波の選択は、ヘンリー・ジェイムズの『アメリカ人』に出てくる主人公とそっくりですね。結局は、巫山(ふざん)の雲でなければ雲ではない〔一三一頁と同じく元稹の詩「離思」より〕ということか」

「台湾に戻ったあとは?」方燕が問いを重ねた。

「そのあとは」劉新禄は煙を続けて吐きながら答えた。「澄波兄さんの絵の題材もしだいに台湾へ戻った。結局、写生を重んじる画家は、二本の足で踏みしめられる土地がなければ手のなかの絵筆を動かすことすらできないんだよ。澄波兄さんは台湾各地へ赴いて写生し、創作の量は劇的に増えた。同時に、故郷の文化改革にも力を入れた。嘉南〔嘉義・台南のこと〕の文化人らと一緒に美術教育を推進したんだよ。この『琳瑯山閣』も、その頃に描かれたものだ」

一同はテーブルの上の写真の中の絵に目を向けた。

「あの頃、既に嘉義の名士だった兄さんは、皆から「画伯」と呼ばれていた。昔は甲斐性がないと思われていた絵描きから「画伯」になり、どこに行っても尊敬された。本当にすごいことだよ。同時に、台湾各地の主な画家たちと台陽美術協会を組織して、美術の振興に力を惜しまなかった。このあたりのことは、台北の三郎兄さんの方が詳しいな」

「ああ、台湾省展で審査員をなさっている楊三郎(ヤンサンラン)先生ですね」阿政が言った。

「それから?」と方燕がたずねた。

突然、部屋の中がチカチカ明滅したと思った数秒後に、電球が切れた。室内は暗闇に沈み、ただ隣の部屋からの灯りがほのかに差し込んでいる。三人は身じろぎもせず、方燕と阿政はただ劉新禄の次の言葉を待った。

「それから？　それから！　それから……」

「そうです、それから？」

「それから、彼は死んだ」劉新禄はうめくように囁いた。

「死んだ！」方燕と阿政は電撃を受けたように驚いた。「どうして？」

劉新禄はそれに答えず、ぶつぶつと口を動かした。「陳澄波の死後、私はもう絵筆も持てなくなってしまった。嘉義に劉新禄という画家がいることなぞ、誰一人として知らない……」

長い沈黙のあと、劉新禄はだしぬけにうめいた。「兄さん、もうすぐだ。もうすぐ僕もそちらに行くよ！」

4

嘉義から台北にもどった方燕はジレンマに陥った。陳澄波の暗号について調べるのはもうやめようと考えていたのに、聞き取りを終えてますます好奇心が湧いてしまったのだ。陳澄波の埋もれた人生を、阿政と一緒にもっと掘り下げたいという気持ちがある。一方で、取り返しのつかないことをしている不安もあった。それに、秘密を追うことに熱中するあまり、絵の修復が間に合わなくなるかもしれない。これ以上の調査をやめるかどうか、ともかく相談してみようと、方燕は阿政の家を訪れた。

「阿政、三十日の修復期限までもう半分過ぎたよ。いますぐ修復にとりかからないと、万が一間に合わなかったら残りの支払いが差しひかれちゃう。もう陳澄波の調査は終わりにしよう、ね?」

「また金の話か」阿政は頭を振った。「陳澄波の前で金の話をするなんて、情けないと思わないの?」

「だらだら続けたって終わりが見えないじゃない。心配してるんだよ」

「間に合わなかったところで、せいぜい支払いが減るぐらいだろ。出来の悪い修復になるよりマシだよ。陳澄波に顔向けできない」

「あんたって……もういいよ」

方燕が口をつぐむと、阿政はまた『琳琅山閣』の絵を取り上げて見入った。その熱中ぶりときたらラブレターを眺めるよりもなおひどく、方燕は複雑な気持ちになった。果たして調査をやめるべきなのだろうか？　方燕は自問した。やめたい理由は実のところ、修復の期限を過ぎることが心配だからではなく、政府のタブーに触れたくないからだ。公務員の子として育った方燕にとって、公への奉仕と法の遵守こそが、したがうべき基準だった。法を遵守する市民は政府のタブーに挑んだりしない。しかし、同時にもう一つの気持ちが湧き起こってもいた。長年ずっと、親にも学校にも国家にも背くことのないよい子を演じてきた。アメリカに留学して、典型的なアジア人ねと同級生に笑われたものだ。みんなと一緒にタバコを吸い、酒を飲んでみて初めて、ようやく自分の考えを持った女性だと認められたのだ。『そうだ、反逆だ』方燕は西洋人が鼓舞するあの反逆精神を思った。芸術は専門ではないが、反逆性こそが芸術を推し進めたことはよく理解していた。いつか観たドキュメンタリー映画を思い出す。バレエシューズを脱いだイザドラ・ダンカンが、裸足で舞台に立っている。二本の腕をすっと伸ばした立ち姿の美しさといったらなかった。舞台の下の観客たちが、どれだけ彼女にブーイングを浴びせようとも。そしてその夜にこそ、モダンダンスは生まれたのだ……。

『そう、反逆なんだ』

方燕は考えに耽った。イザドラ・ダンカンのドキュメンタリーから学んだのは、反逆精神こそが文明を前に進めてきたことだ。それなら今はどちらに行くべきだろう？　政府の法律を遵守するよき市民の道か、それとも理想を追い求める反逆者の道か。心に突き刺さる難題だった。

だが、方燕は自分が答えを見つけ出せると信じた。

翌日、他人の名義で申請して新聞社の資料室に入った方燕は、光復前後の関係資料をさらに細かく調べた。

だがちょうど積み上げた資料をめくり終えたところで、またあの冷酷そうな王という人事部の男が部屋に入ってきた。方燕はそそくさと隅に身を隠した。

王は、たったいま方燕がいた本棚に足をむけ、積まれた資料を取り上げながら「『動員戡乱時期の叛乱犯処罰リスト』だと？」とつぶやいた。王はキツネのように目を吊り上げて四方を見まわしたが、人影はない。

男がふたたび資料に目を落としたすきに、方燕は息をひそめて資料室から出た。

夕食の休憩時間を利用して方燕はまた阿政のところにやって来た。そして今度は人事部の王に追及されたことまで、包み隠さず資料室での顚末を話した。

聞き終わった阿政は心から驚き、方燕を心配して詫びた。「すまない、ぜんぶ僕のせいだ。もうちょっとで君が捕まってしまうところだった」

「大丈夫よ。ほら見て、元気そうでしょ？」方燕は小さな声で言った。「陳澄波の存在がこうもウヤムヤにされてるのは、政治と関係があるんじゃないかと思って。資料室で判決を受けた叛乱犯の名簿を調べてみたんだけど」

「なにか分かった？」

「ないの」方燕は首を振った。

「ない？」阿政はいぶかった。

「うん。端から端まで目を通したけど、陳澄波の名前は見つからなかった」

「芸術家が社会に不満を持っているのはよくあることだしな」阿政は声を低くして続けた。「でも林（りん）玉山（ぎょくざん）によれば、陳澄波には妻も子供もいて、陳植棋（ちんしょくき）みたいに衝動的ってわけじゃなかった。だから、叛乱犯にはなってないのかも……」

「じゃあ、どうしてその話題がタブーになっちゃったの？」

「それは、僕も散々考えたけどわからない」

「もう一回調べる方法を考えてみる」

「もうやめよう！」阿政は大声をあげた。

「やめよう？　陳澄波の絵の中の暗号を解きたいんでしょ？」

「解かなくていい。もうここでやめよう！」

「ＷＨＹ（なんで）？」方燕は片手で眼鏡をはずし、阿政を見つめた。

「君の仕事に影響が出るのはいやなんだ」阿政はきっぱりとした態度で言った。

「かまわない！」方燕は毅然と言いかえした。「私、せっかく壁を乗り越えたんだよ。もう聞き分けがいいだけの国民じゃない、自分の考えを持った個人として生きるって決めたの。なのにあなたがここでやめろっていうの？　いやだ、私だってウォーターゲート事件のウッドワードやバーンスタインみたいに、絶対に引き下がりたくないの」

「だから？」

「調査を続けるの！　楊三郎（ヤンサンラン）に話を聞きに行こうよ！」

言い終えた方燕が目を輝かせて窓の外を見ると、雲が夕暮れの光に輝いていた。

永和の中正橋のたもとに来たふたりは、散々探してようやく朝食屋の脇の細い通りにある楊三郎の邸宅を見つけ出した。美しい銀髪の楊三郎と夫人が、広々とした庭のある一軒家で方燕と阿政を迎えてくれた。

楊三郎は台湾画壇の大家だが、年配でキャリアがあるからと言って、若い客人を軽んじたりしなかった。つまるところ、コンテンポラリーアートが世を席捲し、前衛的な画風がもてはやされる昨今、この世代の老画家は主流メディアからは取り残されていた。画壇で寂しく過ごす彼らにとって、若いふたりは喜ばしい訪問客である。七十七歳の老主人はふたりを大広間に案内し、今年玉山で写生したばかりの『玉山日出』という作品を見せると、高山病の苦しさを得々と語り、誇らしげな表情を見せた。

大広間を一巡したふたりに座るよううながした楊三郎は、安楽椅子に腰かけて優雅に椅子を揺らした。楊夫人がばたばたと、「昭和の魂」を作曲したと言われる古賀政男（こがまさお）のギター演奏のレコードをかける。間もなく、『男の純情』の優美な旋律がスピーカーから響いてきた。それから夫人は、京都の清水焼の茶碗に宇治の薄茶を点（た）てて客人のもとに運んできた。

心のこもったもてなしが一通り済むと、阿政は今回の訪問の目的を切り出し、袋の中から『琳瑯山閣』を取り出した。

◆◆◆

『琳瑯山閣』を手にした楊三郎は、じっくりと見つめたあと、左右を確認して言った。「陳澄波の絵に間違いない。でもこの絵は、一九七九年の遺作展にも出ていなかったね」

「琳瑯山閣についてはご存じですか?」阿政が訊いた。

「南部ではとても有名だが、陳サンとの関係についてはよくわからないな。私は下港（エーカン）〔安平港、高雄港の二つの港がある台湾南部を指す〕の人間ではないからね」

「そうですか」阿政はちょっぴり失望を感じた。

「すみません、楊先生」方燕があわててたずねた。「当時の陳澄波とのお付き合いについてお聞かせ願えませんか?」

「付き合い?」楊三郎は茶を啜（すす）り、ゆっくりと口を開いた。「上海から帰ってきた陳澄波は、どこにでも写生に出かけていたな。一度、私も一緒に阿里山（ありさん）へ行った。彼は絵を描き終えたら、すぐに人に批評を頼んだ。樹齢が六百年もあるというタイワンベニヒノキの林の絵だが、それを見た造林課の課長が、まるで林が生きているみたいだと言ったんだ。陳さんは、とてもうれしそうだったよ。阿里山の木々の風格を表現できたとね、ふふ」

「まだあるわ」と、夫人が言葉を継いだ。「あの方の家は嘉義でしょう。だから台北に来るときは大稲埕（だいとうてい）の我が家に泊まっていたの。いつも必ず、自分の家の掛布団を持ってきてた。三郎が、君は我が家の掛布団が不潔だとでもいうのか、なんではるばる嘉義から布団なんか？　とたずねたの。彼ったら、家の布団はつないだ手の匂いがするからよく寝れるんだ、ですって」

夫人の言葉に、一斉に笑い声があがった。

楊三郎は続けた。「陳サンが台北に来ていた頃、台陽協会の活動以外に好んでしていたことがもうひとつあった。滬尾（ホオベエ）〔台北郊外の河口の街、淡水の旧称〕の写生だよ。思い出すな、一度、協会の会議が終わって昼飯に誘ったら、行かないって言うんだ。すぐに滬尾に写生に行かないといけない、遅くなると光の具合がよくないってね。イーゼルを背負ったほかは何も持っていないし、昼飯も食ってなかった。私は居ても立ってもいられず、じゃあ一緒に行くと言ったんだ。それで私もイーゼルをかつぎ、彼について汽車に乗った……」

◆◆◆

一九三五年夏、台北双連（そうれん）駅。

駅のホームでは「弁当〜あったかい弁当！」という物売りの声がひびく。学生も勤め人もいないお昼どきに汽車を待つ客は少なく、双連市場でかご一杯に買い物をした婦人たちが、気ままにお喋りをしている。「欧（おう）さん、どうして汽車に乗ってまで買い物に来たの？」「双連市場って言えば何でもあるって有名じゃないの、やあねえ」

そんな会話を耳にしつつ、楊三郎と陳澄波のふたりはホームの木のベンチで弁当を食べている。

「ニイサン、この香腸(ソーセージ)あげるよ」楊三郎が弁当の香腸を箸で持ち上げた。

「いいよ、俺もあるから」陳澄波は急いで自分の箸で楊三郎の箸を防いだ。

ところが楊三郎はそれでも諦めない。

「それは知ってるけどさ、やせすぎだよ、もっと食べなきゃ」

「いいって、やせてるのは生まれつきなんだから、いっぱい食べたって同じだよ」

「いいから遠慮するなよ」ついに楊三郎は陳澄波の弁当箱に香腸を投げ込むと、笑って言った。「滬尾に着くまで一、二時間かかるぞ。たくさん食べないと、兄さんの腹が減りやしないか心配なんだよ」

「おまえはどうなんだ？」

「大丈夫だよ、着いたら媽祖宮(まそぐう)あたりで何かおやつでも食うさ、いいだろ？」

「おまえなあ、俺に何か食わせる口実を探してるのか？」陳澄波は笑って三郎をにらんだ。

「ちがう、ちがうってば」三郎も笑いだした。

まもなく汽車が駅に入る時の汽笛の音と、車輪とレールのきしむ音が響き、ホームに放送が流れた。

「士林(しりん)、北投(ほくとう)、関渡(かんと)、淡水(たんすい)へ行かれるお客様は、急ぎご乗車ください」

淡水駅に到着すると、二人はイーゼルをかついで下車した。駅前には東洋車〔人力車のこと〕が何台か停まっている。

「ニイサン、人力車を二台呼んで乗らないか？」楊三郎が提案すると、

「いらないよ、俺たちまだこんなに若いのに、年寄りぶる必要はないさ」と、陳澄波は頭を振った。

そこでふたりはイーゼルを背に、駅から滬尾の古い街並に向かって歩いた。そのはずれは坂道にな

っている。午後の二時ごろで日はまだ高く、炙られるように暑い。二人は喘ぎながら坂を登った。比較的ふくよかな体つきの楊三郎はなおさらである。

「長いこと山登りなんてしてないよ」楊三郎はゼイゼイと息を切らした。

「はは、これのどこが山登りなんだよ」陳澄波は言った。

「だから海を描くのが好きなんだよ、山は嫌いだ」楊三郎はぶつぶつ言いながら、滑り落ちそうな肩のイーゼルを引きあげた。「山に登るだけじゃなくて、イーゼルまで背負わないといけないなんて、死んじゃうよ」

「次は一緒に新高山（にいたかやま）を描きに行くか。山の景色がどれほど素晴らしいか、わかるぞ」

「いやだよ、このまま兄さんと一緒に阿里山に写生に行ったときは、もう心臓が破裂するかと思った！　新高山なんてごめんこうむる」

陳澄波は我慢できずに笑い出した。「台湾の画家なら、新高山は一生に一度の仕事だぞ！」

気力を振り絞って紅毛城（こうもうじょう）〔十七世紀にスペイン人、オランダ人によって建設された古跡〕までたどり着き、ついに陳澄波は「着いたぞ、休憩だ」と言った。楊三郎はイーゼルを投げ出すとタオルで汗をぬぐい、ごくごくと水を飲んだ。それから汗を拭き終え、眼下に広がる美しい景色を目にすると、ここに引っ越してきたいぐらいの素晴らしさだと感嘆の声をあげた。それを見て、陳澄波は笑った。

そろそろ午後三時で、太陽は早くも西に傾いている。楊三郎は紅毛城のほうを眺めながら、眉根を寄せた。「ニイサン、僕ら来る時間を間違えたんじゃないのか？　今の時間だと紅毛城は逆光で、絵にならないよ。描くなら朝の光のころに来ないと」

陳澄波はいささかの迷いもなくイーゼルを立て、ほほえみながら「この時間で合ってるよ」と言った。

「合ってる？　見るからに逆光なのに、なにが合ってるんだい？」

「俺は紅毛城を描きに来たなんて言ってないだろ」陳澄波はほほえんだままだ。

「じゃあ、何を描くっていうのさ？」楊三郎は戸惑った。

「俺が描くのは、あっち」

わけがわからなくなった楊三郎は、もう片方に広がる景色を振り返った。山のふもとにある滬尾街の、赤い瓦屋根の家が一列に並んで見える。たしかに俯瞰してこその景色だが、面白いかどうかはわからなかった。なぜ堂々とした紅毛城ではなく、古びた赤い瓦屋根なんて？　イーゼルを開きながら、楊三郎はいぶかしんだ。

隣を見ると、何とも楽しげにイーゼルを立てる陳澄波がいる。

「ニイサン、なんでそんなに滬尾の赤い瓦屋根に興味があるんだい？」

「知りたいか？」

「そりゃそうだよ」楊三郎はもの問いたげにたずねた。「ニイサンは上海で、湖をたくさん描いたろう。それが今回、せっかく滬尾まできて淡水河の河口が見えるっていうのに、海は描かない、紅毛城にも興味を持たない。それでいて瓦屋根なんかにこだわるのは、どういうわけなんだい？」

「ねえ三郎、こうして滬尾の中腹から地上を見下ろしてさ、ふもとの赤い瓦屋根一軒一軒を見て感じないかい？　そこには大勢の人たちが暮らしていて、それぞれの家に、生きるための戦いの物語がある。そんな人々がこの古い街を行ったり来たりしている。その生命力のみなぎりと言ったら……そんな絵を想像するだけで、俺は感動する」

「それはたしかにそうだ。ただ僕は、人を描くことにはあんまり興味がない。風景が好きなんだ。台北城内はあんなに繁栄してて、大きな建築がいっぱいあるだろ。総督府に台北州庁〔現在の監察院〕、新公園〔現在の二二八和平公園〕、博物館、菊元百貨店、台湾神宮に円山公園、どれも絵になる場所だよ。なんでニイサンが現代の建築を描かないのかわからない。それどころか、こんな辺鄙な所に喜び勇んでやってきて、やれ赤い瓦屋根だ、廟だ、田舎風景だなんて」

「三郎、俺が選ぶ景色は、俺自身が関心をもつ時代精神の投影なんだ。つまりさ、俺の人生の経験や感情から生まれたものだよ」

「こういうことかい？　僕らが選ぶ景色が違うのも、僕らの生まれや育ちが違うから？」楊三郎は笑っているようで笑っていなかった。

「どういうことだい？」陳澄波はわからずに聞いた。

「考えてみてよ。僕は大稲埕っていう現代的な都会で、ニイサンは南部の赤レンガ造りの家で育った。僕や家族は西洋文明に囲まれてきたけど、ニイサンはお祖母さんと農村の暮らしを送った。生活方式が違えば、価値観も異なる。当然、選ぶ題材も違ってくる」

「そうともかぎらない」

「どうして？」

「阿棋（アギー）もお前とおなじ裕福な家の出だよ」陳澄波は言って、楊三郎を見つめた。「だけど、阿棋とお前はまた違う価値観を持っているよ」

「それは……」陳植棋のことはもちろん楊三郎も知っていた。汐止の地主の息子で、学生の頃から弱いものに代わって不公正に立ち向かうような人だった。ただ陳植棋の選ぶ題材に、現代の都市風景はほとんどなかった。画家の生い立ちが必ずしも絵の題材と関係があるわけではない。そこで三郎はただ笑って応じた。「それもそうだな」

ふたりはそうやって話をしながらイーゼルを組み立て終えた。陳澄波は木炭を持ち、紅い瓦屋根に対峙して下描きをはじめた。

「淡水の風景ってのは、風雪に耐えてきた感じがあるなあ」手を動かしながら、陳澄波は言った。「とくにあの古びた建物は、雨上がりはとりわけ美しい。それから、見てみろよ三郎、あの屋根の赤と木々の緑の組み合わせを。なんて豊かな色合いだろう」

楊三郎は陳澄波の言葉を聞きながら赤い瓦屋根の家々を眺め、ふいに思い当たることがあった。

「ニイサンが赤い瓦にそこまで思い入れがあるのには、理由があるんじゃないか？」

「理由？」

「そうさ」

「どういうことだ？」下絵を描いていた陳澄波の木炭がぴたりと止まった。

「淡水を描いているのは、ニイサンひとりじゃない。阿棋はもっと早くから、いやそれどころか、人生最後の一枚まで淡水を描いていた。ちょうどあの頃、ニイサンは上海にいたから一緒には来られなかったよね。ニイサンが戻ってきたのは、阿棋が逝ったあとだった。東京時代は道士と聖杯ぐらい

上『淡水(1)』陳澄波，1935 年(口絵 vi 頁も参照)
下『淡水風景』陳植棋，1930 年(陳子智提供)

気が合うふたりだったろう(いつも一緒にいることのたとえ。聖杯は道士が使用する占い道具)? いつも一緒にいて、革命への思いを共有していた。それなのに、最後にひと目会う事も叶わなかった。ニイサンはきっとつらかったよね。僕が思うに、このごろ淡水によく来るのは阿棋に会いたいからじゃないのかい?」

「阿棋に会いたい?」陳澄波は面食らった。

◆◆◆

スピーカーからは古賀政男『酒は涙か溜息か』が流れている。

「遠慮なさらずにお茶を召し上がってね、冷めるとおいしくないわ」楊夫人が二人に声をかけた。

楊三郎は、あの日の話を続けた。

「あの日、私たちは二、三時間も絵を描き続けた。そろそろ終わりかという頃、陳サンはキャンバスの上に何度も何度も色を塗り重ね、それからいきなりイーゼルや絵具箱を地面に投げ出して、胸を叩いて泣き崩れた。私は「ニイサン、どうしたんだい？　ニイサン」とたずねたが、しばらく泣き止まなかったよ」

「本当にゴッホみたいだ」阿政は苦笑した。

「私が思うに、あの涙は阿棋のためだった」楊三郎はそう続けた。「なぜあんなに早く逝ってしまったのかと惜しんで泣いたのかもしれないし、阿棋の絵が歴史の中で埋もれてしまったことを悔やんだのかもしれない。あるいは、阿棋という鬼才に勝てないことへの涙……」

「鬼才？」と方燕がいぶかしんだ。

「そう。石川先生は昔、ふたりを評して「陳澄波は俊才だが、陳植棋は鬼才だな」と言っていた。あのとき淡水で陳澄波が興奮のあまり絵具を投げだしたのは、もしかすると鬼才の弟分をいかに打ち負かすか苦悩していたのかもしれない。宮本武蔵と佐々木小次郎の決闘さながら、淡水こそが彼らの巌流島だったのさ。あの二人のような型破りな画家にとって、絵筆は日本刀みたいなもんだ。一九三五年から三七年までの間、澄波兄さんが何度も淡水を写生したのは、きっとあの弟分を懐かしんでのことだったろうよ！」

楊三郎は、ふいに椅子を揺らすのをやめ、ゆっくりと言った。「ふたりが最後に会ったときのこと、まだ覚えているよ」

◆　◆　◆

一九二九年、東京上野、年初。

楊三郎は関西美術院を卒業した後、台湾に帰って結婚することになっていた。楊は日本を去る前に汽車に乗って東京を旅し、ついでに同郷の友人たちを訪ねた。

この日、楊三郎が陳植棋と陳澄波に連れられて訪れたのは、上野の吉村芳松（よしまつ）〔一八八六～一九六五　洋画家〕先生の開いた「吉村画塾」である。吉村芳松は陳植棋と陳澄波の家庭教師で、常日頃から台湾出身の学生たちの面倒をよくみていた。そんなわけで、三人の台湾学生たちもここではくつろいで酒を酌み交わし、のびのびと話をすることができた。ここなら台湾語を喋っても、日本人から嫌な目を向けられる心配もない。この日三人は、先生がふるまってくれた日本酒の熱燗に、楊三郎が京都の四条通りで買ってきたフランスのワインなど、少なくない酒を空けた。

楊三郎のみならず、陳澄波も間もなく研究所を卒業し、一年後には阿棋も卒業を控えていたから、卒業後の進路については皆とくに関心があった。三郎と阿棋の実家は比較的裕福なので、卒業後も経済的な心配はあまりなかったが、祖母と妻子を養わねばならない陳澄波は、卒業すれば人生の重要なハードルに差しかかる。その後の一生がかかっている、そう思うと陳澄波の気持ちは沈んだ。お調子者の阿棋は陳澄波を慰めるように言った。

「もし仕事が見つからなかったら、阿貴(アグイ)〔楊達のこと〕みたいに党を結成して革命を起こそうよ。ごまめの歯ぎしりを日本のやつらに聞かせてやるんだ」そう言いながら阿棋は、神妙な様子でカバンから一本の葉巻を取り出し、陳澄波に差し出した。

「兄さん、これ、この前ギンザ（銀座）で買ったんだ。キューバからの輸入ものだって。珍しいだろ、ひと口吸ってみなよ」

「いらないよ、タバコを吸うと眩暈(めまい)がするんだ」陳澄波は笑いながら首を振った。

「タバコじゃないよ、葉巻だよ。上モノだぞ、ほらひと口吸ってみてったら」

「いらないったら」

「もう兄さんってば、なんでも消極的なわりに、機会があれば俺といっしょに革命を起こそうなんて言うんだからさ」阿棋は陳澄波をからかった。「葉巻も試そうとしないで、何が革命だよ。シモン・ボリバル〔一七八三〜一八三〇 ラテンアメリカの独立運動指導者〕を見なよ、いつも葉巻をくわえて革命を起こしてるんだぜ？」

「クセになるのが怖いんだよ、金がないからな」

「ははは、革命やろうって言いながら、金がないから怖いなんておかしいよ」陳植棋が笑うと、楊三郎が口をはさんだ。

「澄波兄さんは家の面倒を見ないといけないんだから、革命なんてよしなよ。革命ってのは人が死ぬんだぞ。皇帝の親父を殺そうとした汪兆銘（おうちょうめい）〔一九一〇年に皇族の暗殺計画に失敗している〕だって、もう少しで首を切られるとこだった」

「俺だって本当に革命を起こしたいってんじゃない」陳澄波はやや真面目な口調で言った。「俺はただ、長年の悪弊（あくへい）を改め、国家の危機を救うような革命家を尊敬しているだけなんだ。彼らの博愛精神を見習いたいんだ」

「誰のことを言ってるんだい？」と三郎がたずねた。

「知ってるよ、支那のナカヤマサン〔孫中山、孫文のこと〕のことだろ？」と阿棋が言った。

「たしかに、俺は東京に来てからナカヤマサンの祖国への尽力を知ったが、本当にすばらしいな。彼が日本の明治天皇のように、祖国を変えてくれることを心より願ってるよ！」

「兄さんは台湾の中山樵（きこり）〔孫文が日本滞在中に使用した名前〕になりたいのかい？」三郎はまたたずねた。

「そんなことは不可能だよ。ただ、社会運動を通して台湾をもっとよくしたいって考えてるだけだよ。永田一脩（いっしゅう）さんが言っていたみたいに、プロレタリア芸術という改革を通して、プロレタリア大衆がもう虐（しいた）げられないようにしたいんだ」

「永田一脩、永田一脩か」陳植棋は、ため息をついて言った。「俺らはみんな彼の影響を受けてるけど、画家になったところで何も変えられやしないよ。台北師範学校を退学になった年、太平町の文化協会〔台湾文化協会のこと〕に手伝いに行ったよ。革命が起こせるのかどうか見てやろうと思ってね。ところが毎日のように講演だなんだって、何の改革もできやしない。結局、絵の勉強に戻ってきたってわけさ」

「阿棋よ、そんな言い方するなよ。文明の改革だって、決して政治の改革に負けはしないよ。蒋渭水が文化協会を出て、台湾民衆党を作ったろう。政党とはいっても、台湾の文明改革を推し進めるのが主な仕事だよ。渭水さんも中山サンと一緒だ、医の道を捨てて政治を志し、社会を変革するという公義のために戦ってる。ふたりは俺の尊敬する政治家だよ。俺ら画家の仕事は、人々のために文明の指導者になることだ。みんなが文明の道を歩んでこそ、台湾は救われる」

「もし画家が文明の指導者になるなら、中山サンや渭水さんみたいに、俺らは画家の党を組むっていうのはどうだい？」と阿棋が言った。

「党を組むだって？」楊三郎は驚いた。「捕まっちゃうよ。聞けば、楊逵が台湾に帰って農家の協会を組織したら、日本の当局に何回も捕らえられたっていうじゃないか。まずいよ」

「画家が政党を組むならそれは政治結社になって、きっと政府の圧力を受けるだろうな。そしたら台湾に貢献できるかはわからない」陳澄波は冷静に続けた。「ただし、もし組むのが絵画サークルであれば大きな問題はないだろう。内地にだってたくさんあるけど、警察にはまったく干渉されていない」

「よし、じゃあ絵画サークルを作ろう」阿棋も興奮した口調で言った。「早ければ早いほどいい」

「早くって言ったって、次に台湾へ帰るときを待たないとだぞ」

「というより三郎と一緒に台湾へ帰って、すぐに島内の画家を集めればいいじゃないか。うまく行けば、今年のうちに第一回の画展ができるぞ、総督府の台展に対抗して」陳植棋は熱っぽく言った。

「それはいいけど、経費はどうするんだ」と、陳澄波が心配すると、阿棋は言った。

「経費のことなら心配ないよ。前に俺らが七星画壇を組んだときに、倪サンがたくさん支援してくれたろう。今回も主催として音頭をとってもらおう。台湾美術への深い愛情がある倪サンなら、きっとまた一肌脱いでくれるよ」

すると三郎が言った。「でも、何か宣言を考えるべきじゃないか、大衆を説得できるような。じゃないと、画家が好きで勝手にやってると思われる」

「そうだな、今回は違うものにしなければ」阿棋も三郎と同じ見解を示した。「前回の七星画壇は仲間うちだけのもので、社会や大衆とはあまり関係がなかった。でも今回のサークルは、画家が馴れ合うためじゃない。社会に奉仕し、貢献して、人々のためのサークルになるんだ」

「宣言だったら、「嘘偽りのない、赤心の芸術の力で、島民の生活を温かにする」とか、そんな感じでどうかな」と陳澄波が例をあげた。

「赤心の芸術の力で、島民の生活を……じゃあ、党の名前は「赤島党」だな！」阿棋は興奮して叫んだ。

「阿棋、党名じゃないだろ、美術サークルだから〝社〟だよ」三郎が笑って頭を振った。

阿棋もたまらず笑い出して、「わかったよ！　じゃあ「赤島社」だ」と言った。

「赤島社？　うん、いいね、それにしよう」先輩格の陳澄波も賛同した。

「当然ながら、サークルを組む以外にも、画展は開かないとな。誰が一番いい絵を描くか腕比べだ」三郎が言った。

「そうだな、誰が世の人々に一番人気がある絵を描くか、見てやろう」と陳澄波も同調した。

「なんだよ、やるならやるぞ！」阿棋は豪快に言った。「ほら、兄さん吸ってみなって！　葉巻をくわえたらシモン・ボリバルみたいになるか見てやるよ！」

葉巻を無理にくわえさせようとする陳植棋を押しのけながら、「こら、このクソガキ（ガウシーギンナ）め！」と言って陳澄波は笑った。

◆◆◆

「私たち三人は台湾に戻るとすぐに、九份（きゅうふん）の倪蔣懐（げいしょうかい）〔一八九四〜一九四三　実業家〕を訪ねたよ」三郎画伯は椅子を揺らしながら、話を続けた。「倪サンは、陳サンより一つ年上で、石川先生の最初の教え子であり、台湾最初の洋画家と言われている。元々は公学校の教師だったが、後に基隆（キールン）で鉱山業を営む顔家〔台湾五大財閥の一つ〕の娘と結婚して実業家に転身した。本当は東京に行って絵を学びたいと思っていたが、石川先生から台湾に残って美術界に資金援助をしてほしいと説得されたんだ。事実、倪さんは九份の鉱山で儲けた金で、幾度となく台湾で芽生えた新美術運動の後援をしてくれたよ。だから私たちがお願いに行った時も、喜んで立ち上がってくれた。赤島社はこうして生まれたんだ」

阿政は驚いた。台湾の先輩画家らによって日本時代に台陽美術協会が組織され、戦後も続いていたことは知っていたが、その前に赤島社というのがあったとは。

「その赤島社は、どうしてその後は続かなかったのですか？」

「一九二九年に成立して間もなく、澄波兄さんが上海に行ったからね。卒業したものの台湾では仕事が見つからなかったんだ。しかも、一九三一年には阿棋も死んで、一九三二年には私もフランスへ留学した。三人の主要メンバーがいないわけだから、自然になくなったよ」

「陳植棋はどうして亡くなったんですか?」方燕が唐突にたずねた。

「阿棋のことかね?」

方燕はうなずいた。

楊三郎の豊かな銀髪に蛍光灯が反射し、輝きを増している。楊は目を細めて、陳澄波が淡水で泣き崩れたあの日を、もう一度振り返った。

◆◆◆

「阿棋に会いたい?」楊三郎にそう問われて陳澄波は呆然とした。それから木炭を置いて、ひとり近くの樹の下まで歩いていって考え込んだ。

「どうしたの?」三郎は心配して駆け寄った。「気分でも悪い?」

陳澄波は頭を振って、おもむろにジャケットの裏側から皮の財布を取り出した。財布の中には一通の封筒が挟まれている。封筒の表面はやや擦り切れ、恐らく随分と長いあいだ財布に入っていたものだろう。陳澄波が封筒から手紙を取り出すと、三郎はすぐに、それが日本の有名な〝阿波和紙〟だとわかった。筆跡はやや乱れていたが、それでも行書のような美しさがあり、差出人の腕のほどを感じさせた。

「ここ何年も」陳澄波は低い声で言った。「みんなが寝静まった頃、俺はこの手紙を取り出して読むんだ。読むたびに涙がこぼれるんだよ」

三郎は手渡された手紙を読んだ。

――澄波兄さん

本当にご無沙汰しています。

兄さんの『清流』がシカゴ博覧会に出品されるとのこと、たいへんうれしい知らせでした。病で物憂い私にとって、何よりも慰めになります。

私は去年の三月に卒業し、東京美術学校の卒業証書と帝展入選という栄誉を得て台湾に帰りました。家人に大喜びで迎えられ、台北師範学校を退学になった恥辱を晴らして、ようやく実家の年老いた父親の期待に応えることができたと思います。本来なら、内地の高等学校に職を求めるつもりでしたが、日本政府は高等学校の美術教員の地位を台湾人に開放したくないようです。同時に、過去の退学記録のために多くの会社は私を職に就けようとせず、あちこちで壁にぶつかっています。こうなってみれば、台展、帝展入選の栄誉など、台湾でも内地でもほんの少しの意義もありません。これが私たち台湾人という二等国民の悲哀なのでしょう。

憧れの芸術の都パリには、父が行かせてくれません。地理的にもっと近い上海でさえ認めてもらえないので、兄さんと再会することも叶いません。二十六歳の私は、ふいに人生は暗澹たるものだと感じています。岐路に立ったままどちらに行けばよいかもわからず、ただただ絵を描くことに専念しています。

去年の八月には、もう一度帝展に参加することを決意しました。私は已に一九二八年に『台湾風景』という作品で（廖）継春兄さんと同時入選していますが、あなたは二六年、二七年と二度も帝展に入賞し、台湾の栄誉となりました。私ももっと努力しなくてはなりませんね。二度目の帝展のために、今は淡水の風景を題材に描いています。

長年、淡水は私の最もお気に入りの景色です。淡水の風景は、風雪に耐えてきた味わいがあり、とりわけ古びた建物は、雨が降った後などとくに美しいのです。あの赤い瓦屋根に緑の植栽が配され、なんと色彩の豊かなことか。

こうした淡水への思い入れは、すべて私の先生であるオカダサン〔岡田三郎助　一八六九～一九三九　洋画家、版画家。東京美術学校教授〕の影響です。オカダサンは、画家はその土地土地の色彩を描かなければならないと言いました。パリから東京へ帰ったあと、描くのは日本の風土や、キモノを着た日本女性の姿ばかり。繊細な筆遣いで日本女性の品と優しさを描いた先生は言いました。

「これが、われわれ大和民族の油絵だよ。それでは陳くん、台湾の油絵とはどんなものだい？」

そうたずねられて、私は悟りました。そうだ、内地がいくら美しいと言ってもわれわれにとっては異郷である。唯一、台湾だけが私の故郷なのだ、と。その時より私は、日本の風景を写生する時には力を抜いた客観的な見方を心がけ、台湾の風景を写生する時にはあらんかぎりの情熱を傾けました。なんと言っても内地は異郷であり、台湾は故郷なのですから！

亜熱帯である台湾の特色を表現する色彩は、私たちの創作において共同の色彩になるでしょう。

また故郷を熱愛する気持ちは、一人一人の台湾画家の共同意識となるでしょう。オカダサンは言っていました。「陳澄波の筆になる郷土は、色彩と陽光に溢れ、ロマンティックで、なのにとても写実的だ。そして陳植棋の描く郷土は、普通の風景でありながら、荘厳で誠実さを感じさせる」

これが、私たちの特色です。当時、私は兄さんにこう言いましたよね、数年の間に私はきっと名を揚げると。私は一九二八年にようやく帝展に入選しました。それでもまだ足りない。私は兄さんに負けたくないのです。だからもう一度、入選しなければと思っています。

そこで去年の夏、私は『淡水風景』を描き上げ、帝展に参加するために東京へ赴く準備をしていました。ところが、八月に思いがけず台風が来たことで、東京行きの船に向かおうと無理をしてしまいました。水かさの増した小川を渡ろうとして転倒し、胸をひどく岩に打ち付けたのです。激痛が走りましたが、痛みに耐えながらなんとか基隆にたどり着いてフェリーに乗り、ようやく東京に到着しました。九月に、よい知らせが来ました。『淡水風景』が二度目の帝展入選を果たしたのです。うれしかったとはいえ、祝うような気持ちにはなれませんでした。何故なら、連日の胸の激痛のために病院に行って検査を受けたところ、ひどい胸膜炎であること、また合併症を起こしやすく、命の危険さえあることを知ったからです……。

一九三〇年は本当に祝い事の多い年でした。私の二度目の帝展入選以外にも、あなたの『普陀山の普濟寺』、私の『芭蕉』、黄土水(こうどすい)先輩の『高木博士像』と、三人そろって東京の聖徳太子奉讃美術展に入選したことは、台湾人としてこの上ない栄誉だったと思います。しかしながら、この一年は憂鬱な一年でもありました。土水兄さんは『水牛群像』を完成させてからこの世を去り、私自身も重病を患って命の短さを感じています。死もより切実なものとして感じられるようになりました。

「細く長く生きるぐらいなら、短くとも輝く人生がいい、俺は生命を爆発させたい」これは台北師範でサボタージュをして、学校を追い出された時に私が叫んだ言葉ですが、今の心境にも当てはまります。未来がどうなるかは、ただ天命次第。もし生き続けることができるならば、ただ力いっぱい描き続ける。もし生きられぬのなら、運命に従うまで。今、私が一番好きな言葉は「絵のために倒るるとも、悔いなし」です。ただひとつ残念なのは、新高山に登り、台湾人にとって最も尊い玉山を写生することが、この生においてはもう叶わないだろうことです。

兄さん、後生ですから覚えておいてください。もし私が先に逝ってしまったら、やり遂げられなかったことはあなたに託します。社会の公平さと正義を求めること、台湾人の文化水準を高めること、日本人の二等国民から脱すること、独裁者による社会や経済・資源の専横を断ち切ること、そして、われわれのアナーキーな夢を実現すること。

兄さん、上海に家族を迎えたのですよね。かけがえのない、その幸せを惜しんで、家族のために一枚の家族の肖像を描いてください。もし私のように病に倒れてしまったら、絵筆をとることは二度とできないのです。その時にいくら家族の絵を描きたいと思っても、もう間に合わないのです。

人生は短い、時間も足りない。土水兄さんも先に逝ってしまいました。もしかしたら、私も。

私が生きているときに叶えられなかった願いを、どうか私に替わって成し遂げてください。もし台湾に里帰りする機会があれば、どうか時間をみつけて淡水を写生してください。それが、私を偲ぶ最良の方法です。

弟　植棋　昭和六年三月

「この手紙は届くのに一か月かかった」落ちかけた夕陽が観音山のほうから紅毛城を照らしている。陳澄波は軽く涙をぬぐって言った。「この手紙を受け取ったとき、ちょうど台北から阿棋の死を知らせる電報がきた。あの頃は仕事が忙しくて、台北に阿棋の見送りに帰ることもできなかった。阿棋が天に昇ったあの日、俺は上海で台北の方向を見て、将来いつかおまえが描けなかったものも、成し得なかった社会運動も、おまえに替わってやってやるって約束したんだ。二年後、上海を離れて台湾に戻ってから、この二つの約束は俺の中でより大きく、より重みを増したよ。だから帰ってきてから今まで、何度も淡水に写生に来た。いつも筆を執ると阿棋の姿が目の前に現れて、いつもの調子で皮肉っぽく笑って俺をからかうんだ。からかわれるほど悲しさがつのって、最後には描けなくなる。猛烈に腹が立ってきて画材を投げ出してしまうんだ。でもそんなことをしても、手放せないのはわかってる。この赤い瓦が表す意義を余すところなく描きだしてこそ、あの世の阿棋を笑顔にすることができる。だからさ、淡水に来て絵を描くときはいつも決まってこう叫ぶんだ。阿棋、いつまでも寝てるんじゃないぞ、早く起きて絵を描けよ！　って」

◆　◆　◆

楊三郎が語り終えると、方燕の頰は涙に濡れていた。

「絵のために倒るるとも、悔いなし、か」阿政は陳植棋の言葉を復唱し、感じ入ったように言った。「展覧会に参加するために怪我をして感染を起こしたわけだから、言葉どおり絵のために倒れたわけだ。まさに熱血漢だな」

「なんで私たち、知らなかったんだろう？　こんな話があったことも、こんな歴史があったことも」方燕が涙をぬぐった。「前に『ゴッホ伝』を読んで、ゴッホとゴーギャンの話に夢中になったものだけど、陳澄波と陳植棋の話は、それに勝るとも劣らないよ」

「時代のせいだよ」楊三郎は淡々と言った。「私たちが若かった頃の歳月は、ぜんぶ時の政権に断ち切られた」

「どういう意味ですか？」と阿政がたずねると、楊夫人がすぐに口を挟んだ。

「でもあなた、ついに玉山の絵を完成させたじゃありませんか。それこそ台湾画家として一生に一度の仕事を成し遂げたのよ」

楊三郎はそれを聞くと軽く笑い、夫人の手をぽんぽんと叩いた。

阿政は夫人が話題を変えたことに気づき、質問を改めた。「赤島社の活動が止まったあと、台陽美術協会を作ったんですか？」

「そのとおり」楊三郎はお茶をひと口飲んでから答えた。「一九三四年に陳澄波が台湾へ帰ってきたあと、すぐに皆で大規模な絵画協会を組んだよ。台湾人画家のほか、立石鉄臣（一九〇五〜八〇 画家）のような湾生（台湾生まれの日本人のこと）も一緒にね。油絵画家もいたし、日本画の画家もいた。もちろん、画家は絵を描くことに専念すればいい、そんな活動に意味はあるのかと言う人もなかにはいたよ。陳さんは堂々と答えていた。画家には社会に対する責任感が必要で、独善的ではいけないとね。台湾美術界は必ず団結しなければならない。それでこそ美術教育を広め、社会を変えていくことができるのだってね。ふふ、そういう時の陳さんには説得力があった」

「以前、ゴッホがパリにいるときに」阿政が笑って言った。「やっぱりロートレックやゴーギャン、スーラ、セザンヌなんかと一緒に『プティ・ブールヴァール（小並木通り）』ってグループを作ったんですよ。絵画に情熱的な人間は、もれなく社会運動にも熱心みたいだな」

「ははは、そう言ってもいいかもしれないね」そう笑って、楊三郎は話を続けた。「もちろん、台陽美術協会を組織したのにはもう一つ目的があった。美術界の主導権を握って、日本の官製美術展である「台展」に対抗するためだ。あのころは、日本の当局が台展審査員を選んでいたから、台湾籍の画家には不公平なものだった。だから、在野の美術展を開くことにしたのさ」

「台展ですか?」阿政は聞き返した。

「そうだ。台展というのは台湾総督府の主催で毎年一度行われる、当時の台湾最高の画展だった。一九三八年には名前を「府展」に変えて、一九四三年に太平洋戦争が台湾に拡大するまで続いたよ」

楊三郎は続けた。「当時の台湾のエリート画家たちはほとんどが台陽美術協会に加入していたから、その陣容は政府の関係者も驚くほどだった。結成した日の鉄道ホテルには、文化界や政界、総督府からも続々と出席者が集まって大賑わいだったよ」

「鉄道ホテルってどこにあるんですか？」方燕は不思議に思った。

「台北駅の向かいにあったけれど、戦争のとき米軍の爆撃で燃えてしまったのよ」楊夫人が答えた。

「〝爆撃〟？」方燕にはまだ呑み込めない。

「ああ、〝爆撃〟っていうのは日本語の単語だよ。砲弾が当たるという意味さ」

楊三郎の説明を聞いた方燕は、老画家たちが中国語に日本語を混ぜて話すことを思い出した。

「以前、台陽美術協会は台湾人の民族主義的な性格があったと耳にしたのですが、日本政府に問題視はされなかったんですか？」再び阿政が訊いた。

「民族主義的かどうかは、それぞれの画家によった」楊三郎は椅子を揺らすのを止め、静かに言った。「政治に興味を持っている画家もいたし、持っていない画家もいた。日本統治に批判的な立場の画家もいれば、とくに意見を持っていない画家もいた。しかし例えば当時のスポンサー、台湾地方自治連盟〔台湾の地方自治制度の改善を要求した政治団体〕の楊肇嘉（ようちょうか）〔一八九二～一九七六　社会運動家〕が台陽へ与えた激励なぞを見れば、台陽は外部からは「台湾知識人の反植民地運動における文化的な勢力」とみなされていた」

「楊肇嘉？」阿政がたずねた。

「そうだ。日本時代に多くの台湾画家が登場した背景に、楊肇嘉の存在は欠かせない」楊三郎は言った。「楊さんは台中清水（きよみず）の名家の出身で財力もあった。日本に留学した後、台湾民族運動に身を投じ、台湾文化の向上のために熱烈な支援をしていたよ。日本との関係はやや緊張したものだったろうが、地方の名士だから政府も手が出せなくてね。反植民地の立場を取る彼がわれわれを応援してくれたことの影響は、決して小さくなかったよ。そしてそれは、常にわれわれ画家たちにある種の矛盾を抱えさせたんだ」

「ある種の矛盾？」阿政は楊三郎の話に口を挟んだ。「どういうことです？」

◆◆◆

一九三九年十二月、江山楼（こうざんろう）。

楊肇嘉の一家がたくさんの荷物を抱えて台中から台北へやってきて、台北の鉄道ホテルに宿泊しているのは、近々東京へ行くフェリーに乗るためだった。東京に行けばどのぐらいの滞在になるのか、台湾へ戻れるかどうかもわからなかったので、自然と荷物は膨らんだ。ほとんど引っ越しのようである。

台陽美術協会の画家らは楊サンが遠くに行くと聞き及んで、日新町（にっしんちょう）の江山楼で送別会を開いた。江山楼といえば玄関の上に「台湾第一のシナ料理」と扁額が掲げられるほど、その福建料理や広州料理は有名である。画家たちがここを選んだのは、これまで長年ここで呑んでは食べ、悩みを語り合ったからである。それに楊サンが日本へ行けば、次にいつ故郷の味に触れられるかわからない。

送別会に参加したのは陳澄波、廖継春、李梅樹（りばいじゅ）、李石樵（りせきしょう）と楊三郎の五人だけだったが、人数は少ないながら、台湾で最も活躍している顔ぶれであった。ここ数年、楊肇嘉は彼らと革新を求める心情を共有し、金銭面であれ、それ以外のことであれ、惜しみなく援助してきた。その楊サンが台湾を離れるのだから、画家たちは何とも沈痛な面持ちをしている。皆、楊サンはもう台湾に戻って来られないかもしれないと予感していたのである。

楊サンが台湾を離れるのは、一年前の「祖国事件」と密接な関係がある。一九三六年、「台湾地方自治連盟」の精神的リーダーであった林献堂（りんけんどう）が、新聞社の視察という名目で中国華南の各省に赴いた。その際、上海で開かれた歓迎会の席上で「祖国に帰ることができてとてもうれしい」と挨拶したことが、日本の情報機関を通して台湾軍司令部の耳に入ったのである。林献堂が台湾へ戻ってから、台中州知事が開いた式典の場で挨拶をしたとき、「愛国政治同盟会」のメンバーだという一人の日本の右翼浪人が、壇上の林献堂に一撃を喰らわせ、真の祖国である日本を売った売国奴と罵った。その後、浪人は裁判で不起訴になり、総督府寄りの新聞である『台湾日日新報』が連日、林献堂への攻撃をはじめた。日本軍の思惑が裏で働いていることを知った林献堂は命の危険を感じ、家族を連れて東京へと逃れた。

林献堂が台湾を離れたあとの「台湾地方自治連盟」は求心力を失い、替わって楊肇嘉が方針を決めるなどの重要な役割を担うことになった。しかしこのことで、楊と日本政府の関係は次第に緊張を増し、とくに軍とは一触即発の状態に陥った。日本はその頃より南進政策を固め、台湾での皇民化政策をさらに強化した。当時の台湾総督である小林躋造（せいぞう）は「国民精神総動員」の談話を発表し、台湾人に対して内地人と共に「誠実に」「心を一つにする」ことを要求した。同時にあらゆる社会運動が公式に取り消され、また台湾人の全面的な日本化が図られ、日本語を読み、話すよう求められた。昭和一二(一九三七)年には全ての新聞、雑誌において漢文の使用が禁止された。この年の半ばには北京の盧溝橋(ろこうきょう)で軍事衝突が起こり、中・日両国は正式に戦争を開始した。内地の政府は満州、朝鮮、台湾に全面的な動員を迫った。

「情勢はかなり緊迫してきた」楊サンは、席に着く画家たちにこう言った。「軍はもう総督府を掌握している。民族運動を謳(うた)うわれわれのように目ざわりな者は、早々に逮捕、投獄されるだろう。だから、台湾を離れないわけにはいかんのだよ」

楊サンの言葉を耳にして、画家たちは目に悲しみの色を浮かべた。百貨店のエレベーターに乗り込み、三線路(さんせんろ)〔現在の台北市中山南路〕を散歩し、コロムビア・レコードの音楽を聞いて、鉄道ホテルでワルツを踊る……そうした時代は間もなく消え失せようとしていた。

誰もが押し黙っていると、山崎課長が江山楼に来たという知らせが入った。皆は急いで笑顔を繕い、突然の客人をアイサツで迎えた。山崎は総督府文教局の課長であり、普段から画家たちとの間に頻繁な往来がある。とくに台陽美術協会が画展を開催したり会場を探したりする際には助けを借りるものだから、一同はかしこまった態度になった。挨拶を交わすうちに皆の体はこわばった。一方で山崎課長は、小林総督に忠誠を尽くすべし、台湾を大東亜共栄圏のモデルとして建設すべし、誠心誠意、祖国日本のために貢献すべしなどと激励した。

山崎が帰ると一同は、一斉に漢人同士の打ち解けた態度を取り戻した。楊肇嘉は紅露酒(こうろしゅ)をひと口含んでから苦々しげに言い捨てた。「ふん、あいつは九州薩摩の人間らしいが、大した能力もないくせに台湾に来たらふんぞり返りやがって。東京に行けば、あんな田舎役人の顔色をうかがう必要もないと思うとせいせいするわ」

「楊サンは東京に行けば本当に安全なのかい？　東京ったって、日本人の領土じゃないか」と廖継春が聞いた。

「もし駄目なら支那に行くまでだ。祖国ならきっと安全だろう」と楊は答えた。

ふいに、最年少の李石樵が嗚咽の声をあげた。見ると、石樵の目は涙に濡れている。友にも父子にも似た李石樵と楊肇嘉との交情は台湾画壇の誰もが知るところで、楊サンが台湾を去ってしまう今、石樵がこれほど悲しむのも無理はなかった。

石樵は昨年、楊サンのために『楊肇嘉氏之家族』という絵を描き下ろし、三度目の帝展入選という栄誉を得た。なんでも、展覧会を観た天皇が、台湾の楊肇嘉とはどのような人物かと質問したそうだ。楊が台湾を去るばかりか、遠く中国まで行くかもしれないというのは、石樵にすれば永久の別れも同然だった。その悲しみがどれだけ深いかわかろうというものだ。

豪放な性格の楊肇嘉は、しんみりした別れが好きではなく、わざと重々しい態度で言った。「忘れるなよ。わしがいなくなっても、台湾民族運動の火を消してはならん。日本への抵抗を続けるんだぞ」

ところが皆の反応は鈍く、画家たちは互いの顔をうかがうばかりである。楊は以前と違う態度をいぶかしく感じた。もしかして互いに思うところがあるのだろうか。そこで楊は正直に述べるよう求めた。「どうだい、日本という祖国について、みなはどう思っているんだ？」

楊サンの率直な質問に画家たちはまごつき、年少の画家らは先輩に先を譲った。だが陳澄波は年下から意見を述べるようにうながした。そこで、一番年少である李石樵と楊三郎の二人がまず口を開き、たしかに日本政府の台湾人への態度は不公平だが、どうやって対抗するかは今のところ具体的に思いつかないと簡単に述べた。次に同い年の廖継春と李梅樹が、とくに大きな反日感情のようなものは自分たちにはなく、またあくまで画家であり社会運動家ではないので、日本に盾突くというのは無理があるなどと口々に言った。

楊肇嘉は驚いて、「そうか。君たちの考えはわしが思っていたのと随分違うようだな」と、独り言のようにつぶやいた。

すると、紅露酒をひと口のどに流し込んだ陳澄波がネクタイを緩め、静かに言った。「君らの日本への見方は僕のとは違うようだ。もしかすると「生まれた時の祖国」と関係がありそうだな。僕や楊サンはどちらも十九世紀末、清朝時代の生まれで中華というお乳を飲んで大きくなった。だが君たちは皆二十世紀初め、日本時代に生まれ、生まれてすぐ大和のお乳で育った。だから心の中の祖国は中華ではないのだろう」後輩らの気持ちはわからぬでもない、と陳澄波は言った。しかし、祖国日本に対しては、いくつか「指導」しなければならないことがある。

陳澄波は一つ息を吐いてから、怒気を含んだ声で言った。「俺と阿棋は東京美術学校を卒業した後、台湾でひとつの仕事も見つけられなかった。帝展入選という輝かしい業績を持って戻ったにもかかわらず、日本人と同じ地平に立つことができなかったんだ。日本人がわれわれに勉強をさせるのは、台湾人を統治するのに都合がいいからだ。だから台湾人には師範か医学を学ばせて、末端の学校教員や医療従事者として働かせる。芸術や哲学、法学などの知的な高級教員の仕事は、本島人にはやらない。

民族運動に発展するのが怖いからな。日本人は俺らをクズ鉄のように扱ってるんだよ。家が比較的裕福な君らは、日本に不満がないだろうがな！」グラスを強く握り、陳澄波はさらに続けた。「しかし、君らは知ってるはずだ――日本、無論それが内地であろうと本島であろうと、永遠に俺らはカゾク（華族）様なんかにゃなれないってことをな。どんなに努力したって俺らは永遠に二等国民だ。俺らは、ひたすらいいように使われる駒だ。君らの日本への寛容な態度をあの世の阿棋が知ったら、きっと飛び起きて「バカ！」って言うだろう」

陳澄波がそう言い終わると、後輩らは沈痛な面持ちで首（こうべ）を垂れた。

そこで楊サンが意見を求めたのは、何年ものあいだ援助をしてきた李石樵であった。三十歳に満たない李石樵は、帝展に最も多く入選を果たしている優秀な後輩だったが、先輩たちを目の前にして意見を述べるのにはいささか気後れした。ただ淡々とこう言った。「僕も、澄波兄さんと同じく大衆の苦境に心を寄せています。ただ、自分がいかに民族運動を推進するかについては、とくに考えてきませんでした。僕は阿棋や澄波兄さんみたいに社会運動が好きでもなく、どちらかといえばアトリエで絵を描くほうが……」

「もちろん」楊は李石樵を励ました。「君は日本であれだけよくやっているし、しかも今はほとんど内地にいる。嫌いになれと言ったって難しい話だろう。君がしっかりと絵を描き続けてこれからも賞を獲れば、それが台湾への最大の貢献だよ」

「楊サン」ずっと押し黙っていた李梅樹が突如、口を開いた。「みんなが本音を話すなら、私も話したいことがあります」

李梅樹は三年前に東京美術学校を卒業したばかりで、絵を正式に学び始めたのは比較的遅かったが、廖継春と同じ一九〇二年の生まれである。実家は三峡(さんきょう)で商いをしており、今は三峡の協議会員〔地方議員のこと〕に任じられている。地方の名門一族の出であり、発言するにも物怖じしない。李梅樹は、テーブルの上のオシボリをじっと見ながら低い声で言った。

「作家が社会的なテーマを好んで書いたり、暗に日本政府を風刺したりするのは、小説が物語性を備える芸術だからでしょう。物語を通して社会の改革を後押しできるのです。しかし、絵画は静的なもので美を表すことに長けています。平和な時代に愛でる美しさもあれば、戦乱の時代だからこその美もあるでしょう。東京美術学校のオカダサンは、日露戦争、護憲運動、米騒動、関東大震災といった全国的な大事件を経験して来られましたが、いつも落ち着いた心で和服を着た女性の肖像画を描いて、ついぞ時代の渦に巻き込まれるようなことはありませんでした。私も師に倣って身近な女性たちの絵を描いています。私は自分の仕事をきちんとやることも、台湾に対するひとつの回答だと思っています」

李梅樹の言葉を、楊肇嘉はうなずきながら聞き、嫌な顔はしなかった。それを見て李梅樹と同い年の廖継春も思い切って口を開いた。

「僕と澄波兄さんが同じ年に船に乗って東京へ受験に行ったとき、当時婚約者だった妻が二等の切符を買ってくれたんだが、あまりにも乗客が少ないので変だと思っていた。神戸の港に着いた途端に三等船室から大勢の人が湧きだしてきた。その中に僕と同じくイーゼルを背中に背負った人がいて、よく見ると台北師範の澄波兄さんだった。そこで僕らはいっしょに試験を受けて合格し、僕は兄さんの東美の同級生になった。ところが翌年、陳植棋が入学してくると、結局、兄さんは同級生の僕より後輩の阿棋と近しくなって、僕は取り残されちゃったけどね、はは。当時、澄波兄さんは阿棋とプロレタリア美術の展覧会を観に行くのが好きだったろう？　帰ってきたら革命だなんだと大騒ぎだ。でも僕は、静かに上野公園を散歩するのが好きだった。何事もおのおの志ってものがあるんじゃないか？」

廖継春は笑って、なおも言った。「画家たちの日本への態度ということでいえば、台陽美術協会は必ずしも総督府の台展に対抗するって立場を鮮明にすることはないんじゃないかな。実際、多くの画家にとっては絵画展の数が増えればうれしいってだけだ。秋に台展、春に台陽展があれば励みになるから。それに、台陽展の信条だって、台展とそうかけ離れているわけじゃないだろ。芸術のために精進し、文化の向上をはかり、会員の親睦を深める。この三つの理想に向かって努力できれば充分じゃないか。そこに民族に偏った色彩なんて必要あるだろうか。それに……」

廖継春は少しのあいだ言い淀み、それから続けた。「もし画家は日本への態度を強硬にすべきだというなら、澄波兄さんが東美時代に描いた皇居の『二重橋』はどうだい？　あの絵は今、嘉義郡の白河宮学校の校長室に掛けられている。教員や生徒はその前を通るとき、必ず帽子を脱いで敬礼するんだ。まるで媽祖像みたいに神聖さ。だが原作者は、その絵が象徴する意味をどう説明するんだい？兄さんがあの時、恐る恐る二重橋を描いてたのは覚えてる。まさか二重橋の向こうにいる主人にはひとつの敬意も持っていないのかい？　こんな言い方で悪いんだけれど」

廖継春が決意を込めて語ったこの言葉は、陳澄波の心を震わせた。陳澄波は自分の考えを説明しようとしたが、その瞬間に何から話せばいいのか見当がつかないようだった。ただ唇が少し動き、力なく止まった。

いつもは政治のことには口を出さず、社会運動にもあまり参加しない楊三郎も、思いを吐き出した。「ああ、楊サン、陳サン。日本人が台湾人を差別していることに、あなた方が不満を持っていることとは立派だと思います。僕らだって二等国民の辛酸をなめていないわけじゃない。でもね、僕らも辛いんですよ」三郎はハンカチを取り出して、額ににじんだ汗をぬぐった。「言ってみれば、僕たちはみんな日本の教育によって芸術青年に育ちました。日本が台湾にもたらした文明の恩恵を受けてるんです。日本に留学してた時だって、一日じゅうずっと和服を着て、日本語を喋り、畳で眠り、日本料理を食べていたでしょう。そればかりかヤマトナデシコと結婚した台湾籍の学生も多いでしょう。先生も同級生も、友達だってみんな日本人だし、徹底して日本式の暮らしをしてる。台湾に住んでいても、何か活動したければ総督府の支援や承認が必要です。それでどうして日本に反抗できるんです？

僕らはとっくに日本の体制に組み込まれていて、言ってみればある程度は日本人でもあるんですよ。どうやって自分に反するんですか？　自分の手で自分の脳みそをかち割ろうなんて、言うだけならたやすいさ。でも僕らの境遇についても、どうかご理解いただきたいんです」

三郎が話し終わると、沈黙が続いた。

陳澄波はふいにグラスをかかげると、楊サンへの乾杯をうながした。「いずれにせよ、楊サンはこれまでみんなの面倒をよく見てくれた。今日は一同で楊サンの前途を祝して乾杯しようじゃないか。ご家族と無事に過ごし、早く帰ってこられますように！」

グラスを持ち上げて、一斉に「カンパイ！」と言って飲み干すと、座には明るい笑いがもどった。ところが李石樵が唐突に叫んだ。「さあ今夜は酔おう、明日のことは明日考えればいい」そう言って、また彼は泣いた。

◆◆◆

楊三郎は清水焼の茶碗を手に取ってもてあそびながら、ゆっくりと言葉を重ねた。「あの別れの宴で一番がっくり来ていた李石樵は、その後七回も帝展に入選するという快挙をなしとげた。まさに楊サンの期待に応え、台湾人の栄誉を勝ち取ったわけだ」

阿政は急に興奮を覚えた。「李石樵教授は僕の先生ですよ、本当なら李先生にもお会いしたかったのですが、あいにくアメリカにいらっしゃるので……」

「石樵は最近もどってきて、台湾にいるよ」

阿政は心の中で『よし！』と叫んだ。

しばらくして楊三郎は続けた。「日本に対する見方については、私や廖継春の考えは澄波兄さんとは違ったけれどね。それでもみなとても仲が良かった。二、三年後だったかな、継春は長栄（ちょうえい）女学校の教職に澄波兄さんを推薦したほどだ。同業の中では珍しいほどの仲のよさだった」

「文人相軽（ぶんじんあいかろ）んず、文化人はお互いを見下す傾向があるっていいますけど、楊先生がたには当てはまりませんね」と方燕が言った。

「うん、まさに「腹を割った付き合い」だな」と阿政が同調した。

「はは、そうだね。歌にもある通りだ、「意気投合した友人兄弟には敵も味方もない」〔「腹を割った付き合い」「友人兄弟には敵も味方もない」は、一九四九年発表の台湾語曲「盃の底で金魚を飼うな」(呂泉生作曲)の歌詞〕ってね。でも……」楊三郎の語気が弱まった。「大東亜戦争に突入してからは、われわれ画家の立場はさらに難しいものになった」

「どうしてですか？」阿政がたずねた。

「一九三八年に蔡培火（さいばいか）〔一八八九〜一九八三 政治家〕や呉三連（ごさんれん）〔一八九九〜一九八八 記者、政治家〕が立て続けに投獄され、翌年には東京の楊サンも上海に逃れたと聞いた。日本政府はわれわれ台湾人に、自分の立場をはっきりさせるよう迫ったよ。仲間の何人かは家業や仕事の関係で日本姓に改姓することを余儀なくされた。このことは文化人たちの付き合いに微妙な影響を与えた。台陽美術協会が展覧会を開催し、文化界の人たちが応援に駆けつけた時も、皆できるだけこの話題には触れないようにした。ただ台湾籍の友人らが私を「佐（さ）三郎（さぶろう）サン」と日本名で呼ぶ度に、暗に批判されているような気がして、いたたまれなかったな。でも、こちらだって生きていかなくちゃならない」

「楊先生も、日本式に改名されたということですか？」と方燕が好奇心でたずねた。

「ああ、それは……はは」楊三郎は笑っているようで笑っていない、独特な表情で答えた。「あの頃のわれわれは皆、波の高さに合わせて浮き沈みしているようなものだった。私だけじゃない。廖継春も、一緒に京都で絵を学び、実家が永楽座〔かつて大稲埕に存在した四階建ての劇場〕を経営していた陳清汾（ちんせいふん）〔一九一〇〜八七 画家、実業家〕も、家業の関係で仕方なかったんだよ。文学界にはそんな私たちを理解してくれない人もいた。でもほとんどの画家仲間は、わかってくれていたと思う。とりわけ、あの頃の物資は配給だったから、輸入物の絵具の原料は必ず当局を通して買う必要があった。われわれが日本政府との橋渡しをしなかったら、画家たちはどうやって絵具を手に入れる？　政府との関係をうまくとりなしてくれる三郎がいなかったら、台陽は立ちゆかないと、澄波兄さんも言ってくれたよ。後で国民政府が来てからも同じようなもんだ、いつも誰かが繋がりを作らねば」

「玉山兄さんは、われらが三郎は元朝の趙孟頫（ちょうもうふ）〔南宋の政治家でのちに元朝のクビライに仕えた〕だと言ったものよ。王朝が交代する難しい時代に、名誉や主義を犠牲にして芸術と文化の発展に尽くしたって」楊夫人が言い添えた。

「私たちのあの時代は、一人の芸術家でいるためには絵を描くだけではすまなかった。時代の変化は常に創作に影響する。だから絵を描く一方で、その時々の情勢にも対応しなくちゃならない。そんな時こそ重要なのが思想だった。澄波兄さんはそこでもみんなの模範だったな。ちゃんと自分の考えを持っている人だったよ」

楊三郎はそう言いながら身を起こすと本棚に向かい、黄ばんだ新聞の切り抜きの束を取り出して、阿政に手渡した。

「台湾画家のなかで、根本を考える力をいちばん持っていたのは恐らく陳澄波だよ」楊三郎が言った。「兄さんは当時の雑誌や新聞によく文章を書いていた。参考にするといい」

阿政は三郎から受け取った切り抜きをしまった。

スピーカーからは古賀政男の名曲『湯の町エレジー』が流れてきた。楊夫人が心を動かされたように瞳を瞬かせる。誰も声を発するものはなく、ただギター演奏の音だけがリビングに響いた。

にわかな気まずい沈黙をやぶるように、方燕がまた質問を投げかけた。「あの時代の方々は、皆さん文章を書くのがお好きだったんですか？」

「そういう人は多くはなかったよ。澄波兄さんは文章を愛する数少ない画家の一人だった。だからよく僕らは冗談で、兄さんのことを『大物描き』と呼んだもんだよ、物書きと絵描きを掛けてね。君たちがもっと彼を理解したいと思うんなら、ノートを見るといいかもしれないな」

「どこに行けばノートを見られます？」方燕が好奇心を覗かせた。

「それはご家族に聞かないとわからないが」

「ご家族には、私たち訪問を断られてしまったんです」

楊三郎は少し間を置いて言った。「無理もないな。姉さんの苦しみは、他人にはわからない……」

そばにいた楊夫人も嘆いた。「陳サンの奥さんは子供の頃は私と同じように幸運で、裕福な家庭に生まれて、小さいうちから働かされることもなかった。それがまさか、後になってあんなに苦労なさるなんて……陳サンが早くに亡くなったのが、姉さんの一生をあんなにも辛いものにしてしまった」

「どうして早くに亡くなったんですか？」方燕は恐る恐るたずねた。

夫妻はそれに直接答えず、ただ楊夫人が独り言のように呟いた。

「陳サンが逝ってしまったあの年、ちょうどコガサンがこの『湯の町エレジー』のレコードを出されてね。だからこの歌を聞くたび、光復前に一度、陳サンご夫妻を草山（そうざん）〔現在の陽明山〕温泉に招待した時のことが思い出されるの。陳サンが亡くなって一年ぐらいは、レコードをかけては泣いていたわね」楊夫人は絹のハンカチを取り出して、思わずこぼれた涙をぬぐった。楊三郎は独り言のように言った。

「澄波兄さんがもっと長生きしていれば、その後の台湾美術界のなかに、これほど深い溝は生まれなかったろうな」

「というと？」阿政は楊三郎が何を言わんとしているのかわからなかった。

楊三郎が茶碗を手に取るとすでに空になっていた。楊夫人は急須を揺すって、三郎の茶碗にふたたびお茶を注いだ。

「光復後、台湾美術界は二つの派閥に分かれた」楊三郎はお茶をひと口啜って言った。「ひとつは台陽美術協会を主とする本省派で、戦前から台湾にいる画家たちが中心になった。印象派の画風を主としている。もうひとつは、李仲生（りちゅうせい）の学生らが組んだ東方画会を主とする外省派で、戦後に中国から来た画家たちが名を連ねた。画風は抽象だよ。両派は互いを敵視して、交流もなかった。普段はそれぞれで絵を描き、各自で展覧会をやるだけだったからトラブルはなかったものの、一年に一度、台湾美術界最大の絵画展である「省展」（台湾省展）の時期になると——審査委員がどちらの画風を基準に作品を審査するのかでもめて、そりゃたいへんな騒ぎだったよ」

楊三郎はお茶を一口飲んで続けた。「この時、もし澄波兄さんがいたら、本省籍の画家にも外省籍の画家にも繫がりがあったし、大ベテランといってもいい経歴だったから、みなをうまく収めていただろうと思うよ。われわれ本省人〔一九四五年の日本の敗戦以前に中国から台湾に移り住んだ人々およびその子孫〕の画家だけでなく、上海の決瀾社（けつらんしゃ）時代に澄波兄さんと知り合った李仲生だって、中国現代画家の十二人に選ばれたことがある兄さんの意見には従ったと思う。兄さんが本省人と外省人の間に立ってさばいてくれれば、両派があれほどまで険悪になることもなかっただろう」

言い終えると楊三郎はゆっくりと立ち上がり、事務机まで歩いていって名刺を一枚取り出すと、方燕に渡した。

「もし陳澄波についてもっと知りたいなら、この私のメイシ（名刺）を持って長男の重光(じゅうこう)くんを嘉義に訪ねるといい。台北の三郎おじさんの紹介と言いなさい」

方燕は名刺を受け取ると、阿政と目を見交わした。

阿政と方燕が楊宅の門を出ると、すでに日は暮れていた。タクシーが捕まらないのでふたりは徒歩で中正橋を渡り、台北市内に着いてからタクシーを拾うことにした。

足元に架かる中正橋は、かつて台湾に行幸に来た日本の皇太子が、頂渓(ちょうけい)にある楊家の庭園へ菊を愛でに行くため架けられたとの逸話が残っている。当時「川端橋」と名付けられたその橋の上を、ふたりは重苦しい気持ちで歩いた。とりわけ夫人の流したあの涙は、ふたりの心を揺さぶった。だが、陳澄波の死因を何度探っても話を逸らされただけに、それより先に踏み込むことは憚(はばか)られ、ただその頬を伝う涙を見つめるしかなかった。

方燕が阿政にたずねた。「ねえ、楊さんは石川先生が、陳澄波のことを俊才、陳植棋を鬼才と評したって言ってたじゃない？　ふたりみたいに型破りな個性の画家にとっては、絵筆は武士の刀みたいなものだって。どちらも絵を描くことで、自分の理念を伝えようとしてたって。ふたりともすごく意志が強くて、縛られることなんてなさそうね？」

「もちろん」と阿政が言った。「絵画はテクニックだけに頼るものじゃない。創作のテーマには思想的な面も含まれる。それこそが「独創性」をもった芸術であるってことだよ。だからこそ、自由に表現する余地がある」

「じゃあ、独創的な芸術が追い求めるものってなに？」

「それは、「感情」と「思想」だよ。だからこそゴッホやゴーギャンの作品が人に感動を与えるんだ」

「陳澄波も当時はゴッホの精神にのっとって、感情や思想を追い求めたのかもしれないってこと？」方燕は足を止めて阿政にたずねた。

「そうだね」阿政はうなずいた。

「でも、陳澄波が追い求めた感情と思想って何なのかしら？」方燕はぶつぶつ言った。

「だからそれが謎だって、ずっと言ってるだろ。例えば陳澄波は、赤い瓦が表す意義を描きだしてこそ、あの世の阿棋を笑顔にできるって言ってた。淡水の赤い瓦の意味、そこに暗号が隠されているかもしれない」

「暗号はまだ解けないってこと？」

「うん」阿政はどうしようもないという表情で言った。「でも、それと同じくらい僕が知りたいのは、あの時代を生きた陳澄波が日本についてどう思っていたかだよ。恨み？　依存？　無力感？　それとも愛と憎しみ両方？　あとさ、陳澄波はとても思慮深い人だと楊三郎が言ってたろ。そんなひとりの画家が戦争を経験したことで、その運命も、創作も、どんな影響を受けたんだろう？」

「もしかすると、すべてが謎の死因とも関係してるってこと？」

「かもしれない」

「虎穴に入らずんば虎児を得ず、でしょ。もういちど嘉義の陳家の人に連絡を取ろうよ。家族に説明してもらわないことには、結局、暗号は解けないいって気がする」

決意を固めたようにそう話す方燕の顔を見て、阿政もすぐにうなずいた。

ゆっくり歩いたふたりが橋の中央に差し掛かると、連日降り続いた冬の雨で新店渓（しんてんけい）の水かさが増していた。西に向かって勢いよく流れるこの流れは淡水河へと名前を変え、そのまま大稲埕の脇を通り、あの陳澄波と陳植棋が決闘した巌流島、淡水まで続く。夕陽はちょうど観音山の稜線まで落ちかかっている。まるで絵筆をにぎり向かい合う二人の影を、照らし出すかのようである。

5

方燕は勇気を振り絞り、もう一度、嘉義の陳家に電話をかけた。林玉山、袁枢真、楊三郎らの紹介もあることを伝え、陳澄波の芸術について知りたい、また読者に陳澄波という画家を知ってもらいたいのだと真摯に話し、ついにこの日曜日に取材の約束を取り付けた。

その日の夜、方燕は軽い足取りで新聞社に足を踏み入れるなり、上司の老羅に呼びつけられた。方燕が口をひらく前に老羅はきびしい口調でたずねた。「何のつもりでこの資料を調べている？」

方燕がわけもわからずにいると、老羅は机に資料の山を投げ出した。

「君が情報資料室で叛乱犯の名簿をあさっていると〝人二〟が報告してきた。一体何を探している？」

「私が？」方燕は、一瞬どう答えていいかわからなかった。「私は……」それから思い出した。あの日、資料室に人事部の王という男が入ってきた後、隙を見てうまく逃げおおせたつもりだったが、資料を片付けてはいなかった。だからあの閻魔大「王」にはお見通しだったのだ。

「君は文化欄担当だろう。どうして政治に踏み込む？」老羅は眼鏡を押しあげながら訊いた。

「文化欄の記者は政治に関心を持っちゃダメなんですか？」方燕も負けじと眼鏡を指で押しあげ、

堂々として言った。「政治的な思想をもっている芸術家はたくさんいるでしょう！」

「思想が過ぎる芸術家は緑島でセレナーデ（「緑島のセレナーデ（原題：緑島小夜曲）」は六〇年代に華人文化圏で大流行した北京語曲。老羅は当時政治犯の収容所だった緑島とかけている）を歌うはめになるぞ」老羅はうめいた。

方燕は「Shit!」と小さく罵った。ふたりは家族ぐるみの付き合いだったから、方燕も老羅に対して昔から遠慮がない。

「無謀だぞ。踏み越えちゃいけない線もわからず、〝人二〟と面倒を起こすなんて」老羅は机の上の資料を手に取ってパラパラとめくり、また机に投げ出した。

「〝人二〟って何のことか、なんで私が知ってるっていうのよ（人二は人事院第二弁公室の略。台湾の戒厳令期に設置された、スパイ防止を目的とする組織）」方燕はぼやいた。

老羅は声を抑えて言った。「心しておけ、「壁に耳あり、障子に〝スパイ〟あり」だぞ。気をつけろ、君はもうリスト入りだ」

「リストに入ったから、何だって言うの？」方燕は納得できない。

「どうなると思う？　食っていけなくなる。悪くすれば、牢屋行きだ」老羅の口調はきびしい。

「私は怖くなんかない」方燕はなおも気にもしていないという様子で言った。

「怖くない？　お父さんが政府のお偉方だからどうせ捕まりっこないなんて、タカをくくらないほうがいい」老羅は声を低くして続けた。「最近は江南事件で大騒ぎだ。当局はこれ以上ニュースが明るみに出ることを恐れているし、新聞社への締め付けは相当きびしくなってる。印刷所にだって監視の目が入ってるぐらいだ。君が向こう見ずな真似をして、こんな時に粗探しされてみろ。君が酷い目に遭うだけじゃない。下手すりゃ俺まで巻き添えになるんだぞ？」

「わかったってば、もうこの話はおしまい」そう言って、方燕は急に顔つきを変え、すがるような目で老羅を見た。「ねえボス、埋もれてしまった美術史の取材のために、南部に行きたいの。台湾にもゴッホがいたんだよ。だから数日のあいだ休暇をください」

老羅は方燕の真剣な目つきを見て言った。「本気か？　でまかせじゃないだろうな」

「もちろん、本気だよ」方燕はいたずらっぽい笑みを浮かべた。「この取材がうまくいけば、ピュリッツァー賞も夢じゃないんだから」

「馬鹿も休み休み言え！」老羅は眼鏡を外して罵った。「言っとくがな、まともなやつを取材しろよ。過激なやつの話なんか書き散らすんじゃないぞ。あと、もう厄介ごとを俺に持ち込むな、くれぐれもさっき言った……」

「はいはい、「壁に耳あり、障子に〝スパイ〟あり」でしょ！」方燕はうんざりしたように言った。

方燕は新聞社で〝人二〟に目をつけられたことを、阿政には黙っていた。心配をかけるのがいやだったし、結局のところ、方燕自身も陳澄波の謎に満ちた人生、そして絵に隠された暗号について湧き出る好奇心を抑えられず、阿政と一緒にその秘密を解き明かしたかった。陳澄波の家族が取材に応じてくれることを伝えると阿政は目を輝かせた。

阿政からもうれしい報告があった。李石樵（りせきしょう）先生に訪問の約束をとりつけたのだ。あの日、楊三郎の話に出た戦後の画壇のいざこざについてもっと詳しく知りたかったし、陳澄波とも関わりがある気がした。李石樵先生が台湾に戻っているとわかって、願ってもないチャンスがやってきた。李先生ならきっと独自の見方を話してくれるだろう。

方燕も深く同意し、二人は新生南路の「李石樵アトリエ」に向かった。

新生南路の路地にある李石樵のアトリエは、阿政にとっては馴染みの深い場所だ。かつて美大を受験するため、わざわざ台北まで来てデッサンの補習を受けたから、アトリエの壁や瓦、草木の一本一本まで深く印象に残っていた。方燕と歩きながら、阿政は当時の李先生にデッサンを学んだひとときに思いを巡らした。

「紙を画板の上に用意してイーゼルに立てかけると、先生がどの石膏像を描くのか指定する。そこで僕らは人物像の比率を木炭で測ってから、輪郭を描き始める。それから明暗を描き分けていく。おかしいのは、修正したいときは饅頭（マントウ）で炭をふき取ることだよ。饅頭はなんといっても安いし、炭がよく消える。一クラスを終えたら、生徒たちは地面いっぱいに散らばってる饅頭の屑を箒（ほうき）で掃くんだ、ははは」

そんなお喋りをしているうち、ふたりは新生南路十六巷の住所にたどり着いた。だが、阿政がいくらあたりを見回しても、昔日の日本風の木造家屋は見当たらない。

「なんでなくなったんだ?」阿政は奇妙に思った。見かけは古びていても、中に足を踏み入れれば李石樵のたくさんの作品と学生たちの真剣な眼差しが並び、生命力に充ちたアトリエだった。それが、どうして消えてしまったのか?

「取り壊されたんだよ！」背後でいきなり老人の声がし、振り返ると李先生が立っていた。

「アトリエは二年前に解体されて、土地は地主に返された。新しくアパートを建てるらしい」李石樵はぶつぶつ言った。

すっかり年老いて杖をついている李先生の姿を目にして、阿政は何だか夢を見ているようだった。

「まあ、茶でも飲みなさい」李石樵が言った。

ふたりは李の家に来た。すでに夜になっている。三人はソファに腰かけた。李石樵はパイプに火をつけてうなずくと、どうしてアトリエがなくなったのかという阿政の問いに詳しく答えた。元々、一九四八年に新生南路の路地に設立された李石樵のアトリエは、以来長いあいだ、台湾で美術を志す学生たちにとって学びの殿堂であった。しかし二年前の一九八二年、台湾経済が発展しはじめると、台北の地価が暴騰し、地主は金儲けのために土地をデベロッパーに売り飛ばし、古い日本式家屋はビル建設のために瞬く間に取り壊された。多くの学生たちの思い出が詰まったあの場所も、市民の記憶の財産として残されることはなかった。李石樵は淡々と話したが、そこには無力感も漂っていた。電話で阿政とアトリエで会おうと約束をしたのは、かつて学生たちと共に汗水垂らして絵に向き合った歳月を思い出したかったからだ。阿政がニューヨークに留学中、先生が退職して娘と住むためにシアトルへと引っ越したことは知っていた。でもまさか、アトリエが解体されていたとは思いもよらなかった。阿政は「台湾経済の奇跡」の旗のもとで、政治家と企業家が「効率的に」取り壊しを進めていることにひどいショックを受けた。

「そうだったんですね」阿政はお茶を一口飲んで、ため息をついた。

師範大学の在籍時から、門下生として退職までずっと教えを請うてきた阿政は、李石樵に対して深い思慕の念を抱いている。陳澄波の功績や、過去に台湾画壇に起こった様々ないざこざ。それを師に直接たずねることができるのも、遅まきながらの幸運と、阿政は心からうれしく思った。

「先生と陳澄さんの関係というのは……」阿政が訊いた。

「私と澄波兄さんはだいぶ年が離れていてね」パイプを持った李石樵には、一種芸術家らしい風格があった。コーヒー色のクルミ材で作られたパイプからは、淡いバニラのような心地よい香りが漂っている。李石樵はゆっくりと話しはじめた。「一九二九年一月のことだった。美術学校を受験するために東京に行ったとき、澄波兄さんの世話になった。しかし、その年の三月に兄さんは東京を離れて上海に教えに行ってしまったから、付き合いがあったと言っても短い間だよ。東京では、陳植棋(ちんしょくき)との付き合いの方が多かったかな。実際、兄さんについては、阿棋(アギー)からたくさん話を聞いたもんだよ」

夜が深まるにつれ、李石樵の深く響く声は自然とふたりを惹きつけた。

「阿棋は澄波兄さんと絵画サークルを結成する話がとにかく好きだった。いったん話し出せば、大興奮でね。兄さんたちが一九二九年に結成した赤島社は結構な反響があったな。台湾画家たちの組織力と動員力を各界に見せつけた。その年は兄さんが上海に行った最初の年だったから、赤島社の台湾での展覧会や活動のほとんどは、東京から蓬莱丸で台湾に戻った阿棋が、走り回って実現させたんだ」

「へえ」阿政は興味を惹かれてたずねた。「じゃあ、赤島社と後の台陽美術協会にはどんな違いがあったんですか?」

「簡単にいえば、赤島社は理念を尊重し、宣伝に長けていた。対して、台陽は組織を重んじて活動するのが得意だった」李石樵は考えながら言った。「赤島社の頃はまだ、日本政府の台湾人への締め付けはそうきびしくなかったから、他の団体と同じように画家も社会改革のための運動に参加できた。だが、次第に大東亜戦争に突入していった台陽の時代は、統制がきつくてね。日本政府に逆らうなんてことはとてもじゃないができなかったな」

「赤島社が重んじていた理念とは、具体的にいうと?」阿政はさらに興味を深めてたずねた。

「それは……」李石樵は急に戸惑ったような間をおき、低く小さな声で言った。「あの時代の人間なら、赤島社の「赤」という字だけでその反骨精神が理解できたもんだが」

「どういう意味ですか?」

「どういう意味? 君たちは「赤」が何を意味するか知らないのかね?」

逆に問われて、阿政と方燕は顔を見合わせた。「誠実さとか、情熱ってことでしょう?」

「それもある。でもそれだけじゃない。あの時代の赤とはソビエト政権を象徴する色だよ」李石樵は水をひと口飲み込んで、小声で続けた。「あの年、ロシアで十月革命が起きた時、政府を倒したのがレーニン率いる赤軍だった。その後レーニンはボリシェビキ党を掌握し、ソビエト政府を打ち立てた。赤軍、赤旗、赤色政党、これらはみんなソビエト政府の象徴だ。だから当時の画家がもし画面の広い面積を赤い絵具で塗ったならば、そこには象徴的な意味があった」

李石樵は突然言葉を切ると左右を見回し、また小声で再開した。「ソビエト政権はマルクス主義の思想の下に成立した、世界で初めての社会主義国家といえる。当時、世界各地の進歩的な青年たちに支持されたよ。自然にその赤い旋風は中国をはじめ日本、朝鮮、台湾へと広がっていった。陳澄波、陳植棋、さらにもっと多くの文化人や社会運動家たちが、公正や正義を呼びかける社会主義という赤色に染まっていった」

李石樵の表情は、〝公正や正義を呼びかける社会主義〟と口にしたところで、ちらっと輝いたようだった。若かりし頃の李先生もまた、そうした時代の潮流のなか才能の花を咲かせてきたことを、阿政は垣間見た気がした。

李石樵はパイプをひと口吸って言った。「当時の日本で社会主義を支持した者たちが、一九二二年に日本共産党を結成した。赤党とも呼ばれた。時は大正時代で、日本も比較的自由な空気に充ちていた。一九二四年に澄波兄さん、翌二五年に阿棋とそれぞれ東京に行ったのが、ちょうどこの赤い思想の波が押し寄せている頃だった。正義感が強く、不公平に抗ってきたふたりの頭は「革命」という言葉でいっぱいになった。とはいえ、家庭のしがらみもあるし、革命を思っても実際に何かやれるわけではない。それで、革命の代わりに改革を求めた。何を改革するのか？　台湾社会の不公平や遅れを改革する。ただ言うだけではダメだというので、サークルを組んで、台湾人の芸術的センスを育んだり、台湾の社会運動家らと連帯して文化の啓蒙を推進しようとした。だから赤島社の「赤」っていう字は、突拍子もなく出てきたわけではないんだよ」

「でも一昨日うかがった楊三郎先生の話には、赤島社はともかく社会主義思想のことなんて一言も……」阿政は怪訝な表情になった。

「そりゃそうだよ、赤い思想は日本時代にはタブーだったし、光復以降は尚更だ。誰も適当に口に出しはしない。私だって、もし君のことをよく知らなければ、こんな話はしないさ」

「え？　そうだったんですか！」阿政は急に申し訳なさを覚えた。

「われわれが若いころは、耳のあたりまで髪を伸ばす人を見れば、社会主義を信じている人だとわかったものだ」

「なんと！　髪を伸ばすのと社会主義が関係あるんですか？」阿政は驚いた。

「そうだよ、当時は〝おーるばっく〟と呼ばれた髪型だよ。毛をぜんぶ後ろに撫でつけて耳の後ろにかき上げるんだ」李石樵はさらに声を潜めた。「じつはこれは、マルクスの髪型を真似たものだ。当時は澄波兄さんも私も、みんなこの髪型をしたものさ」

「陳澄波の上海での長髪は、ヨーロッパの芸術家の真似じゃなかったんだ」と方燕も驚いた。

「本当に思いもよらなかったな、髪型にまで意味があるなんて」阿政の声は小さくなった。「つまり思想の暗号ってことですね」

李石樵はうなずき、言葉を続けた。「当時、阿棋から聞いたことがある。赤島社は一九二九年八月に第一回の展覧会をやったんだが、その数日前、官側の『台湾日日新報』が〝赤島社は官展である『台展』に対抗するものだ〟と報じた。すると、会場を提供した博物館が急遽取りやめを申し出た。あわや中止というところで、阿棋は急いで東京の教授に電報を打ち、人脈を頼って台湾に友好的な国会議員の助けを求めた。総督府の山崎課長にも何度も頼み込んだ。たいへんな苦労の末にようやく総督府も手を引いて、予定通りに展覧会を開催できた。だが、このことは少なからずその後の活動に影を落とした。赤島社の名称に異議を唱える画家もいたし、画家はキャンバス以外のことに干渉するべきではないという議論も起こった」

「それで、どうなったんですか？」

「阿棋は志を曲げなかった。東京に戻り、遠く上海にいる澄波兄さんとは電報で連絡を取りながら、赤島社の台湾での活動を展開した。思うに、二人の赤島社に対する思いや信念は、画家の創作の範囲に留まるものじゃなかった。そこに籠められていたのは、社会への理想や願いだよ。それがふたりの「陳」って画家と、その他の画家たちとの一番の違いだろうな。彼らの目はキャンバスの上だけじゃなく、キャンバスの外にも注がれていたんだ」

李石樵は言い終えると、じっと考え込んだ。

それからしばらく間をおいて、李はまた口を開いた。「だが、一九三一年に阿棋は死んだ。ひどく悲しかったのは、それと共に赤島社も終わってしまったことだ」李はだんだんと声を詰まらせていった。「私も心の中では彼みたいになりたいと願ったよ。帝展に挑み、同時に、社会を変革することにも関心を持ちたいと。ついに二年後、澄波兄さん、阿棋、継春兄さんに続いて私も、帝展に入選した四人目の台湾画家になった。彼らに目をかけてもらった恩を返すことができたんだ。そして知らず知らずのうちに感化されていたのか、私もまた社会主義リアリズムやプロレタリア大衆をモチーフに、『合唱』『市場の入り口』『田家の楽しみ』という一連の作品を描いた。澄波兄さんは帝展という大きな門を叩いて後輩たちが進むべき道を示したんだ。台湾の画家たちにひとつの目標を与え、社会や大衆への関心を呼び覚ました。陳澄波の台湾美術史への最大の貢献は、ここにあるといっていい」

「どうして先生たちは、当時それほど帝展を重要視していたんですか？」と阿政はたずねた。

「当時は、台湾人と日本人が等しく競い合えるような舞台はなかった。日本人の目に映る台湾人は、未開の地の先住民みたいなものだったよ。オキナワ人と同じような階級さ。台湾人画家が、数で勝る日本人画家を打ち破り、国家最高峰の美術コンクールに入選することは、台湾人も日本人と同じように優秀だと高らかに宣言するようなもんだった。だから帝展の入選には、当時の島じゅうの台湾人が大喜びしたものさ。台湾の少年野球チームがウィリアムズポートでアメリカのチームを破って、世界の王者になった〔アメリカで毎年開催されるリトルリーグ・ワールドシリーズで、台湾は一九六九年の優勝を皮切りに、一九八四年までに十回の優勝を果たしている〕だろう？　台湾人は夜更けまで爆竹を鳴らして勝利に酔ったが、あんな感じだよ」

李がひと息に語り終えたのは、彼らの時代の昔話、これまで学校の授業では話したこともない、政治によって歴史の教科書から切り離された話だった。夜も更けて、阿政は別の世界の奇妙な物語でも聞いているような感覚になった。

李石樵が光復前に制作した『合唱』『市場の入り口』『田家の楽しみ』といった大作のことは阿政もよく知っていた。サイズが大きいだけでなく、その視野の広さにおいても傑作であり、台湾で初めて人物の群像を描いた作品でもある。その視座の高さ、そしてとらえる対象の幅広さはレンブラントの『夜警』にも匹敵し、台湾美術史のなかで高い地位を占めていた。李石樵の風格ある画風で群像をモチーフに描き続ければ、いずれ台湾人の叙事詩的な肖像を残せたはずだった。

「どうして光復後は突然民衆を描くのをやめ、抽象画に転向されたのですか？　先生も時代の流れに合わせて変わったのでしょうか？」阿政は突拍子もなく、失礼ともいえる物言いをした。学生時代には聞かなかった、あるいは聞けないでいた質問だった。

「民衆を描くのではなく、どうして抽象画に転向したか?」李石樵は阿政の問いを繰り返した。

「そうです、先生」阿政はおそるおそる返した。

李石樵の太くて黒い眼鏡が突然鼻先にずれ落ち、李は目を細め阿政を見て言った。「私が流行にかぶれたとでも言うのかね?」

「それは……」阿政は言葉を失い、空気は凍りついた。

方燕はその重苦しい雰囲気に、阿政が聞いてはいけない質問をしたことを悟った。李石樵が話を切り上げてしまうのではと不安になり、方燕は慌てて話題を変えた。「台湾美術界はどうして光復後に二つの派閥に分かれたのですか? 李先生」阿政がこの質問をしたくて李石樵を訪ねたのを思い出したのだ。阿政は方燕に目配せして謝意を示した。

「二つの派閥に分かれたのは」李石樵は黒縁眼鏡を押し上げ、どう答えるべきか思案した。そして一口パイプを吸うと、ゆっくりと切り出した。「二派に分かれたのは光復後じゃない、日本時代にはもうどうにも団結できない状態（パンジョーキャオソアボエチョートエ）だった!」

「なんです?」方燕は唐突に出てきた台湾語のことわざに困惑した。「先生、申し訳ありません。今の台湾語の意味がよくわからなくて」

李石樵は方燕にかまわず、ひとり話を続けた。「日本時代、大東亜戦争が日ごと激しくなるにつれて、文化界は対立を深めていった。昭和一八(一九四三)年、文壇の張文環〔一九〇九～七八 小説家、編集者〕、林搏秋〔一九二〇～九八 劇作家、映画監督〕、呂泉生〔一九一六～二〇〇八 音楽家〕、呂赫若〔一九一四～五一 小説家〕や山水亭オーナーの王井泉〔一九〇五～六五〕たちは劇団を組み、永楽座で『閹鶏（去勢されたオンドリ）』という新劇を上演した。それが大入りでね。公演の夜は原因不明の停電があって、興奮した観客たちは呂泉生が採集した『丟丟銅仔（水がぽたぽた）』などの台湾民謡を歌えと盛り上がった。結果、二日目には当局が劇中で台湾民謡を歌うことを禁止し、文壇の日本に対する反感は一気に頂点に達したよ。そこで文士たちは、もうすぐ始まろうとしていた官製の絵画展「府展」に、台湾人画家たちが参加しないよう呼びかけたんだ。台湾人の気概を見せろとね。しかし、われわれの精神的なリーダーだった澄波兄さんは同意しなかった。引き続き展覧会のための作品制作に励むよう皆に言ったんだ」

「なぜですか?」阿政がたずねた。

「画家の職責とは絵を描き絵画展に参加することで、それをしないのは職を失うに等しいと言ってね」李石樵が吐き出した煙が、黒縁の眼鏡の前をふわふわと漂った。あの年、山水亭で起きた激論の一幕を、李は眼鏡越しに見ているようだった。

◆　◆　◆

一九四三年九月、山水亭。

かつて、台湾籍の文化人たちにとって、山水亭での食事はいつでも楽しいものだった。勅使街道（現在の台北市中山北路の一部）一帯の日本料理の店に比べれば、太平町（現在の延平北路）の山水亭は、台湾人が心のままに振る舞える場所である。台湾文化人に言わせれば、山水亭の意義とは料理が旨いかどうかよりも、台湾人でも例えばパリのサロンのような文化の薫り高い空間を創り出せるところにあった。そしてそれは全て、オーナーの王井泉が友人たちのために心を砕いてきたおかげであった。

とはいえ、太平洋戦争の情勢が緊迫するにつれ、山水亭での会合の雰囲気も緊張を帯びてきた。この日、新劇『閹鶏』の上演が総督府の圧力を受けたことで、幾人かの小説家や画家が山水亭に集まり、今年の秋の「府展」に参加すべきか否かについて侃々諤々の意見を戦わせた。

口火を切ったのは、年若で率直な性格の呂赫若である。呂によれば、台湾籍の作家が主に執筆している雑誌『台湾文学』と、西川満〔一九〇八～九九　小説家〕など台湾在住の日本人による『文芸台湾』が、まさに今対立していた。一方は、台湾籍の作家はただ家庭や民間の些細なことを描いているに過ぎず、国家が今まさに大東亜で成さんとする偉大な事業を無視していると批判した。西川満も、台湾作家の作品は「糞リアリズム」であり、「安価な人道主義の片鱗」すらないと述べた。これに対して、台湾の作家たちも負けじと文章でやり返した。その中には楊逵が『台湾文学』に寄稿した「糞リアリズムの擁護」という一文もあった。

『閹鶏』の主役をつとめ、小説も書く呂赫若は、この時三十歳に満たなかった。呂はレストランに集った人々に言った。「漢と賊が並び立たないこの時、われわれ台湾人の心の歌である『丟丟銅仔』が禁止されるようなこの時に、なぜまだ日本の洗脳工作に協力しなければならないのか？　総督府主導の府展に参加するのは、植民政府が合法的に台湾を統治するのに手を貸すことじゃないか？　まさか君たちは、マハトマ・ガンジーがどんなふうにインドの民族運動を率いたか知らないのか？　画家の皆には、絵画展への参加を拒むような気概はないのかい？」

義憤に胸をたかぶらせた呂赫若の言葉には力があり、短いながらも全員の心を震わせて、場は静まり返った。この時、画家たちは皆、陳サンのほうを振り返って反応を確かめた。

陳澄波は少し疲れたように、かすれた声で、自分の観点を一言ずつゆっくりと述べた。しばらくずっと南部にいて絵を描いていた自分は、北部の文化活動にはなじみがなく、あまり参加もしていない。近ごろの台北の文化界で何が起きているかも、さほど詳しくない。ただ南部の田舎で写生をすることで、台湾の風景の美しさを感じ、台湾が西洋でなぜ〝フォルモサ(美しい島)〟と呼ばれたのか理解できた。台湾の美しい景色を絵筆で残すことは、現代の人のためだけでなく、未来の人々のためにも必要な使命だと考えている。絵を描くこと、展覧会に参加することは、画家が果たすべき責任である。郵便配達夫が手紙を届けることに責任を持つように。そして郵便配達夫は受取人が日本人だからといって、手紙を届けないということはない……

続けてこうも言った。「小説家がどんな場所で文章を書いているのか知らないが、私が創作をするのは、ほとんどの場合が屋外だ。一昨年の『懐古』という作品は嘉義にある古い民家の前で、まさに防空演習が行われているさまを描いた。あるものは体をかがめ、あるものは走り、戦争がすぐそこまで迫っている雰囲気を描き出した。下描きを完成させるだけで、およそ二、三時間かかる。午後の時間をまるごと演習する人たちと過ごしたので、彼らの苦労や緊張がよくわかった。われわれ画家は、人々の経験をそのままキャンバスに映し出す。そして絵画展を通して、ほかの台湾の人々に、台湾の風土や今の情勢を知ってもらう……これがわれわれ画家の仕事なんだ。もし絵画展に参加しなければ、画家は郵便物を届けない配達夫みたいなもんだ。われわれは、ただただ自分の職責を果たすのみなのです」

陳澄波が言い終わると、『閹鶏』の作者である張文環が続いて話しはじめた。画家の仕事は絵を描くことと絵画展に参加することだという陳澄波の言葉を肯定しながらも、張はこんな疑問を投げかけた。「台湾人には春の台陽展がすでにあるだろう。にもかかわらず、どうして秋の官製の府展にも参加する必要があるんだい？　これはまさに、日本の体制の下での創作と言えるんじゃないか？」

この言葉に、一方のテーブルに集まった画家たちはいきり立った。民間であれ官製であれ一つの発表の場に過ぎず、画家の絵の内容やモチーフに何ら影響はない、つまり「民族は民族、芸術は芸術に帰する」のだと、画家たちが反対のテーブルの作家たちに投げかけると、現場は混乱に陥った。陳澄波は皆が落ち着くのを待ってから、張文環の疑問にこう答えた。

「文環君の考え方に、僭越ながら意見を述べさせてもらうよ。私にとって、芸術とは国境のないものだ。もし芸術に国境があるなら、油絵なぞ描くべきではない。油絵は漢人の伝統的手法ではないからね。かつて私は上海で中国画家の代表に選ばれたことがあるが、もし次に日本の代表に選ばれたとしても、喜んで受け入れる。またある日、もしフランス代表に選ばれるというなら、それも光栄なことだ。油絵画家として言わせてもらえば、油絵はもうひとつの国だ。この「油絵共和国」では、誰もが絵のために生き、絵のために死ぬ。そこに国籍なぞ関係はないんだよ」

話が途切れると、陳澄波は周りを見渡し、ふたたび言葉を続けた。「考えてもごらんよ。今ヨーロッパでもっとも有名な巨匠ピカソは、スペインからフランスに渡って、最高峰の芸術を作り上げた。その栄光はスペインのものかい？　それともフランスのものかい？　諸君、芸術家にとって、ピカソは人類皆の栄光だ。そこに国籍なんてない。台湾の画家にしても同じことだよ。内地人の絵画展なのか、本島人の絵画展なのか、それは重要じゃない。画家は人々のために絵を描く。人々のために絵画展に出品する。絵を見たい人が一人でもいれば、われわれは絵を出品する責任がある、それが誰の主催であってもだ」

こう聞いても、文壇の友人らは依然として納得しない。「あんたたち画家は、やれ雪だ花だと風流な題材を描くばかりだが、俺ら小説家が書くのは台湾人の底辺の辛さや苦しみなんだ。時代の〝メロディー〟を描かない画家のなにが職責だよ！」と批判する者もいた。

すると陳澄波の隣の画家が言った。「あのなあ、失礼な話かもしれないが、あなた方が書くのに必要なのは一本いくらの鉛筆だけだろう。鉛筆がありゃ小説が一つ書ける。われわれ画家が五十号の絵を描くとなりゃ、絵具を輸入する金で自転車が買えるよ。もし俺たちが下層階級の苦しみばかり描いていたら、誰が絵を買ってくれるんだい？　誰も絵を買う人がいなけりゃ、どうやって絵具代をまかなう？　しかも、金が入ればみんな文学雑誌に寄付してるじゃないか」

「すまないが兄さん、今は戦争中で太平の世じゃないんだ。時代を反映する必要ってもんがあるだろ」とある作家がそう応えると、他の作家たちも「そうだ、そうだ！」と賛同の声をあげた。

陳澄波は立ち上がって、落ち着いた口調で言った。「諸君、ちょっと聞いてくれ。画家はまったく時代に反応してないわけじゃない。例えばさっき述べた私の『懐古』や石樵の『合唱』という作品は、どれも戦争の空気を反映したものだ。絵を描く際に雰囲気や空気をとらえるわれわれの手法は、小説というドラマ性の強い芸術に慣れた君たちにはピンとこないかもしれない。でもだからといって、決してわれわれが現在の状況に向き合ってないわけじゃない。もっといえば、もし何でもかんでも戦争の時代を反映しなくちゃ駄目だというなら、われわれ全員、今日はこの山水亭に来るべきじゃない。ご覧よ、テーブルの上には魚の煮付けに羊肉の煮込み、大きなエビ……諸君、本来ならば今どきの「節米（せつまい）」で料理屋だって客に白い飯を出すこともままならないっていうのに、われわれはこうしてご馳走にありついてる。まさか山水亭も時代の〝メロディー〟に合っていないとでもいうのかい？」

陳澄波はここまで言うと、後ろの階段のあたりに座っているオーナーの王井泉を一瞥（いちべつ）した。古井兄さんと呼ばれ慕われている王は少し気まずそうである。陳澄波は続けた。「諸君、芸術家とは創作をするとき、目の前のことだけを考えるものじゃない。百年後、二百年後、いや五百年後……ダ・ヴィンチがミラノに住んでいたとき、フランスとイタリアでは戦争が行われていた。しかしダ・ヴィンチは戦争を題材にせず、〝モナリザ〟を描いた。晩年にはこの絵と共にフランスに居を移して、五百年後に絵はフランスの国宝になった。これが画家の夢だよ！　君たち小説家には使命感がある。われわれ画家にも使命感がある。君たちの使命感は目の前にあり、われわれは百年後にある。諸君、これはどちらが間違いかという問題じゃない、目標自体が異なるのだから！」

陳澄波が語り終えると、座はふたたび騒然となった。それでもやはり、陳サンの意見に異議を唱えるものもいた。「何と言おうが、府展の府の文字は総督府の象徴だ。キモチはよくない」

するとまた画家の側から反発があがった。「文環さんはさっき、僕らが日本政府の体制の下で創作しているって言ったよね。実際のところ、文学者の方はどうなんだい？　文環さんが忘れたのでなければ、去年文学賞を受賞した『夜猿』は、まさに皇民奉公会〔内地の大政翼賛会に相当する組織〕の台湾文学賞コンクールに参加して賞を獲ったんですよ？　その時、この受賞は台湾人の栄誉だと言わなかったかい？　それなら、僕らが府展に参加するのだって同じことだよ」

この一言でまた場はどよめき、呂赫若も発言した。「文環兄さんの小説は人道主義の精神に満ちたもので、たくましく生きる農民や、虐げられ貧困にあえぐ人々に心を寄せている。兄さんが書くのはいつだって取るに足らない人々の姿と、人類の魂の苦しみについてだ。誰が個人的な名誉のための創作だと？　冗談じゃない！」

「そうだ！」一人の作家が呂赫若の発言に続いた。「小説家の受賞作は市井の人々こそが読者だ。ところが君たちの絵はご立派な公会堂に陳列され、特権階級が楽しんで金持ちだけが買えるぜいたく品じゃないか」

「台湾人が芸術的にこれほど優秀だとそれこそ特権階級が認めれば、台湾人のくせにとやすやす侮られることもなくなるぞ！」画家も負けてはいない。「そうだ、それだって台湾人のための戦いだ！　みんな李石樵がいかに台湾人の栄誉を勝ち取ったか見てみろよ！」

「そうだ、それに……」画家のテーブルでまた誰かが言った。

「それになんだっていうんだ？」作家が聞き返す。

「それにわれわれは作品を〈図形〉で表すが、君たち小説家は〈日本語〉で書く。どちらがより権威におもねっていると思う？　漢人として恥ずかしくないのか？」

「それなら、こっちも言わせてもらおう。『懐古』で描かれた防空演習も、軍帽を被った子供が軍歌を歌う『合唱』も、どっちも大日本帝国軍のための戦争プロパガンダじゃねえか！」

「なんだと！」画家たちはいきり立った。

「まあまあ……」山水亭主人の王井泉がとりなしの声をあげた。「もとはといえば、みなに食事をふるまって、ついでに文化界はどうあるべきかを語り合うつもりが、こんなことになるとはなあ。こうお互いに責め合っていては溝が深まるばかりだよ」

王井泉は、左右のテーブルに座るお馴染みの顔を見まわした。もとは肝胆相照らす間柄の仲間たちが、今や戦況が緊迫するにつれて内輪もめをしている。

「今晩はみな、自分の立場から話をした。作家には作家の、画家には画家の考えがある。そこでお互いを批判する必要性はまったくないよ。今この瞬間、この山水亭では心に思うことをさらけ出そうじゃないか。酒を飲み干すときのようなすがすがしい態度で、だ。盃のなかに酒を残して金魚を飼うようなことはしちゃいかん。兄弟の間では腹を割り、誠実に向き合うんだ。決して骨肉の争いなんぞしてはだめだ」

それから王井泉は突然声を小さくした。「今度の戦争は〝総力戦〟の局面にはいった。もう日本には戦局をコントロールする力はないということだ。ここだけの話だが、うちの名物の東坡肉（トンポーロー）の刈包（グァバオ）〔マントウに肉を挟んで食べる料理〕な、これに使うコムギコはこれまで内地から仕入れていたが、今や全国的に品薄で、統制がきびしいんだ。トウキョウじゃあパンさえ食べられないという。日本はもう終わりだよ。われわれはお互いに争うべきじゃない。もうしばらくすれば、祖国日本は倒れる。そうしたら台湾人がどうするべきか、状況をよく見て考えるんだ。つまり、われわれ本島人の団結こそが最も重要なんだよ！」

王が言い終わるなり、部屋は拍手喝采に包まれた。王はあわてて静かにするよう求め、通りには日本の憲兵がウロウロしているから騒ぐなと言った。それからそばに座って何も発言していなかった若い呂泉生に向かって言った。

「泉生、君はひとつ兄弟みんなが腹を割る歌を作らなくちゃ。タイトルはそうだな、『杯底毋通飼(プエデンータンシー)金魚(ギムヒ)(盃の底で金魚を飼うな)』がいい。台湾人が心をひとつにしなくてはならないことを表現するんだ」それを聞いて一同は大笑いし、また拍手が沸き起こった。それでようやく誰もが、いくらか気持ちを楽にして席を立っていった。

陳澄波も、さて帰ろうと背広を着ていると、呂赫若が怖い顔をしたままやって来て言った。

「澄波さん、こう言ってはなんですが、あなたの絵は楊逵さんの小説と同じく、正義の精神と台湾人意識とを兼ね備えているとずっと思ってきました。でも今日あらためてお話をうかがって感じたのは、どうやらあなたが、芸術の価値は民族の精神を超えると考えていることだ。その考えが正しいか間違っているのか、わたしにはわからない。台中にいる楊逵さんがあなたのその主張を受け入れるかどうかもわからない。ただ、私の感覚でいえば、あなたの取っている立場は甚だメイワクだ!」言い終えると、呂赫若はもういちど陳澄波に目をやり、尊敬する先輩に九十度のお辞儀をした。そして「澄波さん、ゴメンナサイ!」と言って、足早に立ち去った。

若き小説家の背中を見送りながら、陳澄波の心には何千何万もの言葉があふれた。しかし、口には出せなかった。「俺はメイワクな人間なのか?」彼はぶつぶつ言った。「俺はただ絵を描きたいだけなんだ。描いてみんなに見せて、それだけなのに」

◆◆◆

「悲しいかな、台湾人はカゴのなかの鳥だ。鳥カゴから飛び出そうにも、誰もが違う意見を言う。それに文化界の人間ときたらプライドは高いし頑固だから、人に譲るということをしない。昔から『小便で砂を混ぜても固まらない』ってことわざがあるが、その通りだよ」

李石樵は言い終わるとパイプを口にくわえ、天井を見上げたまま考え込んだ。

阿政の心も沈んだ。台湾文化協会の分裂にまつわるごたごたは以前から耳にしていたし、政治家たちの結束も簡単でないことはとうに理解していたつもりだった。しかし日本時代の文化界においてさえ絶えず言い争っていたことは、今になって初めて知った。文学者と画家では、背景も努力の方向性も成功の基準も違うのだから、自然と意見は食い違うだろうと阿政は思った。何年か前、文学者同士で郷土文学論争〔一九七七年から七八年にかけて台湾で起きた激しい文学論争〕が巻き起こったときも、画家のあいだではそんな論争は起きなかった。郷土文学論争の背後にはそれぞれの作家の政治的立場の違いが大いに影響していたが、そもそも画家は政治的立場から創作することが少なく、論争へ発展しようもなかった。

「先生、それで画家たちはその年の府展には参加したんですか?」阿政が考えに耽っている横で方燕がたずねた。

李石樵はうなずいた。「画家たちは結局、その年の府展に真面目に参加したよ。とくに澄波兄さんは、どんな絵画展に対しても真剣そのものだった。安定した仕事のない彼にすれば、コンクールに参加すること自体が仕事なんだ。もし参加のチャンスが奪われれば、それは描くことそのものを放棄したも同じだ。実際、その年に兄さんは上海から台湾へ戻ったわけだが、それはたんに国籍の問題だけではないように思う。上海が戦争に突入することで海運が封鎖され、東京や台北の絵画展に参加できなくなるのを恐れたんじゃなかろうか。この二つの場所こそが、兄さんにとっての戦場だからね」

「李先生は、そうお考えなんですね?」阿政が言った。

「そうだよ。つまるところ私も兄さんも、帝展に入選したことで、画家としての地位を固めることができた。絵画展こそ、われわれの人生で最も大事な舞台なんだよ」李石樵はやや間を空け、ゆっくりと煙を吐き出して言った。「しかし、その昭和一八(一九四三)年の展覧会が、最後の府展になった」

「戦争のためですか?」方燕が言った。

「そう、台湾まで戦火が拡がり、アメリカ軍の空襲が始まった。府展どころか、われわれの台陽展さえ中止になった。しかし最も印象に残っているのは最後の府展のとき、ある先輩が私たちに向けた痛烈な批判だ。この人はかつて上海で抗日運動に従事したため日本政府に捕らえられ、台湾で何年も投獄されていた人物だ。出獄した彼は、すぐにわれわれを激しく罵ったよ」

◆◆◆

一九四三年、台北公会堂〔現在の台北中山堂〕の府展会場。

「軟弱で貧しく、なまっちろい……本島画家が府展に出した、まったく内容のない作品群。これが台湾の芸術の最高水準なのか?」この日、王白淵が府展を評論した一篇が台湾の新聞に掲載され、画壇は大騒ぎになった。

戦争が迫り、経費削減のためファサード部分が簡素に建てられた台北公会堂で展覧会を観ていた陳澄波も、会場の隅で王白淵のこの記事を読んでいた。『府展雑感』というタイトルで、府展参加の画家たちは湾生であれ台湾本土出身者であれ、だれもが台湾の島々を平和で楽しげに飾り立てて描きだしているが、その島が今直面している多くの困難には目をつむったままだと、鋭い筆致で書かれている。王白淵はレオナルド・ダ・ヴィンチやミケランジェロを例にあげ、偉大な芸術家は人道的な精神を備えているが、一方で台湾画家の作品が観衆の共感にまったく結びつかないのは、市民と共に立とうとしていないからだと批判した。

王白淵の評論は、あまりにも誤解と偏見にまみれていると陳澄波は思った。他の画家の作品についてては自分が意見を述べるところではないが、少なくとも自分の作品に関していえば完全に市民の側に立った創作だという自信があった。決して貴族階級を楽しませるためでも、富豪のコレクションのためでもない。ましてや政府を喜ばせるために華やかな虚構を描くわけがない。

その時、陳澄波は改めて会場内の自分の作品に目をやった。今年は『新楼』というタイトルの新作を出品していた。「台展」が「府展」と名を変えたこの五年来、陳澄波は毎年主催側の推薦を受け、無審査で参加してきた。常に先頭を行く台湾画家として、また内地の最高栄誉である帝展の最初の受賞画家として、府展に無審査で参加を認められていることは、自分に相応しい栄誉だと思っていた。しかし、だからといって制作の手を抜くようなことは絶対にないし、プロレタリア芸術への信念は変わらず抱き続けている。あの頃、阿棋と一緒に口を開けば「プロレタリア芸術」「プロレタリア芸術」と言っていた若者と、何も変わらない。この五年のあいだ、府展に出品した『古廟』にしろ、『濤聲』や『夏之朝』、『初秋』、そして今回の『新楼』にしても、どれも台湾人の心情に立って描いたものだ。それが「貧しく」「なまっちろい」とは。

『白淵は、本当に誤解しているる』陳澄波は心の中で叫んだ。『あるいは現状への不満から恨みが溜まっているのか？』

陳澄波がそう考えているところに、ちょうど王白淵がやってきて、ふたりは期せずして顔を合わせた。

「おお、澄波、久しぶり」

「ほんとだね、白淵。随分会ってなかったが、調子はどうだい？」

何年ぶりの邂逅か、思い出せないほどである。ふたりは長いあいだ一種微妙ともいえる関係だった。年齢でいえば陳澄波は王白淵より六、七歳年上だから、台湾の一般的な上下関係でいえば、陳のほうが常に目上ではある。しかし学歴でいえば、王白淵は陳澄波より一年早く東京美術学校で学んでおり、日本文化においては、王のほうが永遠に先輩なのだ。それゆえに年長者である陳澄波は、どんな風に王白淵という先輩と付き合えばよいのかわからない。そんなわけで、東京にいた頃はつかず離れず、互いに将棋の王将同士のような距離感を保っていたが、あれからゆうに二十年は経つだろうか？　五、六人の台湾人学生が東京の居酒屋で心を開いて酒を酌み交わし、窓の外には細雪がひらひらと舞っていたあの年。あれから林玉山は台湾に帰って真剣に絵を描き続け、楊逵は日本の警察の頭痛の種となり、陳植棋は逝き、游柏(ゆうはく)は名前を「弥堅(やけん)」と改め祖国中国へとわたって官職についた。そして、王白淵は岩手県で中学校の教員となり、陳澄波は上海で美術教授になった。続いて一九三二年、上海で一・二八事変が勃発し、陳澄波は台湾へ帰ることを余儀なくされたが、逆に王白淵は一九三四年に日本の妻と離婚し、単身上海にわたり抗日活動に参加した。一九三七年、上海の八・一三の役〔第二次上海事変〕で日本軍に逮捕された王白淵は、台湾に送り返され、六年のあいだ投獄された。陳澄波と王白淵はまるで競い合うように、中国と日本という二つの大国の争いに巻き込まれていった。今年、王が出獄した時は、すでに一九四三年になっていた。ふたりは向かい合い――ああ白淵、髪の毛が少し白くなったね。そうさ、牢屋に入ってたんだから当たり前さ、しかし澄波、あなたも背中が曲がったね、イーゼルのせいかな？　ハハ、イーゼルを背負って背中が曲がったんなら本望だ、しかし君の筆は相変わらず冴えているな。残念ながら、刑務所から出たあとの俺には何にも残されていない、ただ一本鉛筆があるだけだが、金にもならないし、ただ他人を皮肉るだけさ、ふふ……

似たような運命をたどったふたりが思いがけずここで再会して、いったい何を話せばいいのか？

陳澄波は王白淵のさっぱりした表情を見つめながら、ふとあの頃の情熱が消え去っているのを感じた。二十年前、芸術への夢を抱いて、みんな台湾から相次いで東京美術学校へと留学した。あれから瞬く間に時が過ぎ、ふたりは『リップ・ヴァン・ウィンクル』〔一夜の眠りの間に二十年もの歳月が過ぎていたというワシントン・アーヴィングの短篇小説〕の夢を見ていたようだった。いま何を話せばいい？　東京の思い出？　それとも上海の懐かしさ？　もしくは祖国の夢、社会主義の夢について？

『そうだ、われわれのような美術学徒が絵筆でとらえるべきは、この年月の心の道程じゃないか？』

陳澄波は内心、ため息をついた。

あの頃、ひとりはミレーを模範とし、ひとりはゴッホに憧れて、美術の道を突き進むと決めた。しかしふたりは今や袂を分かった。陳澄波はひたすら絵画に打ち込んでいるが、王白淵の画家としての夢はとうとう叶わなかった……

「ただ、君の評価は客観的とはいえない」陳澄波は突然、大声で抗議した。「芸術作品の役割はさまざまだ。宗教的な役割もあれば、心や目を喜ばせる役割もある。社会教育や啓蒙という面もある。われわれにはミケランジェロの情熱的な『ダビデ像』がもちろん必要だが、ダ・ヴィンチの『モナリザ』みたいな、つましい家の女性の美しさだって要る」

「君はまったく……澄波、ああもう！」王白淵は大きくため息を吐いた。「じつを言えば、そんなんだから俺は絵を捨てたんだよ。そういう文芸趣味のうわごとはもうウンザリだ。二万五千里を越える偉大な〝長征〟を耳にしたことがあれば、絵を描くなんてどんなにみみっちい事か、わかるだろう」

「長征？」

「そうだ。上海の江豊を覚えているかい？　俺は一九三四年に上海美術専科学校で教員になったとき、版画家の江豊と知り合った。彼は、君の絵に賭ける熱意は認めていたが、絵の題材はあまりにもブルジョワ趣味だと批判していた。蘇新〔一九〇七～八一　台湾共産党員ののち中国共産党員〕から最近聞いたところによれば、江豊は俺が逮捕されて台湾に戻った翌年、そう、一九三八年に丁玲〔一九〇四～八六　作家。龍華事件で夫を殺され、三二年共産党に入党。三三年から国民党政府に軟禁された〕の後を追って上海を脱出し、延安に行った。『保衛家郷（故郷を守る）』『長征』『上海第三次工人暴動（上海三回目の労働者暴動）』といった作品を続々と生み出し、党に重用されるようになった。今や党中央宣伝部門の主任だ。澄波、「燕頷投筆（えんがんとうひつ）」〔文筆を捨てて武の道に進むこと。後漢の班超の故事から〕とはこのことだよ！　俺はこの偉大な事業に残念ながら参加できないが、延安こそ真のユートピアだと考えている。聞いてくれよ、澄波、殖民統治されている台湾人は、ただ政治によってのみ救われるんだ」

「政治によって？」

「そうだ！　江豊のようにだ。画家の戦場はキャンバスの上じゃない。政治に入り込むことだ。党に加入してね」王白淵は声を低くして続けた。「今の情勢ははっきりしてる。アメリカは今ヨーロッパにかかり切りだが、ドイツ軍を負かせば、次は日本軍の相手をするためアジアにやってくる。こうなれば、日本人（アップンナー）どもの軍は必ず遠からず負け、その時は中国がきっと再び立ち上がる。台湾人は祖国に帰れるんだよ。台湾に不足しているのは政治的な人材だ。いろんな業界の専門家が政治に参加する必要がある。それでこそ、われわれの祖国はうまく統治されるんだよ。だからわれわれは絶対に政党に加入しなくてはならない。政党の力と共に台湾を治め、社会を変革するんだ」

「政党だって？　君が言うのはどの政党だい？」

「澄波よ、阿棋がもしまだ生きてたら、とっくの昔に赤色の旗を立てて大声で叫んでいたさ。われ陳植棋こそは台湾の陳独秀（ちんどくしゅう）〔一八七九～一九四二　中国共産党の創設者〕である！　ってね」

「陳独秀？」

「そうじゃないか？　阿棋は君より腹が据わっていた」

「阿棋が陳独秀だって？」

「そうさ。正義に厚く、道理と人道を重んじる！　われわれの若い頃の夢さ」王白淵は力強く言った。

「赤い旗、赤い旗……？」陳澄波は声を震わせた。「しかし君が、われわれの絵をなまっちろいと言ったことには断固抗議する、抗議するぞ。この数年、俺は美学や思想についてたくさんの文章を書いてきた。雑誌や新聞に掲載されたが、君は牢屋にいたから読むことができなかったろう。だから、われわれがどれだけ努力してきたかを知らないんだ。台陽協会に切り抜きがあるから、かならず読め、かならず読めよ！」

◆◆◆

「陳独秀って誰ですか？」方燕はポカンとした。

「それで、陳澄波は入党したんですか？」阿政はそちらのほうにより興味がわいた。

李先生は質問には答えず、ただ天井を見つめたまま、独り言のように言った。「当時、井泉兄さんと王白淵のふたりともが祖国日本はもうだめだと予言したとおり、まさに台湾人の祖国は替わった。国旗の上の太陽は、赤から白になった……」

◆◆◆

一九四五年、八月下旬、中之島公園。

「それで……国旗の上の太陽は、赤から白に変わったんですか？」画家仲間たちが口々にたずねた。

「そうです」陳澄波は、ほほえんで答えた。

台湾各地から中之島公園（現在の台中市台中公園）に集まった画家たちは、昨年、戦火で中止となった台陽展覧会を今年も中止するか、あるいは解散するかを話し合う予定だった。ところがその十日前、つまり八月十五日の正午に、思いもよらず裕仁天皇の「玉音放送」が人々に大きな衝撃を与え、話題は台陽展覧会のことより、台湾人自身の将来が焦点となった。

そもそも、どの画家も新しい祖国についてはあまりよくわかっておらず、ましてや「中華民国」の体制に関しては尚更だった。そんなわけで、中国にわたった経験のある陳澄波に新しい祖国について教えを請い、今後起きうる事態についての方向性を示してもらっているところだった。そこで陳澄波が、新国旗の太陽が赤から白に変わると告げたので、皆驚いたのである。

「どうして日本人には太陽が赤く見え、中国人には白く見えるのですか？」と誰かがたずねた。

「それはね」フランスで絵を学んだ顔水龍が説明した。「日本は東アジアでもっともはやく太陽を見る国家だ。だから太陽が海から昇ってくるときは、赤く見える。ところが太陽が東アジア大陸を照らすときは、陸地によって光が屈折して光線はさらに強まる。光が強ければ瞳孔が縮まり、太陽の色も白く見える。まあそんなわけですよ」

「なるほどなあ」

「さすが、ヨーロッパでもっとも先進的な美術と科学の薫陶を受けた、水龍君だな」陳澄波は笑いながら付け加えた。「色が赤から白に変わっただけじゃない。白い太陽の周りには十二本の白い光が輝いていて、青天白日というんだ」

「青天白日？」

「そうだ」

「でも」台中に住む若い膠彩画家(こうさいがか)〔膠彩画は日本画と同じように岩絵具と膠を用いる画法〕の林之助(りんしじょ)〔一九一七〜二〇〇八　台中出身〕は、疑わしそうに言った。「張深切(ちょうしんせつ)〔一九〇四〜六五　作家、知識人。日本留学を経て上海や広州で抗日・独立運動に携わる〕が中国から手紙をよこしたけれど、そこにあった国旗は赤色のうえに青天白日のあるものでしたが」

「こういうことなんだ」陳澄波は真剣に答えた。「私が上海にいたころ年配の人に聞いたのは、もともと国民党の国旗のデザインはすべて青天白日の色だった。のちに孫文が社会主義を取り入れ、ソビエト国旗の革命を意味する赤を採用して青天白日に加えたんだよ。孫さんの心にプロレタリア大衆への思いがあったことがわかる」

「つまり、新しい国旗は「青天白日と革命の赤」ということだな!?」画家たちは口々に叫んだ。

「その通り、新しい国旗は「青天白日と革命の赤」だ」陳澄波はうなずいた。

「でも、中華民国をつくった革命党の人たちは善人ですか？　それとも悪人？」林之助は不安そうにたずねた。

「それは……」陳澄波はどう答えてよいか、しばらくわからないでいたが、ゆっくりと皆を見回しながら言った。「革命党というのは社会の縮図だ。いい人もいれば悪い人もいる。しかし、大事なのはそこじゃない。新しい国家体制がどうなるかが重要なんだ。祖国は将来的に、孫文氏の遺志を継いで三民主義を実行するだろう。その時の国家元首と政府は選挙によって選ばれるだろうし、もうかつてのような皇帝ひとりの独裁ではなくなる」

「澄波兄さん、それって元首が入れ替わるってことですか？」

「正確にいえば、国家のダイトウリョウが定期的に替わるんだ。アメリカのプレジデントみたいにね」

「じゃあ、今度は自分たちでダイトウリョウを選べるようになると？」

「そうだ、林献堂（りんけんどう）さんが進めていた「議会設置」運動の時からすれば、ものすごい進歩だ」

「献堂さんは、祖国を歓迎する行事を準備しているとか」

「そうさ」陳澄波はうれしそうに応えた。「献堂さんは、日本の和服をいっさい着なかった。漢人としての尊厳を守るためにね。だから中華民国を支持することは、われわれ漢人の政府を支持することでもある」

「澄波兄さん、祖国は台湾人を登用するかな？」林之助はまだ懐疑的である。

林之助の質問を聞いて、そばにいた顔水龍や、廖継春、楊三郎たちの表情は重苦しくなった。

「そうだな……私が上海で教えていた時、祖国に知り合いはいなかったが、尊敬もされたし、重要な仕事も任された。実力さえあれば取り立ててもらえるし、昇進もできるだろう。われわれの裏切りを恐れて警戒していた日本人とは違う」

陳澄波が台湾語で「われわれの裏切りを恐れて警戒していた日本人とは違う」と言ったのを聞いて皆は固まり、隅に座っていた立石鉄臣（たていしてつおみ）をちらちらと振り返った。立石がいくらか台湾語がわかることに思い至ったのだ。立石はただ頭を低くして、悲しげな表情を浮かべた。

台湾で生まれた立石鉄臣は、台陽美術協会の数少ない湾生画家である。太平洋戦争のあいだ、多くの画家たちが絵筆を捨て空襲を逃れて疎開するなか、立石は台北に残って雑誌『民俗台湾』の美術を担当した。この仕事を通じて、立石は台湾という土地との距離を縮め、本島人たちとの絆を深めた。これまで台湾人画家たちと立石のあいだに分け隔てはなかった。誰もがこの台湾という島を深く愛する「日本人」だった。しかし本島人の国籍がいったん日本人から中国人へと変わろうとしていた時、陳澄波の不用意な一言は、皆の最もデリケートな部分に触れた。

「陳サン、あのね」立石鉄臣は、きびしい顔をして言った。「本当にそうだろうか？　あなた方の新しい祖国が、本島人をもっと大切にしてくれるというのは。上海でいい学校、いい上司に巡り合えて大事にしてもらったのは、あなたが幸運だったからじゃないのかい？　あなたは新しい祖国が台湾人を重く用いるだろうと思うかもしれないが、中国の中央政府が同じような態度だとはかぎらないでしょう？　この数年、上海で教鞭をとっていた時代が忘れ難いあなたには、祖国は一枚の美しい絵のように心に留まっているのかもしれない。でもあなたが中国にいたのはたかだか数年だ。水を差すようで申し訳ないが、新祖国は古い祖国よりも絶対に優れているのかな？」

「立石サンの言うことは、もっともだと思う」陳澄波は落ち着いた口調で続けた。「たしかに、上海時代の私が幸運だっただけかもしれない。いい学校だったし、上司にも恵まれたから、全力でやりたいことをできた。でも、たった今言われた台湾人の「古い祖国」という言葉はいただけない。台湾人にとっての古い祖国は中華民国ではないし、もちろん日本でもなかったろう。もし日本が祖国だったなら、徴兵された台湾人は、なぜ兵士にはなれても将校にはなれなかったんだい？　裏切りを警戒してじゃないのか?」

「それは……」立石鉄臣の顔色がさらに青ざめた。

みんな、陳澄波の言いたいことはよくわかった。一年前、徴兵された立石鉄臣は花蓮(かれん)港の将校として台湾人部隊を指揮した。湾生の日本人と本島人には、明らかに階級の差があり、それは台湾人にとって決して越えることのできない壁だった。

突然、誰かが叫んだ。「立石サン、日本軍の将校と湾生の日本人が一緒に軍隊を組織して、連合国軍の接収に抵抗する計画があるって聞いたよ。本島人にも協力してほしいって……でも、考えてみたことあるかい? 湾生の日本人がそんなにも台湾を想うなら、あのときわれわれ本島人を差別するべきではなかったと……」

それを聞いた現場はたいへんな騒ぎになった。

「ミナサン」陳澄波は冷静になるよう呼びかけた。「聞いてくれ。われわれが批判するべきは、立石サン個人じゃない。われわれが日本政府によって二等国民にされたことに不満を持つのと、台湾を愛する湾生の日本人を憎むことは同じじゃない。立石サンの台湾への想いは、皆わかっているはずだ。立石サンは台湾のために台湾の民間習俗をたくさん描いてきたが、その数は本島人よりもずっと多いんだ。われわれは立石サンに感謝しなくちゃいけない。ここ数日、改めて祖国の懐に抱かれるのをたしかにうれしく感じる一方で、台湾を想う湾生の心も理解すべきだ。もし立石サンが台湾を離れたくないならば、私たちも彼を守り手助けしなければ」

立石鉄臣は感極まった表情で陳澄波を見つめ、それから身を翻してかつて自分が絵に描いたことのある公園を見ながら、大きく息を吐いた。

一同は落ち着きを取り戻した。陳澄波の今の言葉は、立石鉄臣とのあいだに言葉にならない結びつきを生んだが、同時に日本文化から切り離されたような心もとなさをも感じさせた。みなしばらく複雑な気持ちだった。まだ誰もが日本式の下駄を足にひっかけているのである。

「つまり」陳澄波は唐突に声を高くし、みんなを鼓舞するように言った。「台湾はすでに連合国軍に接収されたんだ。連合国軍はわれわれ台湾を世界の孤児にしたりはしないだろう。みんな、未来を信じようじゃないか」

「澄波兄さんは、あまりにも楽観的にすぎやしないかい？」廖継春が憂いを露わにした。

「楽観する以外にできることが、今のわれわれにあるかい？」楊三郎がさえぎった。「旗はもう変わったんだ。吉と出るか凶と出るか、神のみぞ知るだよ。僕らはただ一歩ずつ、進むしかない……」

◆　◆　◆

「どんな旗に変わろうとも、吉と出るか凶と出るかは神のみぞ知る、だから自分たちはただ一歩ずつ進むしかない……それは当時の画家たち全員の気持ちだよ。台湾人が持つ旗は、満州人のつくった清朝の黄龍旗から黄虎旗〔一八九五年、日本の台湾領有に反対する人々によって建てられた台湾民主国の旗〕へ、黄虎旗から日の丸へ、最後には車輪みたいな国民政府の旗へと変わった。だが最後には……ああ！　金持ち三代続かずとはよく言ったもんだ。一代目が興し、二代目が賢く殖やし、三代目がつぶすとな！」李石樵はため息をついた。

「先生」阿政は聞いた。「光復後になにか失望するような出来事があったんですか？」

「ふん！　呂泉生が光復前には書かなかった『盃の底で金魚を飼うな』という曲は、逆に光復後にできたんだ。当時、そんなことは想像もできなかった」李石樵はパイプをトントンと叩いて灰を落とし、新しい煙草をつめて火を点けた。

「先生、おっしゃっていることがちょっとわからないのですが……」阿政は言った。

「わからないならいい。わかっても、苦労が増えるだけだ」李石樵は頭を振って言った。

李石樵がそれ以上説明したがらないことを悟った方燕は、話題を変えた。「李先生、先ほどの質問ですが、光復後の美術界はどのように分裂したんですか？」

「それがまた問題なんだ。もっと複雑でね」李石樵は煙を吐き出してから、ゆっくり言った。「台湾の文化界は光復前すでに、どの国を祖国と認めるかで意見が分かれていた。しかし、光復後に祖国が替わり対立はさらにひどく複雑になった。前衛対伝統の争いだけでなく、右翼思想と左翼思想、本省人と外省人、ついには大陸寄りか台湾本土志向か、はたまた日本寄りかアメリカ寄りかとね。それぞれのアーティストが結局どんな立場なのかを区別するのは難しかった」

「というと？」阿政はたずねた。

「たとえば、当時、本省人でも左派で大陸寄りの一派は、左派を嫌う本省人とも、左派を憎む外省人ともうまくいくわけがない。一方で、左派嫌いの本省人が同じく左派嫌いの外省人と、一緒に何かできるわけがない。これがつまり、光復後の台湾文化界における政治のプリズムだよ。虹よりさらに複雑な色合いだがね」李石樵はため息をつくと煙草を一口吸い、吐き出そうとしたが喉に詰まって、口中に濃い煙が拡がった。

◆　◆　◆

一九四六年九月十七日、台北中山堂。

蒸し暑い夏の盛りの九月、外省人、本省人を問わず多くの文化人が台北中山堂に集い、光復後最大のシンポジウムが催された。設立されたばかりの台湾文化協進会が主催し、当日配られた小冊子には「文化教育に取り組む個人や団体が団結し、政府が掲げる三民主義を助け、民主思想を伝え、台湾文化を変革し、国語国文を推進していく」などの主旨が書かれていた。簡単にいえば、政府の推進する台湾省民の祖国復帰政策を助け、光復から生じる困難の解決に協力するということだ。当時の協進会はイデオロギーや出身地(省籍)、官か民かに関わらず、台湾のエリートほぼ全員がメンバーとなっており、台北市長の游弥堅が会長に任ぜられた。

座談会に出席した美術界の顔ぶれは、名の知れた台湾画家のほか、この一年のうちに台湾にやってきた「内地」の画家も多かった。無論、「内地」といっても一年前のように日本国を指すのではない。

陳澄波はこの日、一着のスーツに身を包み、この盛大なシンポジウムに参加するため北上した。このシンポジウムの重要性を、陳は十二分に承知していた。台湾光復後、この一年のあいだに起こったあらゆる混乱に、各界の人々が心を痛めていた。一刻も早く解決策を見出し、今の難局から抜け出すことを、誰もが望んでいる。もしこの機に文化人たちが政府と手を取り合い、言語や習慣、文化レベルの違いから本省人と外省人のあいだに生まれた誤解や憎しみを解くことができれば、どんなにいいだろう?

かつて公会堂と呼ばれ、現在は中山堂に改名された建物に陳澄波が足を踏み入れたとき、王白淵とばったり行き合わせた。ふたりが互いにいささか気後れを感じたのは、いまや政党の立場上、それぞれ異なる道を歩んでいたからだ。それでも王白淵は進んで頭を下げ、ふたりは簡単に挨拶を交わした。時局の変化はとらえどころがないと、王は言った。祖国が替わったあと、彼の地に滞在経験のあるわれわれは本来なら、祖国の信頼を得て台湾発展のため貢献できるかと思っていたのだが。「それどころか」王は憤った。「いち早く台湾に戻ったわれわれみたいな台湾人は、ニセ〝半山〟〔台湾籍で、日本時代以前から中国に渡っていた人々のこと。半分は中国人を意味する唐山人、半分は台湾人の意〕というわけだよ。ホンモノの〝半山〟人たちは国民政府と一緒にやってきて、幅を利かせている。ふん、やつら、いい役職をほしいままにして台湾を腐らせているくせに、手に負えなくなると今度はわれわれニセ〝半山〟の力を借りたいだと。そんな道理があるか?」

陳澄波は王の言葉を聞いてうなずいたが、どう返してよいかわからなかった。新政府に対する非難に同意する気持ちはあったが、王のようにあからさまに批判するのは立場上憚(はばか)られた。

会場内はすでにいっぱいだった。たいへんな盛会だが、誰もが厳粛な面持ちである。

『これは台湾の未来にとって一大事だ。祖国のほんの一部とはいえ、土地が狭いとか人口が少ないといった理由で、祖国に戻った台湾人がこんな困難と苦痛を感じていいはずがない!」陳澄波は心の中でそんな風に考えた。周りを見回すと、三郎に継春、石樵が来ていた。それに玉山、梅樹、水龍、雪湖(せっこ)〔郭雪湖、一九〇八~二〇一二、台北出身の画家〕、蔭鼎(いんてい)〔藍蔭鼎、一九〇三~七九、宜蘭出身の画家〕、啓祥(けいしょう)〔劉啓祥、一九一〇~九八、嘉義出身の画家〕、添生(てんせい)〔蒲添生、一九一二~九六、嘉義出身の彫刻家〕……

普段は社交の場にあまり顔を出さない進子（しんし）〔陳進、一九〇七～九八、新竹出身の画家。陳進子とも〕もいる。『そうだ、こんな危機的な時代なのだ、女性画家も参加しなければ』

陳澄波は急に阿棋を想った。『阿棋がもし生きていれば、間違いなく今日この場に来ていたろう。あの話術とリーダーシップで游市長の前に立ち、きっと主役になったはずだ。とりわけ阿棋と游柏、いや游弥堅の家は代々の付き合いだ。游弥堅は台湾に帰ったあと、阿棋の墓に線香をあげに行ったと聞いた。そうだ、今日は俺は、阿棋の替わりに皆の前で話をしなくては！』

陳澄波があれこれ考えをめぐらせているうちに会議は始まった。

游市長は挨拶のあと、台湾が現在抱えるさまざまな問題について各界からの意見を求めた。しかし画家や音楽家は性格的なものか、仕事の性質からか、誰もが押し黙っている。一方でペンを武器に闘う作家たちはマイクを奪い合い、先を争うように熱弁をふるった。

陳澄波が立ち上がって発言すべきかためらっていると、突然、議長が美術界を代表して意見を述べるよう陳澄波を指名した。陳澄波はゆっくりとマイクの前に行き、議長に一礼してから会場内にいる数百名の会員を見渡し、コホンと喉を整えて、落ち着いた口調で二つの意見を述べた。一つは、日本の府展がなくなったあと、文化人らの提案で来月から台湾省の展覧会「省展」が始まる予定であり、それは非常に喜ばしい反面、台湾省行政長官公署〔中華民国国民政府が設置した台湾統治のための行政組織。一九四五年から四七年まで存在した〕は公的補助の面で以前の日本政府より充実しているとはいえず、もっと美術が重視されるよう希望すること。もう一つは、台湾独自の美術館と美術学校を設立し、優れた画家を教師に採用して美術教育を進めること。それによって省民の文化水準を引き上げ、全中国一の教養を持つ省にしようと、陳澄波は呼び掛けた。

二つの意見は、多くの聴衆の賛同を得て、とくに美術界からは熱狂的な反応を引き出した。それに励まされた陳澄波はさらに自信をもち、心をこめて続けた。「皆さん、光復以降の台湾の発展を加速させるには、われわれ民間人と政府の協力が欠かせません。そこで私は昨年、祖国回帰した台湾省の復興のため国民党党員となり、今年、嘉義市の議員に選ばれました」この時、陳澄波は中山堂にいるすべての人々を見渡し、真剣な口調で言った。「しかしこの期間の政治不安は、憂慮せずにいられません。私は党への忠誠と愛国心をもって、民と政府との架け橋になりたいと思います。同時に、党員として政府の台湾建設に協力し、省の政治を一日も早く軌道にのせて、全国で最初の三民主義の模範になる省となり、台湾の人々の幸福を共に創造していきたいと願っております」

陳澄波が話を終えると、会場の反応は真っぷたつに分かれた。ある者たちは熱烈な拍手を送ったが、ある者たちは首を横に振って失笑した。とくに王白淵の笑い声はひときわ大きかった。

議長の游弥堅は、うんうんとうなずいていた。実は游弥堅は文化界のリーダー数人に手紙を送り、今回のシンポジウムに必ず参加するよう求めており、陳澄波はそのうちの一人だった。情勢の逼迫した今、彼らは密接な共生関係にあった。

その時、蘇新が立ち上がって話をはじめた。蘇新はかつて日本時代に台湾共産党組織に加入して逮捕され、実刑を受けたあと、現在は『人民導報』の編集をつとめている。蘇は皮肉るように陳澄波の忠党愛国を褒め、陳の考えかたは楽観的で甘すぎると遠回しに指摘した。そして最後に、名指しはしないまでも、官員の無能、怠慢、放任が悪徳商人を横行させ、多くの農村を危機的状況に陥れていることを挙げた。もしきちんと対処しなければ、民衆が武力に訴える恐れがあるとも語った。

この一年あまりの新政府の様々な失政について述べている蘇新の傍には、新聞社の同僚として呂赫若が座り、疑惑を込めた眼差しを陳澄波に投げかけていた。陳澄波にとってその視線は受け入れ難いものがあった。自分の心づもりを赫若はちゃんとわかってくれているとは思えない、と陳澄波は考えた。近々、後輩たちと腹を割って話し、自分の考えを伝えなくては！

その後、王添灯〔一九〇一～四七　茶商、民主運動家〕が省議会参議員ならびに『人民導報』社長という立場から話をした。王は、陳澄波議員の忠党愛国や政府と人民との架け橋になろうとする努力を肯定したものの、同時に『人民導報』の行政長官公署への激烈な批判を支持した。行政をきびしく監視してこそ、政府の進歩はあるのだと王は述べた。それから王は、政治的立場の違いはどうであれ皆台湾のために動いているのだから、台湾人は団結せねばならないと言って話を終えた。

会議の後、陳澄波は重い足を引きずるようにホール外の廊下まで歩いていって煙草を吸った。先ほどの蘇新の一言一言が心を突き刺し、赫若の自分を見る目がいたたまれなかった。この間に発生した政府のさまざまな問題を知らない陳澄波ではない。一日でも早く政府を軌道に乗せるために、どのように自分の役割を果たせるか悩んでいた。『まさか、この政府は本当に救いようがないのか？』陳澄波は煙をゆっくりと吐き出しながら、昨年、再び祖国の懐へ戻れたことを喜び祝ったひとときを、まるで生まれたての赤子に接したようなあの時のうれしさを思い出していた。献堂サン、陳炘〔一八九三～一九四七？　実業家〕、葉栄鐘〔一九〇〇～七八、作家、詩人、社会活動家〕といった名士らが国民政府の歓迎会を準備し、全台湾のエリートたちが続々と三民主義青年団に加入した。「俺に、王添灯、蘇新、赫若、みんな加入した。それなのに、こんな短い一年の間に……彼らが俺を見るあの目はなんだ？　失望して心が離れてしまったのか？　もしくは、青年団に加入したのはもう一つのあの政党の隠れ蓑だったのか？　ならば、俺にあんな言葉をぶつけるのも、敵意にみちた目を向けるのも無理はない……」ああでもないこうでもないと考えている陳澄波の元に、突然一人の若者が近づいてきて名刺を渡した。『人民導報』の記者、黄栄燦（こうえいさん）〔一九二〇～五二、四川省出身の版画家〕とある。

黄栄燦が内地なまりの中国語で自己紹介するには、抗日戦争〔日中戦争のこと〕で版画家として宣伝活動に従事した彼は、戦争が勝利に終わったあと上海『大剛報』の記者となり、陳澄波の名を耳にした。昨年末に台湾に来てからも、台湾画壇において陳澄波がどのような人物かよく耳にして、尊敬していたという。「ずっとお訪ねしたかったのですが、今年、先生は南部にいて、私は北部にいたでしょう。なかなかお目にかかる機会がなくて！」

こんなときの常套句とはいえ、黄栄燦の挨拶には真心が感じられた。続けて黄は言った。「この激動の時代に、国家と人民に対する画家の熱い思いを胸に、芸術の分野から政治の世界に踏み込んでいく。象牙の塔を飛び出すあなたの勇気には、台湾への深い愛情が感じられます。みんながあなたを尊敬するでしょう。ただ、ただ、ただ陳さん、あなたは中国の政治文化をまったく知らなすぎる！」

陳澄波は愕然とした。

黄栄燦は左右に人がいないのを確めてから、声をひそめた。「陳さん、あなたは中国の役人たちの欺瞞（ぎまん）や政治のインチキを分かってない。当局がスローガンに掲げることと、実際にやっていることはもう長いあいだずっと真逆なんですよ」黄は鋭く光る目をしばたたかせた。「はっきり言いましょう。

僕が思うに、国民党は三民主義を実行しない。少なくとも民主主義、この一点だけは本当に実践されることはない。もし本当にその気があれば、どうして二か月前に民主派の闘士、聞一多（ぶんいった）〔一八九九〜四六 中国の詩人〕を暗殺なんてします？　国民党が民主派に寛容に接したことがありますか？　それに民生主義〔三民主義の一つで人民の生活向上と経済的平等を目指す〕に基づく公正な経済が実現することもあり得ない。それができるなら、なぜ今、上海でインフレがこれほど深刻化しているのに、その対処もされないんです？　一部の権力者が明らかに関わっているのに、中央政府は役人を派遣して汚職を取り締まることもしないんです。陳さん、あなたは甘いと言わざるをえませんよ。南京政府の本質をわかってない」

陳澄波は茫然とした。この気概と熱意あふれる、記者で画家でもある若者に、どう答えていいかわからなかった。そして心の中で思った。『俺がこの年ぐらいのときには、まだ本当に絵を学んでさえいなかった。どうしてこの若い記者、いや版画家に俺を唖然とさせるような事が言えるんだろう？　俺が無知すぎるのか、それとも彼が賢すぎるからか？』陳澄波は若者をまっすぐ見つめ、話を聞き終えると、ほとんど自分に言い聞かせるように、もごもごと言葉を続けた。「私は、私は政府を支持することにした。それは中山（孫文）さんの三民主義を信じているからです。民族主義がもたらす祖国への愛情を、民主主義の法治と人権を、民生主義がプロレタリア大衆を護ることを信じて、私は……」

急ぎ足で中山堂を離れた陳澄波は、ひとり、近くの新公園まで歩いた。九月の正午で太陽はいまだ燃え盛り、妻の捷（しょう）が用意したハンカチで額をぬぐった。先ほどの『人民導報』の記者でもあるという版画家、黄の言葉に、心は鉄槌で殴られたように痛んだ。

「俺が甘いとは……「南京政府の本質をわかってない」と。まさか俺は間違った立場を選び、間違った道を歩いているのか？　それとも俺の祖国への思いはただの希望的観測に過ぎず、敬愛する中山サンの三民主義もたんなるロマンチックな芝居に過ぎないのか？　俺は信じない、信じないぞ！　渭水サンだって、阿棋だって、心から尊敬している中山サンだぞ。まさか俺たちはみんな騙されてるっていうのか？」

両足が鎖に繋がれたように重く、一歩ごとに気力を振り絞らねばならなかった。陳澄波はもはや歩くのをやめ、ぐったりと公園の石のベンチに腰を下ろした。心臓の動悸はまだバクバクとおさまらない。

突然、楊逵が目の前に現れた。

楊逵と陳澄波はしばらく黙ったまま石のベンチに腰掛けていた。ふたりはバシャバシャ水を噴き上げる新公園の噴水を、ぼんやりと眺めた。

しばらくして、楊逵が口を開いた。

「兄さん、覚えてるかい？　一九二五年、ちょうど僕が東京に行った最初の年だ。あの年の正月は毎日のように大雪が降っていた。人生で初めて見た雪だったから新鮮だったし、とても興奮してね。でもその新鮮さや興奮は長く続かなかった。献堂サンが率いた台湾議会設置請願団が東京に大挙してやってきたから、僕ら学生は身が引き締まる思いで、異国を楽しもうなんて気分は一瞬で吹き飛んだ」

南部なまりで楊逵は続けた。「僕らは大雪のなか、急いで駅に駆け付けて請願団を迎えた。僕のオーバーコートは薄くて震えっぱなしだったけど、心は燃えていたな。マルノウチみたいな東京のど真ん中で、大勢の台湾人が横断幕を掲げて立ち、声を張り上げて要求を叫んだ。僕は誇らしかった。台湾人はもう二等国民なんかじゃないってね。そのあと学生たちで打ち上げに行こうという話になったが、あなたは言ったね。飲んだり食ったりする金があるなら、請願団に寄付しようじゃないかって。いちばん年上の陳さんに言われたら、誰も反対なんてできやしない。それでその日は腹一杯食えなかったが、今度は兄さんは、走ろうなんて言い出した。汗を流して台湾人の気迫を見せようじゃないかって。それで東京駅からメイジジングウまで一気に走った。走りながら台湾語でスローガンを叫び、通行人の注目を集めた。まるで風神にでもなったようだったな。いつか日本人(アップンナー)のやつらを追い出して、台湾を自分たちの台湾にするんだって」

楊逵はリュックサックから金属製の弁当箱を取り出した。中には白くて丸い握り飯がふたつ入っている。握り飯は妻の葉陶(ようとう)〔一九〇五～七〇〕が作ったもので、中身はたくあんのほか何もない。楊逵はひとつを陳澄波に差し出し、ひとつを自分で取った。そしてゆっくり咀嚼(そしゃく)し、一口飲み込んで、また話しはじめた。「一九三四年に僕の『新聞配達夫』が東京の『文学評論』に入選して、少なくない原稿料をもらった。兄さんは台湾に戻って一年もたたない頃で、職もなく収入もなかったから、僕は少しでも金を用立てたいと、汽車に乗って嘉義に会いに行ったんだ。家の前に着いたら、兄さんが客間で絵を描いてるのが見えた。その真剣な姿に、すっかり感激してしまってね。そんな気骨あふれる画家の家に入って、お金貸しますよなんてとてもじゃないが言えず、黙って台中に戻ったよ。ふふ、あの時は貧しかったけど、楽しかったな。誰もが理想に燃えてね」

楊逵の言葉に、陳澄波の表情がやや動いた。楊逵は続けて言った。「あのときは、日本政府の体制下で僕らがそれを受け入れさえすれば、悪くない収入が得られた。たとえ低い職位だったとしても、家族を食わせられないぐらい貧しいなんてことはなかった。僕らみたいな最高レベルの教育を受けられた台湾人ならなおさらさ。皇民化運動が激しくなった時、内地で勉強をした僕らみたいな人間は模範的な「国語家庭」〔家族全員が日本語を話す家庭のこと。審査制度があり、合格すると証書・褒章が与えられた〕になるよう言われた。そして僕の「楊」は「小柳」に、あなたの「陳」は「東城」に改姓しろって言われたね。でも僕らは変えなかった。僕らはあの服従を迫られた年月を生きのびて、最後まであいつらにひざまずかなかった！　この十年、僕は農村で社会主義路線の農村改革を進めて、日本政府に十回も牢屋に入れられたよ。でも毎回出獄するたびに、僕は信じた。日本政府が弾圧した社会主義路線は、最終的には農村で一種の信仰のようになるだろう。土地の神さまを拝むみたいに、台湾の農民はマルクスを「農民神」と崇めるようになるだろうって。だから裕仁天皇がらじおで降伏を告げたとき、僕はプロレタリア階級の出番が近いと思ったんだ……」

楊逵は顔をあげ、陳澄波の方に向きなおって尋ねた。「さっき会場で、あなたが忠党愛国的な話をしたとき、メイワクに感じたよ。兄さん、あなたは、プロレタリア芸術の道を行くんじゃなかったの？　あなたの行きたい道を、党は認めてくれるかい？」

陳澄波は手のなかの握り飯を見つめた。食べるべきか悩んだが、しばらくして握り飯を楊逵の弁当箱のなかに戻し、大きく息を吐いて言った。「うちのばあちゃんが大好きな、俺の絵があるんだ。『温陵媽祖廟』と言ってね。俺の家のすぐそばの廟を描いた絵だ。入り口には井戸ポンプがあって、女たちは朝からそこで服を洗いながら、家のよしなし事、夫が昨晩酔っぱらって人を殴ったとか、嫁の炊く飯が硬いとか、子供が熱をだして心配だなんてことをしゃべってる。そんな些末なことのために生活はもっと苦しくなるけど、だからこそ真実味も増す。俺たちの生活そのものだからね。ばあちゃんは『温陵媽祖廟』を見るたびに、絵の中の女たちが何をしゃべってるか想像できるって言うんだ。ばあちゃんは字がわからないから小説は読めないが、絵を見れば、たくさんの物語を感じとることができる」

　このとき陳澄波は思わず微かな笑みを浮かべた。「俺が今日まで生きることができたのは、ばあちゃんが救ってくれたからだよ。あれは一九〇六年の梅山大地震のときだ。間もなく夜が明けるってときにすさまじい地響きがして、気がつくと寝床のそばの柱が倒れかかってた。ばあちゃんが走ってきて抱きあげてくれなかったら、柱の下じきになって死んでたろう。だから俺は、とりわけばあちゃんっ子なんだ。上海でも嘉義のばあちゃんが恋しくて、写真をもとに『祖母像』を描いた。ところが上海の合同展に出したら、江豊ってやつに新聞で批判された。いわく「まさに国民が一丸となって国の混乱を憂いているような時に、年老いた祖母の安否を気づかう画家がいる。国中の芸術家が戦場に赴いて大きな愛に身を捧げんとしている時に、まだ小さな個人的な愛に腐心している……」とね。実のところ、俺の絵の題材に大きな愛も小さな愛もない。俺はただ、ばあちゃんみたいな人が好きになれる絵を描きたいだけなんだ……」

　陳澄波は少し黙り込んで顔をあげ、握り飯を食べている楊逵を見た。そして弁当箱から握り飯をもう一度取って一口ほおばり、ゆっくりと咀嚼(そしゃく)した。しばらくして、また口を開いた。「阿貴(アグイ)、江豊って聞いたことあるだろう。彼は一九三八年に延安に行って、党の宣伝部門の要職につき、共産党の版画や宣伝物の題材をすべて決めているらしい。上海にいたときは左翼美術家連盟の大将でね。若い頃は徐悲鴻(じょひこう)の絵を崇拝していた。徐悲鴻は一九二七年にパリから上海に戻ると、印象派の画風は「ブルジョワのケーキ」だといって批判を始めた。魯迅(ろじん)を好む多くの若者が、この徐悲鴻の意見に突き動かされた。そして上海の美術学校の多くの学生たちは、版画やリアリズムの技法を、兵士や労働者、農民を題材にした絵を教えてほしいと教師に求めたんだ。資本家が苦しむ民衆から搾取しているという真実を描きたいってね。いわゆる「プロレタリア芸術」を彼らは求めてたんだ。混乱したよ。ずっと自分の絵の題材はプロレタリア芸術だと思っていたのに、どうして左翼画家の目にはブルジョワのケーキに映るんだ？　俺のばあちゃんが地主で富豪(ふごう)だとでもいうのか？　阿貴、俺は政治家じゃないし、何が本当のプロレタリア精神か、プロレタリア的価値か、プロレタリア芸術かなんて知るわけがない。わかるのは、芸術作品が政党の宣伝道具になるなんて、芸術家に言わせればまったくバカにされた話だってことだ。だから俺は、唯物論(ゆいぶつろん)的芸術観の赤い政党を選ばなかったし、阿棋(アギー)と一緒に支持していた中山サンの政党を選んだんだ。三民主義という理念をもって台湾の改革を進めるんだと！」

楊逵はこれを聞いてため息を吐いた。「兄さんには兄さんの道理があるだろう。でも、国民政府が来てからというもの、腐りきった役人が民衆を苦しめてる。こんな短い一年のあいだに、台湾人の希望は——燃え尽きた網みたいにズタズタだ！」

陳澄波は頭をあげて楊逵を見て、重苦しい声で言った。「阿貴、はっきり言おう。光復のあと、台湾人は祖国に戻って二度と二等国民にはならないと俺は思った。でも結局、俺たちは依然としてあの頃の、先行きの見えない台湾人だ。俺は心から失望しているよ。これが陳儀（ちんぎ）〔一八八三～一九五〇 初代台湾省行政庁長官〕個人のしわざなのか、あるいは南京政府の意図するところなのかは知らない。でもついさっき、俺が公会堂、いや中山堂で発言したことは、世間知らずで物知らずだからというより、むしろ台湾への祈りなんだ。俺は……ああ！」

「兄さん。この一年、軍や警察は銃を手に台湾人を脅（おど）してきた。この状況は、日本の警察よりタチが悪いよ。こんなことが続けば必ず何か事件が起きる。そうなれば、間違いなく台湾人は立ちあがって戦おうとするだろう」

「阿貴、もしそんなことがあれば、俺は議員としての責任をまっとうするよ。逃げも隠れもしない」陳澄波は落ち着いた表情で言った。

「ああ、僕だって文学者としての、そして社会運動家としての責任を果たすよ」楊逵も静かに言った。

「そうだ、初心を忘れないでいよう」陳澄波は楊逵の肩をぽんぽんと叩いた。「東京のあの頃のことは、まだ鮮明に覚えてる。台湾画家として、必ず新高山（にいたかやま）で写生をするって俺は言った。今の政局のひどい混乱を見ていると、自分の命にはかぎりがあるとますます感じるんだ。だから俺は近いうちに絶対に玉山を描いて、台湾人の魂と気概を見せてやるよ！」

「ああ、玉山の絵を楽しみにしているよ、絶対観に行くよ。じゃあ、また来年会おう！」

「ああ、また来年な！」

楊逵は、心の兄――陳澄波を見つめた。見かわすふたりの目には、同じ境遇を乗り越えてきたもの同士のかぎりない共感があった。

◆　◆　◆

「翌年、楊逵と陳澄波が会うことはもう叶わなかった」李石樵はゆっくりと言った。パイプの煙もまた、ゆっくりと周囲に拡がった。

「どうしてですか？」阿政と方燕は驚きをあらわにした。

「澄波兄さんの、最後の作品は玉山を描いたものだった！」李石樵はぶつぶつ言った。「ひとりの画家として、我々なんかより彼の魂がどれほど自由であったか。少なくとも描きたくもないものを描いた私なんかよりずっとね！」

「どういう意味ですか？」方燕が訊いた。

「ああ」李石樵は突然、長く息を吐いた。「私はこれまで何度か政府高官の肖像画を描いたが、個人的に描きたくなくても、拒(こば)むことは許されなかった。でも兄さんは、描きたくないものは一枚だって描いてはいない。たとえ以前付き合いのあった嘉義の名士たち――例えば琳瑯山閣の主人であっても、彼らのために人物画を描いたりはしていない。描いたのは琳瑯山閣の風景だけだ。これが、彼が画家として自由なところだよ」

李石樵が琳瑯山閣の名前を挙げたとき、阿政と方燕は内心はっとした。まさにそれについてたずね

『大将軍』李石樵，1964 年（李石樵美術館提供）

ようとすると、李石樵がまた話し始めた。「しかし私はこの一生で、少なくとも一枚は自分で描きたかった人物を描いた」

李石樵は何かをつぶやきながら、身を起こして隣の暗い部屋へと入り、一枚の絵を手に戻ってきた。そして阿政の前に置き、ゆっくりと埃（ほこり）よけのカバーを取った。だが李石樵がすぐにカバーをかけなおしたので、方燕が近寄ったときにはもう絵は見えなかった。一方、絵を見た阿政は驚きのあまり、言葉を失った。彼がショックを受けたのは、絵の技法だけではなかった。絵の中に描かれた人物が、阿政に大きな衝撃を与えた。

「君はさっき、私がなぜ、社会的な題材から現代的な抽象画に画風を変えたのか訊いたな。悲しいかな、これは全て私たちの世代がぶち当たった、止めることのできない流れなんだよ。私たちは絵を描く自由な意思をしまいこみ、安全で誰にも管理されない前衛芸術の中に居場所を見出した。私だけじゃない、廖継春（りょうけいしゅん）だってそうだ。抽象画を描くことでのみ、何もかもが禁じられたあの歳月を生きのびることができた。君が言ったように流行に乗っただけかもしれないし、臆病（おくびょう）だったからかもしれない。ともかく、芸術家として持つべき自由な創作空間をわれわれは失った。だが、少なくとも私に心残りはない。この『大将軍』を描いたからだ」

この時、李石樵の眼はカバーのかけられた手の中の絵に注がれていた。

「一九六四年に描いたが、今まで発表したことはないよ」李石樵のパイプからはまだバニラの香りがした。「あの年、台湾大学の教授と学生二人が、『台湾自救運動宣言』という文章を書いて当局に見とがめられ、逮捕、投獄された〔彭明敏事件〕。あまりに心が痛んで私はこの絵を描いた。私は勇気が足りなかったかもしれんが、少なくとも心は正直だ。私は自分のために歴史の証言を残した。近い将来、この絵が日の目を見る機会があればいいが……」

李石樵は絵を握る手に力をこめ、しばらく間を置いてから言った。「二日後に、私はシアトルの娘の家に戻るよ。アトリエが取り壊されてからというもの、この島はどんどん私から遠ざかっていく。このまま異国の地に葬（ほうむ）られるのかもしれんな」

李石樵は話し終えると、もう口を開かなかった。室内にはただ、パイプの煙がくゆるばかりだった。

李石樵に別れを告げた阿政と方燕は、新生南路を歩きながら、それぞれの物思いにふけった。道ばたの電灯もすでに消え、夜空の星は輝きを増している。近くの台湾大学まで行って座ろうと阿政が提案し、ふたりは校内にある人口湖の酔月湖（すいげつこ）まで歩いて、きれいな芝生を探して座った。

阿政はずっと黙り込んだままの方燕を見て、何を考えているのかたずねた。

「別になにも」方燕は答えた。「ただ李先生があなたにどんな絵を見せたのか、どうしてあんなに早くしまいこんだのか気になって」

「ただの人物画だよ」阿政は軽く言った。

「李先生は、あの『大将軍』をわざと私に見せなかったんだと思う」方燕は気落ちして言った。「絵のなかの人物が誰なのか私には知るよしもないけど、先生のあの慎重な動作といい、絵のタイトルといい、政治的にセンシティブな絵だってことはわかった」

「どういう意味さ」阿政がたずねた。

方燕は軽く笑って言った。「Great General（大将軍）って、両義的な言葉よね。ワシントンとかナポレオンみたいな英雄かもしれないし、ヒトラーやスターリンみたいな悪魔を指すこともある。李先生の大将軍が誰なのか、別にそれはいいの。私が悲しいのは、李先生から信用されなかったってこと」

方燕が言い終えると、阿政は申し訳ない気持ちになった。方燕は今回の暗号解読のパートナーだし、そもそも阿政の恋人なのだ。李先生が阿政だけを信用したことに、阿政はすまなさを感じた。そこでさっぱりした、しかし慰めるような口調で方燕に言葉をかけた。「それはたぶん、僕が先生の弟子だから、特別にあの絵を見せてくれたんだよ」

「私が、台湾語がわからないからだと思う。だから信用されなかった」方燕は、淡々と答えた。

方燕がそう言った時、突然の寒気がふたりを襲った。それは酔月湖の湖面にたちこめる霧のように冷たく、その場の空気まで凍り付くように思われた。ふたりが出会ってからこれまで、政治的な立場について議論を交わしたことはなかった。それは、どこか自分たちには関係のない話に思えた。文化や芸術に傾倒するふたりには、ただ芸術だけが心にあり、政治の、もっといえば政治的対立の話題が入り込む余地はなかった。だが今、方燕がパンドラの箱を開けたのだ。ふたりの心に長くひそんでいたわだかまりが吹き出した。そこから逃げることは、できそうもない。ただ誠実に向き合うしかないようだった。

「いくら私が政治に興味がないって言っても、たくさんの台湾人が政府の役人に好感を持ってないってことくらいは知ってる。とくに国民党の高官を嫌ってるっていうのは……」方燕はそう言って、どこか微妙な表情で阿政を見た。阿政がそれに同意するかどうか、問いただしているようだった。

阿政は方燕の表情を見ながら、自分が彼女の家族を嫌っているのかどうか、試されていると感じた。

阿政は静かに答えた。

「一九七九年のあの年、僕たちはニューヨークに居て、陳澄波の遺作展のことなんて、全然知らなかった。でも実はあの年の暮れに台湾で起こった事件についても、やっぱり僕らは同じようによく知らないだろう。高雄で軍と市民が衝突した事件〔美麗島事件〕のことだよ。翌年起こったもうひとつのひどい事件には、衝撃と、恐怖と、怒りを覚えた。林義雄の母親と子供たちが自宅で殺された事件〔一九八〇年二月、美麗島事件で投獄されていた林義雄省議員の家族が殺害された事件。未解決〕だ。僕は……」阿政はしゃべりながら語気を荒らげた。「僕は、僕は犯人が誰かは知らない。でもその事件で、僕は〝自由な中国〟なんて言うこの政府をまったく信用できなくなった！　それどころか、こんな血まみれの政府は退陣させなければ、台湾人に真の民主主義と自由はないとさえ……」

阿政は突然、口をつぐんだ。方燕にこんな話をするべきではないと思った。こうした話題はしばしば、アメリカの台湾籍留学生たちの仲を気まずいものにしてきた。とりわけ一方が国民党政府に反対し、もう一方は支持しているという場合、両者を完全に分断するこの議題は、付き合いが絶える原因となった。いま、阿政は、家庭環境の違いから政治的な立場が異なるガールフレンドを前に、相手の感情を傷つけるような話をこれ以上したくなかった。かつて考えたことがある。ある種の考え方は生まれついてのもので、変えるのは難しい。とくに政治的立場は宗教の信仰にも似たイデオロギーであり、理屈で相手を説き伏せることはできない。そこで、彼は方燕をいたわるような口調で言った。

「今の言葉は、君や君の家族を傷つけるつもりで言ったんじゃない」

方燕は顔をあげて目のまえの湖面を見つめた。そしてゆっくりと、重く、どこか悲しげな口調で答えた。「実はさ、あなたの言ったようなこと、ちっとも意外じゃないよ。外国人から見た私たちの政府は、私がこの国にいたとき見えていたのとは全然違った」

阿政は方燕を見た。方燕は話を続けた。

「最初にShockを受けたのは、アメリカに留学したときだよ。国際ジャーナリズムの授業で、アメリカ人の教授が世界各国の独裁体制について講義してた。教授はまずチリのピノチェト将軍を挙げて、アメリカ政府が暗に支援する右翼の独裁者だと言った。それから、同じようにアメリカ政府に黙認されている右翼の独裁者として、アジアにはまだマルコス、朴正煕（パクチョンヒ）、それから蔣経国（しょうけいこく）がいると言った。私さ、心底驚いたんだ。大学の時に救国団〔中国青年反共救国団。蔣経国が主任をつとめた〕の活動に参加したぐらいだからね。それが青年の指導者として慕ってた蔣総統が、アメリカの政治学の教授には独裁者に見えてたなんて。立ち上がって抗議してやろうかと思ったけど、なぜだか全身に力が入らなくて、それどころか恥ずかしくなった。顔をあげて教授を見る勇気さえなくて、他のクラスメイトの目も怖かった。だから、講義が終わって、教授を追いかけて訊いたの。なぜ台湾を独裁国家だと思うんですか？って。教授は笑って言った。「私が思っているんじゃない、数字が示しているんだ。今、台湾は数百名の政治犯を閉じ込めている。信じられないなら、アムネスティ・インターナショナルに行って調べてごらん」。あの日から私は、すべてを疑ってかかるようになった。長いあいだずっと騙されてきたんだと思ったよ。それからある日、パパとぶつかった……」

方燕は言葉を切って、湖面をしばらくぼんやりと見つめた。そしてまた話し始めた。

「パパが出張で台湾からアメリカに来て、ついでにニューヨークにいる私に会いにきたときだった。蔣総統が独裁者だっていう教授の話をして、そのせいで恥をかいたってパパに言ったの。長いあいだパパが、私に隠し事してたせいだって。それで、随分生意気なことも言ってしまった。パパはしばらくのあいだ黙り込んでから言った。内憂外患の状況では、国家の安定のために独裁的な行為が求められることがある、これは一種の必要悪だって。孫立人〔一九〇〇〜九〇　国民党の軍人。一九五五年から八八年まで軟禁された〕も雷震〔一八九七〜一九七九　政治家・知識人。一九六〇年から七〇年まで投獄された〕も冤罪だとわかってるって、パパは言ってた。でもふたりの言動が国家の安定を乱す場合は、彼らを犠牲にするのは仕方がないって。高雄の紛争に至っては、政府が対処するべき違法行為だったって。もし反体制派が政権を掌握することにでもなれば、中華民国は終わりだって……」

「政府が無実の人をひどい目にあわせても、お父さんはかまわないと？」阿政は驚いた表情で方燕にたずねた。

方燕は、どうしようもないという表情で、ゆっくりと答えた。「私のパパみたいな、官僚になる人の考え方はある種偏っていると思う。でも、知ってる？　あの人たちの不安をみれば、そこには党国体制への強い信頼があるんだよ」

「党国体制への信頼？」

「そう。あの人たちは、文明的な時代に生まれたわけじゃない。民主主義の理念を教わって大人になったわけでもない。ただどこもかしこも破綻した国を引き継いで、愛国思想をめいっぱい注ぎ込まれた。だから頭は国や国民への憂い、党への忠誠心、愛国意識でいっぱい。民族の存亡にかかわるなら、民主的な体制なんて犠牲にしてもかまわない、それが彼らの信仰なんだよ。彼らには歴史的な重圧、民族主義的な感情、生存への不安がある。それが政府への忠誠を誓わせているの。そういう心の状態を、党国体制への信頼だって私は言ってるの。それは歴史的な構造の中で生まれたんだ」

「そういう心の状態であれば、独裁政治を支持してもいいっていうのか？」阿政の口調はこわばった。

「政府は間違ってないと言ってるわけじゃないよ。私が言いたいのは、政府はそんな集団的な恐怖を利用して思考まで操り、あまつさえ彼らを共犯に引きずりこんでいるってこと。ある意味、この体制の支持者は独裁政権の被害者でもある。何が正義か判別する能力なんてないんだもの」方燕は急に声を高くした。「だってあの人たちは、民族の正義にさらわれてしまったんだから！」方燕の最後の言葉は、何もない湖面に響き渡った。

阿政は、そんなにも強烈な口調で方燕が答えるとは予想もしていなかった。『僕が追い詰めたせいだ。お互いにこの鎖を解くことは、ひょっとしたらできないかもしれない。しかし、それでも鎖を外す努力をしなくちゃ……』

阿政は方燕を暖めるかのように、そっと肩を叩いて、落ち着かせようとした。それからまたふたりは無言で湖面を見つめた。酔月湖は静かで、ただ時折、蛙の鳴き声だけが響いていた。

6

日曜の早朝、阿政と方燕は特急列車の自強号に乗ってふたたび南を目指した。

並んで車内に座るふたりが互いにどこか恥ずかしさをにじませているのは、昨夜、台湾大学酔月湖の湖畔で交わしたやり取りのせいだ。方燕はここ数日来の取材ノートの整理に集中していたが、阿政はこのぎこちない雰囲気をどうにかしようと口火を切った。

「自強号に乗るのは初めてだよ。ちょっと緊張するなあ」阿政は朴訥な笑顔を見せた。

「言ったでしょ、あなた田舎者だって」方燕はこらえきれず笑いだした。

「そうさ、あの田舎者のトルストイは、農奴を解放したあと汽車に乗って家出し、最後はとある小さな駅の官舎で死んだんだ。僕にもそんな駅があればな」阿政は自嘲気味に言った。

「何言ってるの、農奴もいないくせに。それより絵に専念するほうが大事でしょ」方燕は阿政をからかった。

「まあな。ここんとこずっと陳澄波の過去を追いかけていたら、創作への情熱がだんだんと戻ってきたよ。僕の『観音山夕照』の絵が懐かしく思えてきた」

「描くなら早く描かないと。夕陽は落ちて月も出る、だよ」

方燕が言うと阿政は声を出して笑い、ふたりはようやく元の仲睦まじさを取り戻したのだった。

それから阿政は、楊三郎(ヤンサンラン)がくれた新聞の切り抜きを手にし、陳澄波が寄稿した文章を読んだ。しばらく読んで窓の外に目をやる。今や鉄道は電化され、もうもうとした煙を吐き出してこそいないが、窓の外の景色は、かつて陳澄波が眺めたものと同じではないかと阿政は思った。酷熱(こくねつ)の土地、燃えさかる太陽、緑の木々、そして勤勉な人々……この景色こそが、陳澄波が絵筆で追い求めた赤島の風景なんだ！　上海から台湾へ戻ったあと、陳澄波はどんな筆致(ひっち)でこの赤島を描きだそうとしたのだろう？　阿政は、ふたたび切り抜きを読んだ。


——すべての線の動きと、タッチを以て、私が画面に表わせるのは、ある一種言語で表わし得ない神秘的な何かである。我々東洋人は西洋人の画風そのままを鵜呑みにするものではいけない——


阿政が読み上げるのを聞いた方燕は、手に持った資料を置いて、怪訝(けげん)そうに言った。「阿政、気がついた？　陳澄波の書いたこの文章には、かなり気になる言葉があるよ」

「どの言葉？」

「『我々東洋人は』ってところ。どうして『我々日本人』、もしくは『中国人』『台湾人』って言わないのかな？」

「確かに」阿政は少し考えてから応じた。「陳澄波はいくつもの文化に身を置いて、台湾、日本、もしくは中国、どの文化にも深い思い入れがあった。でもこの三者は政治的な要因で対立している。そこで陳澄波は、文化上のアイデンティティとして東洋人という言葉を選んだ。その言葉は全てを受け入れるし、どのアイデンティティも尊重しているだろ。結局、三つのどの土地にも割り切れない思いがあったってことだ」

「そうだね」阿政の見方に方燕は同意した。「覚えてる？　陳澄波が家族を連れて上海の租界に隠れたとき、内心はきっと複雑だったろうね。東洋人の顔をして、西洋、日本、中国、台湾の文化に浸っている——いまみたいなグローバル・ヴィレッジの時代だったら、これだけ多様な文化を身につけてるなんて、間違いなく誰もがうらやむ財産だよ。でもあの戦乱の時代には、こうした多様性、あるいは文化的に複雑な出自は、ある意味、災いの元だったのかも」

「そう」阿政は感慨深そうに言った。「時代を間違えて生まれた人なのかもな」

陳澄波の生きた時代が彼にもたらしたすべての困難にふたりが思いを馳せているとき、特急列車もまたスピードを上げて一路、前へ前へと駆けていく。頭前渓から中港渓、後龍渓、大安渓、大甲渓、烏渓、そして濁水渓と河川をどんどん横切り、嘉義まではもう遠くない。

季節はすでに冬の入りだが、嘉義は依然として夏のようだ。方燕は冬用のコートを着て南に来たので、あきらかに当地の気候と合っていない。つまるところ台北育ちで、台北以外の街の印象といえば、卒業旅行で行った日月潭や台南の赤崁楼など、少数の観光名所ぐらいなのだ。「台北人にとっての台湾ってひとつしかない、台北だけだね。私なんて三重〔台北のとなり街〕さえあまり知らないもの！」方燕は、阿政にむかって自嘲するように言った。

待ち合わせの場所は、嘉義公園にある孫文の銅像前である。方燕と阿政はそこで待ちながら、『私の家庭』に描かれた一番ちいさな男の子はどんな風に成長したのだろう、と言い合った。きっともう、おじいさんといっていい歳だよね？　方燕はしきりに腕時計に目をやった。少し緊張しているのは、一度取材を断られているからかもしれない。もしくは、このところ陳澄波について研究や調査を重ねていたので、それが一種の親しみや好奇心といった、複雑な心情を生んでいるせいかもしれない。あたかもひとりのよく知っている、それでいて会ったこともない親戚に会うような不思議な感覚である。

ふと、歳かさの男性がひとり自転車をこいであらわれ、ふたりの前で停まった。

「あなた方があの……」相手がたずねた。

「陳重光（ちんじゅうこう）さんですか？」方燕は笑顔で問い返した。

「はい、そうです」相手はかしこまって答えた。

「陳さん、こんにちは」方燕はいそいそと名刺を取り出した。「私が楊三郎さんにご紹介いただいた台北の文化部記者、方燕といいます。こちらは画家の王明政です」

ついにふたりは陳澄波の家族に会えたのだ。当初の不思議な感覚も一瞬のうちに消えさった。このとき、陳重光はすでに六十歳に近かった。頭には少し白いものが混じり、体はしっかりとしていたが、どこか物憂（ものう）げに見える。長いこと「陳澄波」という謎の人物の名の下で生きてきた苦労が、息子をここまで慎み深くさせたというのか。その苦労がどんなものであったか、阿政と方燕二人にはうかがい知ることもできない。

「公園のなかに椅子があるから、そこで座りましょう」陳重光はそう言ってふたりを案内した。

三人が公園の一角に座ると、まず方燕は、最近林玉山（りんぎょくざん）、袁枢真（えんすうしん）、劉新禄（りゅうしんろく）、楊三郎、李石樵（りせきしょう）などの先輩たちを訪ねた話をして距離を縮め、ようよう陳重光の警戒を解いた。陳重光はこわばった表情をだんだんと緩ませ、話しはじめた。

「この公園は日本時代からあって、父はよくここで絵を描いていました」陳重光は公園を見ながら続けた。「父はかつてこう言っていました。フランス印象派の巨匠であるモネは、植物や池の陰影の変化をとらえるために、大枚をはたいて庭をつくり、そこで日々絵を描いた。ところが私は一銭も使わずに、毎日のようにここに来て植物と池の陰影の変化をとらえられる。なんて幸運なんだろうって」

「拝見した遺作展の画集のなかに、『嘉義公園』という絵が一枚ありました。絵のなかの小さな湖は、目の前のこの湖のようですね」阿政は言った。

「その通り。この公園はずっと、何も変わらない」陳重光は、まわりの景色を指さした。「それに、父がここで写生したのは一枚だけじゃない。公園内の絵になる景観は、みんな描いているんじゃないかな」

「本当に熱心な画家でいらしたんですね」方燕は言った。

「ずっと、まともな仕事についてなかったからかも知れないな。ただただ描かずにいられない、ゴッホと一緒ですよ、はは」陳重光は自嘲気味に言った。「父が上海から帰ってからというもの、私たち家族の暮らしはたいへん貧しいものでした。ほとんどは母が内職をしたり服を縫ったりして一家全員を養っていました」

「お母さま、陳夫人のお加減はいかがです？」方燕がたずねた。

「母はもう八十になります、具合はあまりよくありません」

「芸術家の家族でいるって、つらいものですよね」方燕はなぐさめるように言った。

「しかし母は、そもそも画家に嫁いだとは知らなかったんです」陳重光は弱々しい声で言った。「父には長いあいだ安定した収入がなく、家はとても貧乏でした。でも、母は自尊心の強い人でしてね。自分の実家をあてにしたくなくて、縫い物で家計をずっと支えてくれました。だが父は、写生に出かけては自分の芸術を追い求めて……」

このとき、陳重光は眼を細め、遠くの山脈を見つめた。あれは台湾の名だたる山、阿里山である。ここから眺めると山頂は遥か遠いようでいて、手で触れられそうなほど近くにあるようにも見えた。陳重光はそこで絵を描いていた父親が、描き終えて道具をしまい、イーゼルを背に家へ戻ってくるような、そんな感覚になった。

◆◆◆

一九三三年、嘉義蘭井街の住まい。

上海から台湾に戻ったばかりの陳澄波は、相も変わらず休むことなくあちこち写生にでかけた。半月かそれ以上家を空けることもたびたびあった。電話も普及していないので常に連絡が取れるわけではなく、いつ家に帰るか、家族に事前に知らせることもできない。だから毎回、陳澄波は家族の前に突然現れるのである。今日も今日とて、陳澄波はイーゼルを背負って急に帰ってきた。このとき家族は客間にいて、清朝の官僚だった祖父が残した八人がけの伝統的なテーブルに座り、晩御飯の最中である。七つになる重光は、椀(わん)と箸を放り投げて父親のそばに駆け寄り、イーゼルを下ろすのを手伝った。

「お父さん、今回はまたどこを写生したのさ?」重光はせわしなく訊いた。

「今回は阿里山に行ったよ」陳澄波はイーゼルを下ろしながら言った。

「阿里山ってどんくらい遠いの?」

「阿里山は、近いといえば近いし、遠いといえば遠いな」

「どうして?」

「私たちの住む嘉義郡にあるから遠くはない。でもすごく高いところだ。登るのも大変で、木材を運ぶ汽車に乗らなくては上がれないんだ」

「つぎは僕も連れてってくれる?」重光はうれしそうにたずねた。

「うん?」陳澄波が言いよどんだ。

「んもう、バカねえ」次女の碧女(へきじょ)が言った。「あんたが父さんと行っちゃったら、母さんが内職する服を取りに、工場に行く手伝いは誰がするの? 母さんはどうやって稼ぐってのよ?」

「なんでいつも僕が行くのさ?」

「だって姉さんも私も学校だもん、白梅（はくばい）だってまだ小さいし！」

「さわがないで、早く食べなさい」いつの間にか妻の張捷（ちょうしょう）が出てきて、子供を叱りつけたあと、陳澄波をジロリと見た。「いつもねらったようにご飯の時間に帰ってくるわね。あなたの分まで作らなかったけど、なにを召し上がる？」

「そんな顔するなよ、腹は減ってない。夕方、駅でたまたま駅長の中村サンに会ってね、日本料理を腹いっぱいご馳走になった。だから今はちっとも腹は空いてないんだ」陳澄波は笑って言った。

実は、陳澄波がいつも外を走り回っていたのはもちろん絵を描くためだが、「家の食い扶持（くぶち）を減らしたい」という考えもあった。交友関係は広かったし、友人たちはいつでも食事に招待してくれる。そうすれば家の食費をいくらか節約できるし、育ち盛りの子供たちに少しでも多く白い飯が食べさせられる……。そう考えるたび陳澄波は自分を誇らしく思ったが、妻はそれを褒めるどころか、ぶつぶつと文句を言いながら醤油をかけた混ぜご飯を運んできた。「外で食べる日本料理は家の醤油かけご飯より、さぞおいしいんでしょうね？」妻はそう言うとすぐに奥の台所へ引っ込み、引き続き家事に取りかかった。

このとき陳澄波は、先月よりさらに猫背になった妻の姿に気づいた。もしや、お腹にいる赤ん坊の重さのせいだろうか！

深夜、四人の子供たちは屋根裏部屋の布団でぎゅうぎゅうに並んで眠っていた。陳澄波は、妻の足を洗うためにお湯のはいった桶を運んでいる。張捷はベッドにゆっくりと腰かけながら、そっと言った。「明日のうちに、ひまを見つけて客間に置いてある絵を移してね」

「どうしてだい？」陳澄波は、タオルを絞って妻の足を拭きながらたずねた。

「阿来叔母さんとこにお嫁さんが来るんだけど、金紙を貼る時間がないっていうから、私がその内職を引き受けることになったの。だから来週その材料がうちの客間にいっぱい届くのよ」

「でも、あんな狭い客間に金紙なんて届いたら、俺の絵はどこに置くんだい？　今回、阿里山で写生をしたとき俺は三郎に言ったよ。台湾に帰ったからには、台湾各地の風景をしっかり絵にするんだって。これから絵はどんどん増えるってのに……」

「なら、あなた引っ越ししてくれない？」

「どこに引っ越すんだよ？」陳澄波は驚いた顔をした。

「前に、絵は売れるって言ったじゃない。じゃあ、売ってくれれば？」

「それは」陳澄波は力なく言った。「あの時は上海にいたから絵を売ることもできたさ。でも今は台湾に戻ってるし、時勢もこんな緊迫しているときに、誰が絵を買ってくれるんだ？」

「だから、私がもっと仕事を受けないとでしょう。じゃなきゃ、子供やおばあちゃんは何を食べるっていうの？」

妻は言い終わると、陳澄波が足を拭き終わるのも待たずにタオルを奪い、適当に自分で二回ほど拭いたあと水桶の中に投げ入れた。そして、大きなお腹を揺らしてベッドに横になった。

陳澄波は、眠り込んでいる子供たちと、間もなく生まれる五番目の子供を宿した妻のお腹を見ながら、苦しさと申し訳なさが心に湧き上がるのをおさえられなかった。ここ数年の家計は何もかも、妻の裁縫の腕だのみだった。自分は、家族に衣食さえ満足に与えられないのだ。それだけでなく、満州での戦争に備えて工業原料の価格は跳ね上がっていた。油絵具も例外でなく、二十号の絵一枚を描くのに必要な絵具の代金で、米が何斤も買える。言うなれば、非常に元手のかかる投資である。戦況が逼迫(ひっぱく)して今や絵を売ることも難しいのに、陳澄波はどんどん描き続け、絵は客間のほとんどを占領し、歩くことさえままならない。妻が客間を空けろと言ったのは、自分の作業の空間が必要というより、夫の絵の仕事に対して抱いている不信感のせいだろう！ そのことに思い当たり、陳澄波の心は余計に苦しさを増した。

「捷、君のつらさはわかってる」暗闇で妻のそばに体を寄せた陳澄波は、横になったばかりでまだ眠っていない妻に声をかけた。「約束するよ、きっと安定した生活を君らに送らせる。来年、教師に戻るってもう決めたよ。これからは、どんな社会運動にも絶対に参加しない。いい夫、いい父親になるよ……」

妻は体の向きを変えただけで、なにひとつ答えなかった。ただ子供たちの息づかいだけが、ひとつ、またひとつと部屋に響いていた。

◆◆◆

「だけど、たいして日も経たないうちに」陳重光はかすかに笑った。「父は画家の友人らと台陽美術協会を組織しました。教師に戻るどころか、いつも家をあけて、上海にいたときより忙しいぐらいでした。それを見ても母はほとんど何も言いませんでしたよ。でも私たち子供は、朝昼晩の食事が前よりもっと質素になったのを感じていました。なんと、母は毎日の食費を節約してコツコツお金を貯めてたんです。一年貯めたお金で、父のために最新型のセビロ(背広)を一式仕立ててあげました。父のことを人から馬鹿にされたくなかったんでしょうね」

陳重光は目を細めて向こうの山頂を眺め、ゆっくり言った。「あの頃は兄弟みんなまだ幼くて、大人の悩みなんて考えも及びませんでした。ただ覚えているのは、父が家に帰るたび、私がいちばん喜んでいたことです。だって、父は自分の描いた絵を取り出して見せてくれるんですよ。そして台湾各地の風土や人情、そこに広がる景色がどんなにすばらしいかについて、一所懸命私たちに説明してくれるんです。一方で母は、父の高尚なおしゃべりにはてんで興味を示しませんでした。ただ、一着縫えばいくらになるかを心の中で計算しながら、衣服を黙々と縫っていました。そのころ、二番目の姉さんの碧女はもう十三歳で、絵に興味津々でした。父が嘉義に帰ると、いつも姉さんを連れて写生に出かけるんです。で、そのたびに訊くんですよ、誰かお手伝いについて来るかい? って。私が行きたいと言い、妹の白梅も行きたいとせがむと、母は妹を叱りつけました。生まれたばかりの弟の面倒は誰が見るのか、と。白梅は大泣きしたものです。ものすごく貧しかったとはいえ、大きくなって振り返ってみれば、あれが我が家のいちばん幸福な時期でしたね。家族がそろってさえいれば、貧しくとも幸せなものだ……」

陳重光はそこまで話すと思わず笑いだしたが、そこにはいくらかの悲しみが交じっているようだった。

◆◆◆

一九三七年の春、嘉義公園。

この日、次女の碧女と長男の重光を連れた陳澄波は、嘉義公園へ写生にやってきた。碧女は父親の画才を受け継ぎ、一家がまだ上海にいたとき、物心もつかないうちから落書きをするのが大好きだった。嘉義に帰って少女に成長するとなおのこと、絵を描くことに情熱を傾けるようになった娘を、父親は嘉義にもどって写生に出かけるときは必ず帯同するようになった。重光はといえば、大して絵に興味があったわけではないが、陳澄波も無理強いはせず、ただ一緒に連れて来ては水を汲む、ブラシを洗うなどの雑用をさせた。

この日、三人は公園で、遊びに来ていた重光の小学校の同級生たちとたまたま顔を合わせた。同級生はつぎつぎと重光にたずねる。「この絵を描いたおじさんは誰だい?」重光は答えた。「僕のトオサンだよ」すると、同級生たちは陳澄波を取り囲み、傍に立って絵を見始めた。

ちょうどそのとき、陳澄波は夕暮れの太陽の残光をとらえようとしていた。筆の動きは素早く、サッサッサッと片時も止まることを知らないその様は、剣を握って決闘でもしているかのように激しく、ドラマチックだった。やんちゃな同級生がその動作を真似しはじめると、やがてあちらこちらで決闘ごっこが始まった。

「トオサンの真似はやめろよ」重光は恥ずかしさに大声をあげた。穴があったら入りたいような気持ちだった。

しかし、陳澄波はそんなことにはてんでお構いなしに絵を描き続け、時おりパレットで色を混ぜている碧女を振り返って言い聞かせた。「配色にはバランスがあるんだ。暖色と寒色をいっしょに混ぜてはいけないよ」碧女はかたくなに言い返した。「上海で教えてたときは、教師の影響を受けないよう、学生の自主性に任せていたんじゃなかった？　どうして私にはいちいち指図するのよ？」

碧女の言葉におどろいた陳澄波は、苦笑して頭(かぶり)を振った。

それから太陽が沈んで黄昏(たそがれ)どきになると、嘉義公園に散歩にやってくる地元の人がどんどん増えた。陳澄波が写生をしているのを見かけると、みな、こぞって挨拶にやってくる。

「画伯さん、また公園を描いているのかね？」ある年配男性(オジサン)（台湾語の語彙として日本語の「おじさん」が定着している。歐吉桑と表記）が陳澄波に挨拶をした。

「そうですよ」忙しげに色を混ぜ、塗りながら、陳澄波は応じる。

「最近はとんと見かけなかったね」男性は熱心に陳澄波が絵を描くのを見ている。

「しばらく台北で集まりがあって、ついでに淡水へ写生に行ったりしてましたよ、だからなかなか帰れなくてね」

「こちらは娘さんかね？」男性は興味深げに碧女の絵を見る。

「そうです」陳澄波は嬉しそうに答えた。

「へえ、うまいもんだ」

男性の誉め言葉に碧女は照れた。

「いいえ、まだまだですよ」陳澄波も控えめに言ったが、内心はうれしくて仕方がない。

「画伯さん、あんたの絵が帝展に入選してから、うちの街はどんどん文化的になってるなあ」男性はうれしそうに言った。「みんな言ってるよ。うちの嘉義は守り神をふたり出したってな。ひとりは医者の潘木枝（はんぼくし）〔一九〇二～四七〕先生、もうひとりは陳澄波画伯だよ。潘木枝は病を治すが、陳澄波は心を治すってね」

「とんでもない、みんなで一緒にがんばりましょう」陳澄波は筆を止め、真面目に言った。

「まあそうだな！　どうだい、ちょっとお茶でも飲んで休憩しないかい？」

「いやいや、時間がないんです。この雲の変わる速さを見てくださいよ、たった今晴れていたと思ったら、今はすっかり暗くなって、黒い雲まで出てきた。色を混ぜるのも間に合わないぐらいだ、まったくもう……」陳澄波は忙しそうに絵具を絞り出した。

「そうか、じゃましたな、早く描きなさい。すまん、すまん」男性は言い終わると、陳澄波が集中できるようすぐに立ち去った。

間もなく、天から雨粒が降ってきた。父娘はまるで雨と競争するかのように、さらに手を動かした。みるみるうちに雨の勢いは強まり、視界はすっかりぼやけて、描き続けるのはもう無理だった。雨でキャンバスも濡れてしまい、油彩顔料が糊のように固まってしまうと思い、ふたりはなお焦った。周りを見渡しても誰もおらず、雨宿りできるような建物も、絵にかぶせてキャンバスを守れるようなものもない。碧女は不安で泣きだした。

重光は急いで言った。「父さん、タロイモの葉がないか見てくるよ」

「もう間に合わないよ」陳澄波はそう言って衣服を脱ぐと二枚のキャンバスにかけた。陳澄波の裸の上半身を直に雨が濡らす。

まもなく、ひとりの年配女性（オバサン）〔二五一頁「オジサン」同様、日本語由来の語彙。歐巴桑〕が雨傘を持って走ってきた。

「画伯、これをお使いよ！」

「ありがとう！　ありがとう！」

陳澄波は急いで傘を開きキャンバスに差しかけた。父娘はホッと一息ついた。陳澄波は女性に繰り返し礼を言い、ポケットからお金を取り出した。

「オバサン、本当にありがとう、これは傘の保証金です。改めて返しに行きますよ」

「いらないよお。みんな画伯のことはよく知ってるよ、どうぞ使いなさい」女性は笑って言った。

陳澄波はそれを聞いてどう礼をするべきかわからず、ただ頭をかいた。それから、女性が立ち去ろうとしたそのとき、突然言った。「オバサン、私の絵の感想をもらえませんか？　うまく描けてないところはありますか？」

「やだねえ、わたしにゃわからないよ、ははは」女性は笑ってその場を離れた。

◆◆◆

陳重光は、この思い出の段になり少しほほえんだ。

「上海での仕事も半ばで、父は落胆して故郷へ帰ってきました。にもかかわらず、地元の方々は父のことを、嘉義に栄誉をもたらした嘉義の誇りだと大切にしてくれましたよ。名士たちも父をよく屋敷に招いてくれたものでした。お互いに名誉なことでした」

「琳瑯山閣のご主人もですか？」方燕はたずねた。

陳重光はハッとして、「そうです」とだけ言った。

方燕はそこで、会話の流れにまかせて自分たちの訪問の意図を明かした。「陳さん、われわれが今日ここへ来たのは、じつは、『琳瑯山閣』という絵についてうかがいたいからです。この絵をご覧になったことは？」

方燕は、陳重光の眼前に絵の写真を差し出した。

陳重光は写真を見て言った。「父はよく琳瑯山閣に招かれてもてなしを受けました。だから返礼に『琳瑯山閣』の絵を描いて贈ったことがあります。おそらくこの絵がそうでしょう」

「最初にお電話したとき、なぜこの絵については話したくないと？」方燕は続けてたずねた。

陳重光は押し黙った。

「この絵とあなたのご家族と、何か因縁でも？」方燕はさらにたずねた。「でなければ、なぜこの絵のことは話したくないのですか？」

「過ぎたことです。それ以上、私も言いたくありません。誰もが被害者なのだから、お互いに恨みあうべきじゃないと私の母も言っていますし」陳重光は静かに言った。

「被害者？」方燕は、話が呑み込めなかった。

「この話はここまで」陳重光は落ち着かなそうに笑った。「でも、もし父の絵に興味があるなら喜んでお見せしますよ。情熱的な画家だった父は、誰かと自分の絵について語り合うことが大好きでした。行きましょう、父の絵を見に」

陳重光が陳澄波の絵を見に案内してくれると聞いて、阿政と方燕は驚きと喜びでいっぱいになった。作品を保管している建物に三人が到着したとき、中山服を着てサングラスをかけた男も、ちょうどそこへやってきた。男は二人の客人を連れた陳重光を見てさっと物陰に身を隠し、門の外からひっそりと彼らを監視している。

陳重光は、阿政と方燕を促して部屋に入った。

室内の蛍光灯が「パッ！」という音とともに点いた。見回すと、そう広くもない室内に、一枚一枚の絵がきちんと整理されて並んでいる。陳重光がカーテンを開けると、日光が差し込み、逆光のなかを沢山のホコリが舞った。

「この部屋は、父の絵を置くための場所として使っています」と、陳重光は言った。

「わあ、たくさんありますね」方燕が興味深げにキョロキョロする。

「集まりで外出するほかは、ずっと絵を描いていました」陳重光は言いながら、絵にかけられたホコリよけの布を取った。「だから、こんなにたくさんあるんですよ」

阿政は絵に近づき、しゃがみ込んで、一枚一枚じっくりと眺めた。

阿政が陳澄波の絵の実物を見るのは『琳瑯山閣』をのぞけばこれが初めてである。作品の多くが遺作展の画集に載っていたものだが、それが今目のまえにある。描かれてから随分時間が経っており、少し色はくすんでいるものの、濃く激しい色彩やタッチの奔放さは依然として損なわれてはいない。クリスマスの贈りものでも手にしたかのように、阿政は愛おしそうに陳澄波の絵を観賞した。阿政は徐々に、さらに多くの陳澄波の作品の「特徴」を発見し、しきりに頷いては考え込んだ……

三人が部屋から出てくると、外はもう真っ暗だった。阿政と方燕は、陳重光に心を込めて別れを告げた。明日も引き続き話を聞く約束である。陳重光は、蘭井街の古い実家を見に連れて行ってくれるという。

「蘭井街？」方燕が問い返した。

「そう、私たち家族が一番長く住んだ場所ですよ」陳重光のまなざしには、蘭井街の通りと家族への深い愛情がにじんでいる。

方燕と阿政が家を出たとき、監視のサングラスの男は、煙草を一口吸いこんでから地面に投げ捨て、その後、ふたりの後をつけた。

その夜、阿政と方燕は疲れた体を引きずるように宿へ入り、尾行には気づきもしなかった。ふたりがエレベーターで階上へ上がると、サングラスの男はすぐにフロントでチェックイン時の情報を問いただした。

部屋に入った阿政と方燕は、そのままベッドに倒れこみそうなほど疲労困憊していた。しかし、陳澄波の絵の感想を話し合いたくて、うずうずしてもいた。

「陳澄波の絵の実物を見てさ、どうだった？」方燕がくたびれ果てた声でたずねた。

阿政はゆっくり水を飲んでから、長々と持論を述べ始めた。

「楊三郎の言うとおり、陳澄波は風景を題材に描くのが好きだった。だから作品のほとんどは風景画だ。でも」阿政は突然、謎めいた口調で言った。「よく観察したところ、陳澄波の風景画にひとつの大きな特徴があるのを発見した」

「どんな特徴？」方燕の口調も、好奇心と共にいくらか謎めいてくる。

「風景のなかに、とても広い『空き地』があるんだ。西洋でいう『広場』――Plaza のようなものだよ」

「Plaza?」

「うん。西洋の広場っていうのは人々が集う場所なんだ。都市の政治、経済や宗教の中心で、さらには国民が市民としての権利を行使する重要な舞台でもある。西洋文明にとって、豊かで開かれた文化の精神が備わった広場は、数々の物語にあふれた場所なんだ」

「確かに」方燕は、阿政の言葉に続いた。「ヨーロッパでは、歴史的な事件の多くが広場で起こっているね。例えば、フィレンツェの広場にはミケランジェロの『ダビデ像』があって、街の美意識を向上させた。パリの有名なコンコルド広場の、ギロチンの話にはぞっとするけど、でもこれがフランスを自由、平等、博愛の道へ推し進めたんだよね。十九世紀にはロシア皇帝が十二月党の反乱者を鎮圧して、サンクトペテルブルグの広場は血で染まったけど、最後は民衆が立ちあがり王室を転覆させた」

「その通りだよ」阿政は尊敬の念をこめて方燕を見つめた。「だから、西洋人の広場というのは、人々の感情がある場所なんだ」

「でも台湾に広場はないよ?」

「だから、彼は絵の中に「空地仔（カンテーア）」を描いたんだよ」阿政は台湾語で「空地仔」と言った。

「「空地仔」って?」

「「空地仔」はつまり、台湾語でいう「埕（ディアン）」さ。台湾の「埕」は、人が集まることのできる空き地を指す。働いたり、地域の活動をしたり、お祝いの儀式をする場所だよ。例えば「廟埕」、「稲埕」、「塩埕」、「樹埕」、「戸埕」、「門口埕」……とかね。陳澄波は、ほとんどの風景画の下半分にこうした「埕」を描いている」

「でも、どんな景色にだって道路や家、廟の入り口みたいな「埕」はあるんじゃない?」

「ポイントはそこだ」阿政は机から陳澄波の遺作展の画集を手に取ると、広げて方燕に見せた。

「陳澄波は構図を取るとき、道路や家、廟の入り口にある空き地に、絵の面積の半分近くを費やしてる。例えば、帝展に入選した『夏日街景』(口絵vi頁)は、画面の約半分を空き地が占めている。これは西洋の風景画では珍しい構図法だ。黄金比に反してるからね。陳澄波が特に空き地を目立たせたのは、そこに強い「広場の意識」があるからだよ」

「どうして陳澄波には「広場の意識」があるの?」

「それが、一つ目の謎ってことだ」

「第一の暗号ってこと?」方燕は眉根を寄せた。

「そうだ」阿政はうなずいた。「まだある。陳澄波の風景画は、バルビゾン派の唯美主義とは違うし、印象派のように純粋に光と影をとらえたものでもない。日本の外光派のような繊細なタッチともまた違う。彼の風景画は、東洋人の美的感覚の上に打ち立てられたものだ。そこには、明らかに中国の伝統的な水墨画の境地も見て取れる」

「どういうこと?」美術史における画風の違いに方燕は詳しくないものの、阿政の説明には興味をそそられた。

「僕が見たところ、彼の風景画には必ず複数の人物が描かれている。でも、その面積はあまり大きくなくて、言うなれば他のものを引き立てる飾りだな。例えば『嘉義街景』もそうだ。でも「人だかり」が単なる飾りなら、人物に大した動きは必要ない。ちょうど建築家の描くサンプル画のように、建物の大きさを際立たせる役割しかないだろう。でも、陳澄波の絵の人物にはみんな動きがある。手にも、いつも何か持ってるんだ。日傘や、革のカバン、新聞、あるいは野菜かごを下げていたり、天秤棒を持ち上げていたり、三輪車を引いていたり、子供をおぶっていたり……言い換えれば、陳澄波の描く人びとは小さくとも生命力に充ちてるってことだよ。伝統的な山水画でいうところの「山川に生命を寄寓する」って観念だよ。絵の中の自然はたんなる風景ではなく、画家の思想を表している。つまり、目に見えるものだけじゃない、その背後にさらに主観的な意味があるのが、彼の風景画のポイントなんだ」

「風景の背後に主観的な意味がある?」方燕は、阿政の話に考え込んだ。

「先に山水画のもつ哲学思想を説明するよ」阿政はもう一度水を口にしてから、ゆっくりと始めた。

「大まかにいえば、中国の山水画は北宋・南宋の時代のあと、文人の誰もが憧れた老荘哲学の上に打

『嘉義街景』，1934 年．絵の中の群衆は小さくとも動きがある

ち立てられたんだ。だから表面的には山や川が描かれていたとしても、本質のうえでは文人の感情や生命への向き合い方を表してる。つまり山水画とは、宇宙と人との調和だけでなく、さらには心の中の理想郷をも追い求めること……だから山水画の中には必ず「人」が描かれるだろ。柴を拾っていたり、釣り糸を垂れていたり、あるいは琴を弾き、泉の音に耳を澄ませる人、とね」

「要するに」方燕は阿政の話をさえぎった。「「人」の存在が、絵の中の大自然にある魂を顕在化させ、それが山水画に生命力をもたらすって訳よね？」

「そのとおりだよ。でもさ、宇宙の大きさからすれば人の存在なんて大河の一滴みたいなちっぽけなものだろ。だから人は「森羅万象のなかに潜んで」なくちゃならない。そこで、牛飼いの少年とか山の老人、隠者なんかの姿が山水画のなかに点景として描きこまれる。画家の思いや志を伝えるためにね」

「画家の思いや志？」方燕は解釈を試みた。「あなたが言ってるのは、画家は絵の中に気持ちを託して、個人的な思想を表現しているってこと？」

「そうだ。でも、西洋の風景画にそういう目的はないよ。純粋に美しい風景を愛でるためであって、点景の人物を描きこむ必要性はあまりない。でも陳澄波の風景には、ごく小さな人物が描きこまれ、しかもそれが絵の魂そのものになってる。まるで北宋范寛の『谿山行旅図』だよ。絵の中の人物は本当にちっぽけで、それこそがこの絵全体の核なんだ。もしこのちっちゃな「旅人」がいなかったら、「旅」というテーマの絵のすべてが台なしになってしまう」

「人がとても重要ってことか。でも、わざとすごく小さく描いている、と」方燕が言った。

「そう。思うに、まさに王維のいう「詩中に画あり、画中に詩あり」の精神だよ。これなら「陳澄波の風景画には伝統山水画の境地がある」っていう僕の見立ては証明されるし、これこそ、陳澄波が追い求めた「我々東洋人の美術」として理想的な形なんだろう」

「ということは」方燕は考え考え言った。「自分自身の東洋的なスタイルを本当に生み出したってこと？」

「そう」阿政は腕を組み、考えながら歩みを進めるように言った。「でもさ、好んで動きのある集団を空き地の上に置いたのには、どんな意味があるのかな？　それがまだよくわからない」

「それも暗号ってこと？」

「うん、二つ目の謎だ。そして、三つ目の謎もある……」

「三つ目まであるの？」方燕ももういちど眉根を寄せた。

「空き地を好んで描いたのは置いといて、その視角について大きなミスも起こってる。前にも言った「二重視角」という問題だよ。建築物や樹木を描くとき、普通は水平の視点を用いる。でも彼の

『私の家庭』の人物と影は同じ高さであり，視点は平行であることがわかる．しかしテーブルは俯瞰の視点で描かれ，「二重視角」という不自然な現象が起きている（《學院中的素人畫家：陳澄波》雄獅美術より撮影）

〝空き地〟は、それが道路であれ家や廟の入り口や湖面であれ、どれも俯瞰になってるんだ。代表的なのが『私の家庭』だよ。人物は水平の視点で描かれているから、人物の影もそのとおりに付いている。でもテーブルのうえは俯瞰で見下ろしてるから、テーブルの形は正円形になっている」

「テーブルも空き地ってこと？」方燕は頭を抱えた。

「要するに何かを配置する場所だよ。それが人でも物でも、広い意味ですべて「空き地」なんだ」

「だから、その視覚的なミスはわざとだと疑っているんでしょ？」

「巧妙だよね」阿政は下あごを撫でながら考え込んだ。

「全部で三つ謎があるのなら、つまり暗号の解も三つってことか」

「そうだよ！　なのに、まだ一つだって解けちゃいない！」阿政は頭をゆすって、行き詰まったような表情を見せた。

「人が作り出した問題は、人だけが解決できるもんだよ。もっと陳澄波の人生を理解すれば、きっと真相もわかるって」方燕は、励ますように阿政を見つめた。

心を動かされた阿政が礼を言おうと隣を見ると、疲れ果てた方燕はすでにベッドで眠り込んでいた。

翌日の朝、方燕と阿政が宿を出ようとすると、ホテルのフロントで「方さん宛に電話が一件ありました、連絡が欲しいそうです」と言われ、電話番号の書かれた紙を手渡された。方燕は紙を見るなり、阿政をちらっと見て言った。「会社からだ」

方燕は、フロントから電話をかけた。先に何事かとたずね、しばらく話しているうちにみるみる顔つきが変わり、語気は激しくなった。「なんで？　なんでクビなんですか？」阿政は傍で聞きながら、唖然とした。方燕は続けて言った。「本当に取材してるんです！　なんで？　何を言ってるの？　デタラメ、デタラメよ、なんでもいいから辞めさせたいだけでしょ！」

朝食をとろうと路地入り口の朝食屋に来て、阿政はすぐに電話の内容を方燕にたずねた。どうして会社は理由もなく方燕を解雇するというのか？

「老羅（ラオロー）が言うにはね」方燕はお椀の中の熱い豆乳を見つめたが、まったく食欲がなかった。「私が取材しちゃいけない人を取材してるって密告した人がいるんだって。今すぐ台北に戻りなさい、退社時間前に会社に戻らなければクビだって」

「誰が密告したってんだ？」混乱しつつ阿政は言った。

「知るわけないじゃん」と方燕は言って、どうしようもないという顔を見せた。「どうせ老羅に言われてたんだよね、壁に耳あり、障子に〝スパイ〟ありだって」

「スパイ?」阿政は「スパイ」という三文字を聞いて、飛び上がった。

「察するに、私たちが陳澄波について調べるのを、阻止しようとしてるんだよ」方燕は厳粛な面持ちで言った。「つまるところ、陳澄波の話題はタブーだから、触れさせたくないんだと思うよ」

阿政は心配そうに方燕を見た。「じゃあ、どうするつもりなの?」

「私は……」方燕は少しのあいだ黙ってから言った。「実はね、新聞社にはパパのコネで入ったの。だからもし辞めることになったら、パパにはとっても申し訳なく思う。でもね、でも私たち今ここで止める訳にはいかないでしょ。だから、続けなくちゃ」

「でも、そのせいで仕事がなくなるんだぞ!」阿政は心配でたまらなくなった。

「もういいってば」方燕の言葉には、決意がにじんでいた。「小さい頃から、弱いものを見たら助ける正義感を持ちなさいって教わってきたの。陳澄波はきっとすごくつらい目に遭ったんだよ。そしてこの国では、それについて議論することは許されない。だからこんな風に秘密になってるわけだよね。私たちがこの秘密にぶつかっていく、それだって私の記者としての矜持(きょうじ)じゃない。阿政だって、陳澄波の絵にもっと沢山の暗号が隠されてるって思ってるんでしょ? 私たち、行かなくちゃ。行こうよ、重光さんのとこにさ!」

正義感を燃やす方燕を傍目に、阿政は内心ハラハラしていた。

「この通りは蘭井街といいます」

二人は引き続き陳重光を訪ね、かつての住居へと案内を受けた。ちょうど朝市の時間で、賑やかなエリアの狭い蘭井街は、野菜かごを持って歩く女性であふれ、ときに年配男性の自転車が道を空けろとしきりにベルを鳴らしている。陳重光は以前の実家の門の前に立って言った。「私たちは日本時代からここに住んでいて、引っ越ししたのはつい何年か前です」

「じゃあこの家は？」

「記念に、父が絵を描いていたときそのままに置いてあります。さあ、見に行きましょう」

陳重光が鍵を開けて、三人は中へはいった。

この一棟の手狭（てぜま）な二階建ての住宅は日本時代に建てられた。何度も修理されてきたとはいえ、部屋は古びて侘しさが感じられる。かなり小さなリビングに、明式テーブルがひとつと旧式の夏用腰掛けが一組。室内の装飾がシンプルな分、壁に何枚か掛けられた陳澄波の当時の作品が、特に目を惹く。

陳重光は指をさして言った。「小さいころは、リビングが父のアトリエだった。いつもここにイーゼルがあって、私たち子供が出入りするときはイーゼルを倒さないようそれは気を遣いました。うちの五番目の弟がまだハイハイしていた頃は、しょっちゅうイーゼルにぶつかるものだから、私と妹が急いで抱きかかえにいったもんです」陳重光は話しながら笑い出した。

大人と子供が七、八人もいる一家がこんな空間で共同生活せねばならないとは、さぞかし大変だったろうと方燕は想像した。あるいはそれが、画家とその家族の宿命というものなのだろうか？

「まだまだありますよ、なにせリビングが狭いですから」陳重光はつづけた。「四十号以上の作品を描く場合は、玄関の外まで行ってようやく全体を見られるんです。だから、キャンバスの前と玄関のあいだを行ったり来たりして。新聞記者が写真を撮りに来たら、玄関の外まで絵を持っていって、やっと全貌がわかるという始末ですよ」

「とても面白いですね」方燕は思わず笑った。

陳重光は、陳澄波の当時のノートをタンスの中から取り出した。

「このノートは全部、父が書きました。どうぞご覧になってください」

阿政はノートを受け取った。そして突然、自分の両手が陳澄波の魂と血肉を支えているように感じられた。注意深くノートをめくって読んでいると、思いがけず、宝物でも掘り当てたような喜びを覚える一文を見つけて、阿政はあわてて尋ねた。「重光さん、お父様の文章の一部を、書き写してもいいですか?」

陳重光がうなずいたのを見て、阿政は興奮しながらペンを動かした。

方燕は、阿政が何を写しているのかわからなかったが、ふと思いついて陳重光に提案した。「重光さん。もしわれわれに陳澄波のことについて報道する機会があれば、こういったノートを調査のためにお貸しいただくことはできますか?」

「台北に持って帰るという意味ですか?」

「そうです」

陳重光はいっとき黙ってから、「ちょっと考えてみます」といった。

方燕は急に恥ずかしさを覚えた。まだ陳重光と知り合ったばかりだというのに、そんな大切な資料を突然貸してほしいだなんて、無理もいいところだ。それ以上何も言えなくなった方燕は、あてもなく壁の絵を眺めた。

「あれ、これは何の絵ですか？」少しまだらになった壁にかかった絵がどこの景色なのかわからず、方燕は訊いた。

「これは私の父が亡くなる一年前に描いた作品ですよ」陳重光は壁の上の二十号の絵をじっと見つめた。

『慶祝日』，1946 年．台湾光復を祝うために描かれた

「この絵のタイトルは『慶祝日』、元からこの部屋にかけていたものです。アトリエを父が生きていたころのままにしておきたくて、動かしたことはありません」

「何をお祝いしてるんですか？」方燕が興味深そうにたずねた。

「台湾の〝光復〟ですよ」と重光は淡々と答えた。

「だから、この建物の上に国旗が揚がって、その下で人々が喜んでいるんですか？」阿政が言った。

「そうです。光復の時に父は、台湾が祖国に帰れると非常に喜んでいた。だからこの絵を描いたんです」

「こんなにも国を愛していたお父様のことが、どうしてタブーになったのですか？」方燕はもう一度訊いた。

陳重光は突如無言になり、あたりの空気が凍り付いた。

方燕は重光氏のガードが固くなったのを感じたものの、ここが記者としての踏ん張りどころと勇気を振り絞り、問いを重ねた。

「重光さん、申し訳ありません。私たち、重光さんを困らせようと思っているわけではないんです。でも実際、陳澄波に関するインタビューを続けてきた中で、それまで熱心に話をしてくれた方々の誰もがここで話を止めてしまうんです。私たちには言えない何かがあるのでしょうか。重光さん、どうか聞かせていただけませんか？」

こわばっていた陳重光の顔つきが、もっと厳しくなった。方燕と阿政は二人、不安に駆られながらも重光の反応をうかがった。

しばらくして、陳重光はようやく口を開いた。「国旗の掲揚を描いた、もう一枚の絵を観にいきましょう」

およそ三十分の後、一行は陳澄波の次女、陳碧女の家にやってきた。

出発前、陳重光がすでに電話をして訪問のことを伝えており、到着したときには、陳碧女が歓迎の意を表してくれた。数年前、陳澄波の遺作展を開いた時に記者とやり取りをしたことはあったが、台北の記者が父の絵についてたずねるために、わざわざ嘉義まで足を運んでくれたことは、この殺伐とした時代、やはり遺族にとっては心を動かされる、有難いことだった。

「さあどうぞ、召し上がって」碧女がお茶をいれてくれ、阿政と方燕は「ありがとうございます」と応じた。

「私の二番目の姉です」陳重光が改めて紹介した。

「ええ、絵がとってもお上手な」方燕は、頭の半分白くなった碧女を見てほほえんだ。

「とんでもないわ、もう長いあいだ描いてないもの」陳碧女は慎しみ深い様子で返した。

突如、あたりは静寂に包まれ、一同はリビングに座って黙々とお茶を口に運んだ。

方燕が重光と碧女の様子を観察すると、目には沈鬱な色が浮かび、顔には心に隠しごとがあると書かれている。この、陳澄波の二人の子供たちは、一体どんな悩みを抱えているというのか？　なぜ、こんなにも憂鬱そうなのだろう？　方燕は、彼らの心を開きたいと思った。そこで、方燕はついに沈黙を破り、「重光さん。見せたいと仰っていたもう一枚の国旗の絵は、どちらにあるのでしょう？」とたずねた。

方燕は言い終えたものの、重光は碧女を見つめている。

「お父さんのこと、知りたいんだって。彼らは……」重光の口調には、たとえようもないほどの慎重さが見えた。

「そうなんです、碧女さん。私たち真剣に、陳澄波さんの作品について知りたいと思っているんで

『望山』陳碧女，1943年（張光文提供）

す」そう言って方燕は、急いで付け加えた。「だから陳澄波さんご自身に関してもできるだけ多くを知りたいんです。もし私たちを信頼していただけるなら、どうかお話し願えませんでしょうか？」

陳碧女は軽く息を吐いて、コクリとうなずいた。

「たしかに、過去の多くのことは私たちの心にずっとしまい込んだままで、めったに外の方にお話ししたことはありません」陳碧女は少し間を置いて、それからまたゆっくりと言った。「普段は、訊いてくる人もありませんしね。たとえお話ししたくとも、誰も聞く勇気などありません。でも、あなた方の真心に触れて、もう隠すのは止そうと思いました。こうも長いあいだずっと封じ込められてきたのは、お父さんの絵だけではありません。私ども家族の心までもずっと封じられてきたのも、辛いことでした。そして今日、耳を傾けてくれる人が来たということは、私たちも心を開くときが来たってことだと思うわ」

言い終わると、陳碧女は立ち上がってもう一方の壁まで歩いて行った。

「もう一枚の国旗の絵っていうのは、これよ」陳碧女は一枚の油絵を指さし、皆の眼もそこに注がれた。

「この絵は『望山』というの」陳碧女は言った。「私の描いた嘉義の農村風景よ。後ろは阿里山。これを描いたのは一九四三年。あの頃は戦争が台湾にもおよんで、アメリカの飛行機がしょっちゅう飛んできては台湾の都市を爆撃していたの。私たちも田舎に疎開していたから、私は郊外で写生したものよ」

絵の前まで歩いていった方燕はおかしなことに気づき、大きな声でたずねた。「碧女さん、一九四三年にこの絵を描いたとおっしゃいましたけど、そのころの台湾はまだ光復していませんよね。どうして〝青天白日満地紅旗〟が?」

陳碧女は静かに応じた。「その通りよ、この絵を描いたのは光復前。だから元々の絵に国旗なんてなかったのよ」陳碧女は言葉を切って壁の上の『望山』を見つめ、ゆっくりと息を吐きだしてから言った。「この国旗は、後から描き足したものよ」

「どうして?」方燕は眼を見開いて訊いた。

碧女は間を置いてから二人の客人の方を向き、どうしようもないという表情になった。「方さん、その短い「どうして」という四文字に答えるには、それは長い長いお話になるわ……」

◆◆◆

一九四五年九月、嘉義公学校の運動場。

この日の午後、運動場には年長者も含めて多くの住民らが集い、興奮しながら議論をたたかわせていた。日本政府の引き揚げにともない、台湾の統治者が替わる。知識階級は二等国民の足枷が外れると喜んでいるが、庶民たちにとって未来は予測のしようもない。人々は落ち着かず、不安に駆られて憂うべきか喜ぶべきかもわからない。

光復後に嘉義地区の「国民政府歓迎準備委員会」に加入し副委員長に就いた陳澄波は、みんなを安心させようとこの日、特別に市民を集めた。朝礼台の上のマイクの前に立った陳澄波は、大勢の人に向かって言った。「お集まりの皆さん、今日から我々は日本国民ではありません。我々は中国人です。皆さんは喜んでいいのです。我々は、もう植民政府の奴隷なぞではない、我々は自らの主人にならなくてはいけません。だから我々はもっと団結し、さらに努力して祖国の政府を支え、三民主義を実現し、新しい台湾を建設せねばなりません」

陳澄波は力を込めて語ったが、下にいる人々は喜びも憂いもあい半ばである。

突然、保正〔伝統的な自治単位である「保」の長〕をつとめる男がひとり前に出てきて、陳澄波に向かって怒って言った。「この陳という人が昔中国に渡って金を稼ぎ、そこのやつらと馴染みだってのは誰でも知ってるんだ。今中国の政府がおれたちの上に立とうとしている時に、あんたは役人になりたいんだろう。だからあいつらに都合のいいことばかり言うんだろうが」

男が言い終わらないうちに、あたりは騒然となった。すると、ひとりの年長者が大声でこの保正を叱りつけた。「王保正、デタラメを言うんじゃない、澄波さんはそんな人じゃないぞ。もし金が欲しいなら、前から日本にすり寄って稼げたはずだろう、何でこれまで待つ必要がある。おまえこそ日本の犬だ」

言い争いはさらに大きくなった。陳澄波は皆に冷静になるよう呼びかけた。「皆さん、私は中国へ行ったことがあり、中華民国政府は孫中山さんの作ったものだと知っています。だから新政府が、日本の植民政府よりもよいものであると信じています。もし将来、新政府がわれわれを失望させるならば、必ず真っ先に彼らと話し合います。どうか私を信じてください」

「よし！　よく言った！」

「だから明日から、どの家もみな新しい国旗を立てましょう」陳澄波の話が終わらぬうちから、ひっきりなしに轟くような拍手喝采が起きた。陳澄波は感激に満ちた目で朝礼台のポールの上を見つめ、そこには新しい国旗が正に堂々たる様子ではためいている……

◆　◆　◆

「光復後、父は文章を一篇、自分で書きました。「台湾光復、天地之草木普天同慶、可欣可賀、吾人生於前清、而死於漢室者、実終生之所願也。（台湾光復を／天地草木も／皆喜んでいる／清の時代に生まれた私は／漢民族として死ぬだろう／一生の願いを果たしたのだ）」そんな喜びの心をもってこの『慶祝日』は描かれました。人々の歓迎を祖国に伝えたかったのです」陳碧女は嗚咽をこらえて言った。「しかし、新政府の政治は人々を失望させるにあまりあるものでした。台湾の人々の政府への不満は次第にふくらみ、父は議員として、また新政府を歓迎した委員の一人として、嘉義市民に大変な申し訳なさを感じていました。その苦しみはいかばかりだったでしょう。彼は議会で政府を高らかに批判しましたが、どんな非難も状況を変えることはできませんでした。父が最も希望を寄せてきた国旗は、ついに、彼を最も深く傷つける国旗となったのです……」

「最も傷つける？　どういう意味です？」方燕は固唾（かたず）を呑み、重苦しい過去が今つまびらかにされようとしているのを直感した。

陳重光が力なく言葉を継いだ。「当時の国民政府の数々の行いは台湾の人々を非常に失望させました。そしてついに……ああ、民国三六年の二月末に起こった抗争事件が、全島に拡がったのです。当時の陳儀（ちんぎ）政府がそれに応じて改革すると答えたので何とか数日で収まったのですが、図らずも三月上旬、南京の中央政府が軍隊を派遣してきて、台湾を鎮圧しました。結果的に無数の民が死傷し、台湾全土が血の嵐のなかに巻き込まれました……」

◆◆◆

一九四七年三月十一日、蘭井街の住宅。

三月初めに阿里山山脈にとどまった寒波は嘉義市内一帯に寒さをもたらし、市民らは衣服をしっかりと着こんでいた。しかしそれ以上に市民を震え上がらせたのは、この一両日、南京政府から派遣された陸軍二十一師団が、水上飛行場〔嘉義空港の日本時代の呼び名〕にて学生たちが組織する自衛団と銃撃戦を行なったことである。そのとき響いてきた粛清の銃声は、人々の心を寒さの極限にまで陥れた。

十一日の朝、嘉義市の議員たちは会議を開き、代表団を組織して水上飛行場へ送り、軍隊の指揮官と平和的な解決に向けて話し合うことを決議した。決議のあと、自らすすんで行くことを希望したのは八名だけであった。他の議員らは自分の能力不足を口実にし、議長も病を理由に辞退したので、副議長の潘木枝が代表団を率いた。

正午に、五十二歳ですでに背の少し曲がった陳澄波が、議場から急いで帰ってきた。日本文化の染みついた身には、まず家で背広に着替えて正装で飛行場へ行き、客人――軍隊に相対するというのが、礼儀正しく理にかなっていると思われたのだった。

家に帰ると、はからずも家族全員が家にいた。教員をしている次女の碧女は、授業が休みになった。台北師範学校で勉強中の重光も、学校が休みになり実家に避難していた。結婚して台北に行った長女の紫薇(しび)でさえ帰ってきていた。もとはと言えば、台北の混乱を心配した紫薇の夫が南部の実家に避難するよう勧めたのだが、まさか嘉義地区のほうが台北を上回る混乱に見舞われるとは思いもしなかったのである。

陳澄波は家族らが小さなリビングに集まっているのを見たものの、いつものような話をする暇もなく、すぐに二階の寝室に駆け上がり、背広に着替えて、リビングに戻ってから公務用のカバンを整理した。妻の張捷は、家に帰ったというのに室内着にも着替えず、それどころかスーツ姿でバタバタとしている夫を見て、何事なの？ と問うた。陳澄波は急ぎ、何人かの議員が水上飛行場におもむき軍隊と平和的解決について話し合うと朝の会議で決定したことを伝えた。

この話を聞きつけた長女の紫薇と次女の碧女は、慌てて家を出ようとする父親を止めた。

二十八歳になる長女・紫薇は、幾年か前に同じく嘉義出身である彫刻家、蒲添生（ほてんせい）（一九一二〜九六）に嫁いだ。花嫁の父も夫も高名な美術家ということで、当時の嘉義では話題になったものだった。光復初期、台北長官公署は蒋介石委員長の銅像を製作し、台湾人民が仰ぎ見ることができるよう、台北の広場に置くことを計画した。祖国への愛情を育む手助けになるだろうと考えた陳澄波は、制作に婿の蒲添生を推薦した。そんなわけで数か月のあいだ、紫薇は台北の家のアトリエで、夫の手によってだんだんと形になっていく軍服姿の蒋介石像を毎日のように見ていた。先月末に軍民衝突が勃発したときも、紫薇は英明たる蒋介石委員長が台湾に精鋭を送り込み、腐敗した官員たちを処罰して民心を慰め、改革の実施をもう一度宣言してくれるよう祈った……。しかしながら、この幾日かで耳にしたのは、基隆（キールン）と高雄（たかお）から上陸した内地の軍隊が機関銃を構えて次々に人を殺しているということだった。敬愛していたはずのリーダーの行動に震撼した紫薇は、父をみすみす殺人者の手にかけさせてはなるものかと説得を試みた。

二十三歳の碧女は、もっと強く父親を止めようとした。この一年、碧女は内地から軍隊について嘉義に駐在している憲兵中尉と恋に落ち、交際していた。事態が悪化してきたこの二日間、二十一師団が内地から派遣されてきたことを憲兵当局が耳にしたと、中国から来た中尉は内々に碧女に告げた。この軍隊の目的は台湾の秩序維持ではなく武力弾圧であるから、容赦なく人々を殺すだろう。だから家族全員、家から絶対に出てはいけない。碧女は「外に出るだけじゃなく、戦況が一番激しい水上飛行場に行くなんて、羊を虎のすみかに送るようなものよ。みすみすお父さんを無駄死にさせるようなことなんてできない。お父さん！」と声をからして叫び、体を張って父親の行く手を阻んだ。

陳澄波は碧女の烈しい挙動に頭の下がる思いで、目の前の五人の子供らをぐるりと見まわしながら、切なさがあふれ出しそうだった。『私の家庭』を描いたあの年が思いだされる――あのころは、自分も妻もうら若く、紫薇、碧女、重光の三人とも活発な子供で、妻のお腹には白梅もいた。台湾に帰った翌年には前民（ぜんみん）が生まれた。五人の子供たちはあっという間に大きくなり、今は職に就いたり結婚したりする歳になった。人生の大事な時期を迎えようとしているお前たちに、俺はずっと寄り添って最後まで走れるだろうか？　ああ、父がどうしてお前たちを手放したいものか、何故、静かに黙って座っている愛しい妻から離れたく思うものか。しかし、情勢は逼迫していて、逃げることなどできはしまい。

陳澄波はため息を吐き、声を詰まらせながら、最愛の家族にゆっくりと言った。「私の子供たち、お前たちの孝行な気持ちはよくわかっているよ。父親として、どうしてお前たちから離れたいなぞと思うものか。しかし、この情勢を目の前にして逃げることはできないんだ。光復してすぐのころは、政府を信じようと私は人々を励ました、協力し合って新しい台湾を建設するんだと。あのころは、国軍が民を鎮圧するような、今のような事態になるなどとは思いもしなかったよ。私には、台湾の人々に対して道義的な責任、そして十二万人の嘉義市民の安全を守る責任がある。だから私は必ず飛行場に行かねばならない。そうせねば私の良心が許さないのだ。これは責務なのだよ。怠ることはできない。たとえ死ぬことになったとしても……」

陳澄波のこの言葉を聞いて、もう誰も父を止められないことを家族は理解した。これは道義であり、責任であり、死ぬとわかっていても行かねばならない。五人の子供たちは互いに抱き合って泣き始めた。

妻は依然として、静かに傍に座ったまま、何も言わなかった。

陳澄波は泣いている子供たちを見て、まさにいま、自分が生と死の分かれ目にいるのを感じ、鼻の奥がツーンとした。そこで子供たちに、内々の話を始めた。次女の碧女には、既に婚約を済ませた外(がい)省人(しょうじん)の恋人との関係に政治を持ち込まないよう諭(さと)した。人の心は政治を超えられるし、愛情は出身の違いを超えられる、将来結婚するかどうかは自分自身で決めるようにと。続いて長女の紫薇には、夫、添生への伝言を託した。「もし私がいなくなっても、台湾美術界は必ず団結せねばならない。心が離れてはだめだ。それでこそ、台湾の芸術の本質は永劫不滅となるんだ」その後は重光を見て、大学で学んでいる長男にこう語りかけた。「もし父が再び帰ってこられないならば、おまえが家を背負っていかねばならないよ。母の面倒をよく見て、絵を守り、父に替わって遺作展を開いておくれ……」

最後に陳澄波は視線を妻、張捷の上に留めた。このとき突然、妻の体が随分薄くなっているのに気づいた――それというのも何年ものあいだ、愛する妻がこの家のために自らの健康を犠牲にしてきたせいではなかったか？　そうだとすれば、心より真剣に妻の身を案じたことさえない自分は、いざこの時になって何を言えばいい？　もし無事に使命を果たして帰ってこられたならば、よくよく妻には埋め合わせをせねばならぬ！

別れの辛さに耐えながら毅然として公務用カバンを持ち上げた陳澄波は、最後に、イーゼルの上にある完成したばかりの『玉山積雪』に静かに近寄った。絵具はまだ完全には乾いておらず、あふれんばかりの鮮やかな色彩が玉山の神々しさを描きだしている。「ああ！　ついに俺はこの絵を完成させた。もはや「台湾画家」の名に恥じることはない。玉山の絵が完成したならば、俺はもう死んだとしても悔いはない！」そうして、家の外へ一歩踏み出した陳澄波は、敢然と前へ歩きだした。

五人の子供らは涙にまみれながら家の入り口に立ち、手に公務用カバンを下げた父を見送った。子供らが見る父の後ろ姿には、いつも決まってイーゼルが掛けられていた。でも今、遠くはかなくなってゆくその肩に、背負われるものは何もない……

◆◆◆

「お父さんはこうして家を出て行ったの、やるべきことをやるために」碧女は言った。「そして、生きて戻ることはもうなかったわ」

方燕と阿政は驚いて碧女を見た。重苦しい空気があたりに立ち込める。

「和平団となった八人の議員たちは飛行場に到着した後、軍に対して平和的な解決を表明した。だけど、その願いは聞き入れられなかったどころか、逆に拘留されてしまったんだよ」陳重光は低い声で言った。「数日後、軍は四人の議員を釈放した。残されたのは、普段から政府に対してもっとも口やかましかった議員たちで、父はその中のひとりだった」

「それから？」方燕が問うた。

碧女は、ゆっくりとそれに応じた。「お父さんは十一日に捕まったあと、生きているか死んでいるかも不明だった。父親がいったいどんな罪を犯したのか、どうやって救いだしたらよいかも、家族はわからなかった。母は台北の古い知りあいを通じて、地位の高い政府の関係者に父を助けてもらうよう頼んだわ。でもダメだった。巻き込まれるのを恐れて会ってもくれないのか、もしくは軍に軟禁されたのか、それはわからない。後になって、〝白〟という苗字の将軍が台湾に来ると聞いて陳情の手紙を書いたけど、なしのつぶてだった。つまり、私たち家族の努力はすべてなんの役にも立たなかったってこと。そして三月二十五日のあの日がやってきた……」

◆ ◆ ◆

一九四七年三月二十五日、嘉義市内、午前八時過ぎ。

緑色の軍用トラックは水上飛行場から四名の議員を乗せてまっすぐ嘉義市内に入り、民衆に警告し威嚇するかのように市内をゆっくり走り回った。

ちょうど街頭には民衆が集まり、議論を戦わせていた。そのなかの熱心な幾人かが、大きな叫び声をあげた。「みんな出てこい！　早くだ！　白旗を挿したトラックが、飛行場から議員たちを乗せてやってきたぞ。みんな早くこい！　議員を助ける方法を考えるんだ！」

蘭井街の家の玄関口でこの声を聞いた重光は、急いで中にいる姉を呼んだ。

「姉さん、姉さん、早く来て、お父さんを見た人がいるんだって、ほら早く！」

この言葉を聞いて碧女も飛び出してきた。

「どこ？」

「あの大通りのあたり」

重光は蘭井街の向こうの中山路を指さした。碧女は押っ取り刀で駆けてゆき、重光も後を追った。走りに走ってふたりが中山路まで来たとき、十日あまりも行方知れずだった父親がトラックの上で縛られているのが見えた。車の上には四名の議員がいた。潘木枝、柯麟（かりん）〔一八九五～一九四七〕、盧鈵欽（ろへいきん）〔一九一二～四七〕、そして父親の陳澄波である。四人は四肢を縛り上げられ、赤い色で名前の書かれたプレートが背に差し込まれている。四人の顔の傷に、きびしい拷問を受けたことが見て取れた。それぞれの議員のそばには小銃を持った軍人が二人待機し、睨みを利かせている。姉弟は驚愕に耐え、懸命に軍用トラックを追った。次々と大通りを通り越して走っているうちに、ついに父親との距離が縮まった。

軍用トラックが噴水池のそばで一時停車すると、路上の市民らは足を止めトラックを茫然と眺めた。突然「議員は無罪だ！」と誰かが叫んだ。それから次々に多くの市民らが口々に「議員は無罪！」の声をあげた。すると、思いがけず「パン！　パン！」と音がして、人々は騎楼（きろう）〔建物の一階部分が歩道になった中国式アーケード〕の柱の陰に身を隠した。トラックの上の兵士が発した威嚇砲だった。

しばらくして、トラックはゆっくりと前進を始めた。

碧女と重光は連れ去られる父親を見ながら、身のすくむ思いだった。碧女は急いで弟に「重ちゃん、私は大通りを行くから、あんたは路地を行って。ふたりで分かれて追いかければ見失いっこないから。いい？」「わかったよ、姉さん」碧女は騎楼に沿って、小走りにトラックの後をこっそりつけた。重光も路地を抜けて後を追った。

トラックは噴水を一周した後に、のろのろと中山路に沿って駅へ向かった。道行く人々は車の上の銃を持った兵士の姿を見るなり、恐ろしさのあまり次々に身を隠した。しかし、車の上の議員たちにお辞儀をしている勇敢な者や、涙を拭きながら手を振って「議員！　お気をつけて！」と叫ぶ者もいた。

トラックの走る道々で市民たちは涙を流し、手を合わせていた……

◆　◆　◆

「そのあと、トラックはなぜか停まったの」碧女は、方燕と阿政に向かって話を続けた。「こっそりとトラックに近づいて、だいたい五、六メートルまで近づいた時だったかしら。わざと日本語で小さく「トオサン」って呼んだの。父は振り返って私を見て、かなり動揺したみたいだった……」

そこまで話して、碧女は突然下を向いた。目の周りはもう涙にぬれていた。方燕はバッグからハンカチを取り出し、碧女に差し出した。碧女は軽く涙をぬぐってまた口を開いた。「父と目が合った私は、気が昂って叫びだしそうだった。お父さんも興奮して口元を小刻みに震わせてたわ。まるで話しかけようとするみたいに。でも、父は傍で銃を持っている兵士を見回して、口を開くことはできなかった。ただ軽く私に向けて頭をゆすったの、早く帰れって」

陳碧女は嗚咽しながら言った。「でも帰れるわけなんてない。私はずっとお父さんを見てた。だけど、兵士たちが怖くて声をあげることはできなかったわ。目を逸らすことなく、ただボロボロと涙を流しながら父を見つめていただけだった……」碧女はまた軽く涙をぬぐった。「あの時、父と見つめ合った時間は、ものの一分にも満たなかったかも知れない。でも私たち父娘にとってみれば、百年ほどにも長く感じられたわ。気がつくとトラックはいきなり前へ向かってスピードを速め、私たちは引き離されてしまった。もっと力を振り絞って追いかけたわ。必死だった。アーケードの人や屋台にぶつかって、下駄もいつの間にかどこかに落としてしまって……」

◆◆◆

一九四七年三月二十五日、嘉義駅、午前九時。

軍のトラックを追いかけて碧女が嘉義駅まで来ると、弟の重光はいち早く到着していた。この時、トラックは駅の正面口に停まった。附近の住民は何事かと好奇の目で見ている。兵士がまた「パン！パン！　パン！」と空に向かって銃を撃つと、人々は驚いて鳥のように散っていき、騎楼の柱の後ろに隠れた。兵士は後ろ手に縛られている議員らを蹴ってトラックから降ろした。車の後ろに転がり落ちた四人は立ち上がることもできず、地べたにうずくまっている。

兵士が議員らの傍に来て大声で叫んだ。「ひざまずけ！」続いて、とりわけ殺気を帯びた兵士がひとり議員の後ろに立った。言葉もなく、何かを読み上げたりすることもなくただ銃を持ち上げると、お祭りの射的場で風船でも撃つかのように、ひざまずく議員に発砲した——「パン！」議員がひとり倒れた。「パン！」二人目の議員が倒れた。周りで見ていた人々はその銃声の大きさに死ぬほど驚き、同時に、その場で次々と倒れ血を吹き出して死んでいく「和平団議員」たちのむごい姿を見て、戦慄して動けなくなった。

陳澄波の処刑は最後であった。兵士が最初の二名を撃ち殺し、次に撃たれたのが陳の前にいた潘木枝医師だった。潘副議長がいきなり大声で「民主万歳！」と叫ぶと、兵士は少しの容赦もなく発砲した。「パン！」銃声があたりに響き渡った。潘医師は撃たれると、陳澄波の足元に倒れこみ、息絶えた。陳澄波は堪らず「木枝さん、木枝さん……」とうめき声をあげた。

次に兵士は横に一歩踏み出し、陳澄波の後ろに立って銃を構えた……突如として、碧女が走ってきて中国語で叫んだ。「私のお父さんは善い人です、ちゃんと聞いてください、無実の人を殺さないで！」

陳澄波が振り向くと、碧女と重光、ふたりの子供らが、兵士の前に果敢に立ちはだかっている。

「碧女、重坊！」陳澄波は大声で呼んだ。

「くそったれ！　どけ！」兵士は碧女を蹴り上げた。

碧女は倒れこみ、重光はすぐさま姉に駆け寄り抱き起こそうとした。その時だった。兵士が照準を定めると、陳澄波も大声で叫んだ。「正義万歳！」そして、陳澄波の後ろで「パン！」という音が響いた……

碧女と重光は悲鳴をあげ、泣き崩れた。「お父さん……」

◆　◆　◆

「銃殺のとき、兵隊は罪状のひとつも読みあげなかったわ。ただ、「パン！　パン！　パン！」って次々に……」碧女は泣いていた。「まだ覚えてるわ。一発で死ななかった父に、兵隊が二発めを撃ちこみ、それで父はこと切れたの。あの時は狂ったように泣いたわね。でも、叫んでも父の命はもう戻らない。そうやって私は、お父さんが死んでいくのをこの目で見ていた……」

方燕の目からも大粒の涙が流れた。

「潘医師の次男はその時、トラックに近寄りすぎて射殺されたよ。父子が同じ命日だなんて、こんな悲惨なことがあるだろうか。私と姉が生きのびられたのは、運がよかっただけだろうね」陳重光が悲しげに言った。

方燕と阿政は驚くしかなかった。

空気が固まったようになり、息をするのも苦しいぐらいである。

ぬぐってもぬぐっても、碧女の涙は止まらず次から次へとあふれだした。「私、幼いころから活発でね、バレエを習ったこともあるし、父について油絵も学んだ。でもこの世にどんな罪や苦しみがあるかなんて、父が目の前で死んでしまうまで知りもしなかったわ。そして、いかに自分が無力かも……あのとき思い知ったの、この世界の邪悪さをね！　噴水池は父が生前によく絵を描きにいった場所よ。縛られてその前を通り過ぎた時、父は心の中で何を考えたかしら？　かつて父が文明進歩の象徴として、絵画を通して讃えていたあの場所の前を、父は命の最後の旅のなかで、非文明の極みのようなやり方で通らねばならなかったなんて、なんという文明への皮肉でしょう？　それからというもの、私はもうあの噴水池の前を通りたくないの。通っても、ずっと目をつぶっている。だって目を開ければ父の大きな、私に語りかけているみたいなあの二つの目が見えるようで……」

陳碧女が言葉を切ると、周囲を沈黙が包み、時間が止まったようになった。しばらくして、碧女はいくらか落ち着きを取り戻してまたゆっくりと口を開いた。「三月二十五日のあの日は、ちょうど中華民国の美術の日だったわ。国家の美術の日に一人の画家が死ぬなんて、それって栄光？ それとも悲哀かしら？ 父の死後、私と軍人の恋人は結婚したの。ふたりとも仕事を失うのが恐くて、私はこの『望山』に国旗を描き入れ、新居のリビングに掛けたの。あのちょくちょく巡回してくるうるさい特務に、もう二度と傷つけられないように」

方燕は顔いちめんを涙でぬらし、阿政もこっそり目元をぬぐった。陳澄波と娘の目が合ったときのことを想像したが、そのつらさをどうしたら描き出せるか見当もつかなかった。そんな思いをすれば、どんな画家だって絵筆なんて持てやしない！ 阿政は心の中でため息を吐いた。


その夜、方燕と阿政はあてもなくぶらぶらと歩き、知らぬうちに嘉義公園へと来ていた。ネオン街の灯りはすでに消え、嘉義は黒い夜のなかにある。ただ時々、スクーターのライトが流れ星を描くように通りすぎた。ふたりが鉄のベンチに腰かけて夜景を眺めていると、公園は何とも寂寥に満ちた悲しみをあらわしているように感じられた。

阿政がほうっと息を吐いた。「ああ、ゴヤの絵を思い出すよ」

方燕はリュックサックからショールを取り出し、夜になって気温が下がり少し冷えてきた体にまとってから訊いた。「どんな絵？」

「『一八〇八年五月三日』」阿政は煙草に火をつけて言った。「一八〇八年、ナポレオンの軍隊がスペインに来た。現地の人々はこの軍隊が貴族に対抗して庶民を守ってくれると思っていたのに、軍隊は人々の虐殺をはじめた。昼も夜もなく殺戮は続いて、大地は血で覆われた。ゴヤは悲しみに耐えて歴史上はじめて、政治的告発の絵を描いた。惜しむらくは、台湾にはそういった絵がないことだね」

「皮肉ね」方燕はショールを首元できつく閉じ合わせるようにして言った。「叛乱罪で死刑になった人の名簿に陳澄波の名前がなかったのは、そもそも裁判も何もなく処刑されたからなんだね」

「台湾でそんなことが起こってたなんて知らなかったよ、哀しいかな」阿政は嘆息した。

「だって私たち、騙されていたんだもん」方燕はため息を吐いて言った。「酔月湖でした話、覚えてる？　台湾の独裁体制のこと」

阿政はうなずいた。方燕は続けて言った。「実はこの数日、そのことを考えてたんだ。これからどう頑張ったらいいのかってことも」

「っていうのは？」

「台湾が民主国家じゃないなんてこと、とっくにわかってはいたよ。でも、民主主義体制を進めるっていうのは、独裁者さえいなくなれば解決するなんて簡単な問題じゃないよね。民主主義の理念を広めたり、文化教育や啓蒙活動と両輪でやらないと」

「つまり？」

「かつて蔣渭水たちが、文化改革を進めたようにさ。市民の文化的な素養がなければ、民主制度が手に入っても、交通ルールを知らない運転手がでたらめな運転をするようなものじゃない。だから選挙で票を買うなんてことが横行する。市民に備わった素養こそが、民主主義成功の鍵になるんじゃないかな。だから私は、本当に独裁体制を倒すことができるものは教育だと思う。しかもそれこそが、党と国家の結びつきを打ち破る方法なんだよ。これはニューヨークで得た気づきなんだけど」

「気づき？　どんな気づきさ？」

「五番街で様々な皮膚の色の人たちが行き来するのを見ながら、ずっと一つの問題について考えてたんだ。どうしたら、人と人は一つの家族になれるのかって。皮膚の色や人種、国籍や言語でお互いの関係を判断するのか？　ずっと考えてるうちに、ひらめいたんだ、そのどれでもないなって。要は、文明による結びつきが重要だって」

「文明？」阿政は目を見開いて方燕を見た。

「そう！　文明の水準が近くなるほど、人は一つの家族になれる。同じ文化、同じ民族、同じ母語を持っていたって、文明水準の差がとても大きい人とは隔たりが深くなる。思うに、台湾政治の対立でどっちが正しいかを討論するより、むしろ共に信じることのできる文明制度を求めて努力することが大事なんじゃないかな。この文明制度っていうのは、西側国家みたいに自由、人権、民主、法治を追求するってことだよ。人々の文明的な素養が高まれば、独裁者がその座を下りる日はきっと来る。だから、私たちがこれから努力しないといけないのは、文明を通して台湾の人々の素養を向上させることだよ。これこそが、陳澄波の暗号の答えを探している間、あなたと行動する私を支える原動力だった」

ひと息で話し終えた方燕の目は、深い知恵を湛えた輝きを放っている。

「方燕、本当にそのとおりだね」阿政は声を詰まらせた。「だから僕たちは陳澄波の作品を世の中に広めて、あの時代の芸術の思想をもっとたくさんの人々に受け取ってもらわないとだな。そのためにも、まずは暗号を解読しなくちゃ。もしそれができたなら、澄波さんもあの世できっと泣き笑いしてくれるな」

「そうだよ、解読しよう!」方燕は期待を込めた目で阿政を見た。「じゃあ……この二日間の頑張りで、なにか成果はあった?」

「かなり近づいたとは思うけど、もう一つハードルがある。昨日、僕、陳澄波の文章を書き写していたろ?」

「そうよ、あのとき何を書いてたの?」

阿政はそそくさとリュックサックの中のノートを開いた。

「これは一九三五年の文章だよ。彼の芸術観が論じられている。ほら、こう言ってる。『物を説明的に理智的に見て描いた絵は情味がない。よくできても人を呼びつける力がない。純真な気持ちになって筆の走るままに製作した絵は結果においてよい……』この話は、陳澄波の技法ミスが間違いなくわざとだってことを証明してるんだ」

「なんのために?」

「あーあ! それが、まだよくわからない」阿政は嘆息した。「足りないパズルのピースは、最後のひとつまで来てると思う。ただ、それがどこにあるかわからない」

「重光さんに直接たずねてみない? 助けてくれるかも」

「うん、答えがわかる最後のチャンスかもな」

翌朝早くふたりは、引き続き陳重光を訪ねるため急いで宿を出ようとした。すると、エレベーターを出たところで思いがけず、サングラスの男がフロントで何かを訊いているのが見えた。「あいつらは出かけたのか？　男ひとり、女ひとり。女は新聞記者だが……」

阿政は、どうして嘉義に自分たちを知っている人がいるのかわからず驚いた。阿政が何事かとたずねると、サングラスの男は阿政をにらみつけ、身を翻して立ち去ろうとした。阿政は追いかけて問い詰めた。「待てよ、僕たちを探してるんだろ？」相手は黙って玄関に向かっている。阿政が怒鳴った。「止まれ！　おまえは誰だ？　何のために僕たちを調べてる？」サングラスの男は振り向きざま阿政に一撃を喰らわせた。よろめいた阿政が倒れたすきに男は走って逃げ、路地の中に消えていった。

方燕はこの一幕を目にして驚愕し、すぐに阿政を助け起こして怪我はないかとたずねた。阿政は目をチカチカさせながら、頭を振って無事なことを示し、すぐにたずねた。「あの男は君の新聞社の人？」方燕は頭を振った。「違うと思う。新聞社も見張られてる。出どころ不明の「関係当局」の人にね」

「関係当局！　関係当局だと！　何かあればぜんぶ関係当局だ！　くそったれ！」阿政は烈しく罵ったあと、方燕の置かれた状況を思い出して彼女の手を握り締めた。「怖いか？」

「陳澄波の話を聞いた後だから、怖くないよ。最悪死ぬだけでしょ」

「このことは重光さんには黙ってよう、心配させたくない」

陳家に到着すると、阿政の目の周りの青あざが陳重光の注意をひいた。「その怪我、どうしたんですか?」阿政は努めて落ち着いた調子で、何でもないと告げたが、横にいる方燕はまだショックを受けている。陳重光はふたりのおかしな様子を見て、すぐに事情を察した。「サングラスをかけた人に会ったんでしょう?」阿政はどう答えればいいかわからず、首を垂れた。重光は嘆くように言った。「申し訳ない、伝えるのを忘れていました。うちは関係当局の監視下にある世帯なんです。サングラスをかけた人が附近を巡視していて、知らない人の出入りがあるのを見かけると、誰なのか調査するんですよ……」

「大丈夫ですよ、重光さん」方燕は笑顔をつくり、重苦しい雰囲気を解きほぐそうとした。「本当に、心配ご無用です。私たちは今、陳澄波と陳植棋が追い求めた革命精神でいっぱいなんです。きっと今日が、われわれの革命がはじまる最初の日なんですよ」

「そうです、気にしないでください。引き続き巨匠の絵を観賞できると思えば、気分も良くなるってもんです。重光さん、どうか僕らを連れて行ってください」阿政は真剣に言った。

「うん、あなたたちは勇敢だね。そうしたら続けましょうか」

陳重光は鍵を開けて、陳澄波の絵が置いてある部屋に再びふたりを連れて入った。

阿政がもう一度絵を観たかったのは、暗号を解く最後のチャンスがこの部屋にあるかもしれないと考えてのことだった。もし今日、この絡まりあった糸の大元にたどり着けなければ、陳澄波の絵に埋め込まれた「意図」はもう永遠に謎のままだと思い、阿政は緊張と焦りを覚えた。阿政が絵を観るのに集中しているとき、方燕は沈んだ空気をやわらげようと陳重光に話しかけた。「本当にたくさんの絵がありますね」方燕は四方を見回して言った。「素晴らしいコレクションです」

「そう。父の死後、面倒を恐れてあわてて絵を燃やしてしまう人もいました。でも母は、命がけで絵を保存した。だからたくさんの絵を残すことができました」

「ええ、陳夫人の勇気を尊敬します」かの女性の意志の強さを、方燕はしみじみと感じ取った。

「ここの絵はすべて当時、母が隠していたものです。あるものはベッドの下に、あるものは衣装ダンスに、あるものは農具倉庫にと、ずっと暗がりに置かれていました。だから毎年夏になると、母と家族で絵を取り出しては太陽に当てていました。まるで西洋人が日光浴をするみたいにね」陳重光はおどけたような笑顔を見せたが、すぐにその笑みは消えて、哀しそうに言った。「カラスミを干すときは、盗まれないように誰か雇って見張らせるものだが。我が家の場合は、関係当局に没収されるのが怖くて、家族を見張りに立てながら父の絵を日光に当てたもんですよ」

重光が話している最中、方燕は部屋の隅にあったひと巻きの古い布に触れた。当時使われなかったキャンバスだろう、そう思いながら方燕が何気なく布を広げると、あいだに一枚の絵が挟まれていた。まだらになった白黒の木版画である。

重光はそれを見て、その版画の出どころについて話し始めた。「二・二八事件の当時、台北の黄（こう）という記者が民衆を鎮圧する軍隊を目撃した。銃で次々に人を殺していく様子を見た彼は非常に憤り、心を痛め、密かにこの版画を作って上海の新聞に載せました。半年以上経ってから、黄という記者は内々に我が家に来て、この版画を母に手渡したんです。かつて台北で私の父と政府の政策について議論した、政党は違っても心は通じあっていた、と言ってね。そこで、この版画を記念として保存してほしい、そう言って私の母に託したんです。黄さんが帰ったあと、母は後々の禍になることを怖れて、この版画を焼くように私たちに言いつけました。でも二番目の姉が嫌だと言って、こっそりしまい込んだんですね。そんな事、いつの間にかほとんど忘れていたな」

『恐怖的検査』黄栄燦，1947 年

方燕はそれを聞いて、その黄栄燦記者については李石樵から聞いたと重光に伝えた。

阿政もその版画をまじまじと見て、構図、線、劇的な緊張感に感心した。歴史の白黒写真のようである。色は一色だが、時間を超越して人々をして深く考えさせる力があった。台湾の画家たちは戦後に一様に畏縮してしまい、歴史をあえて絵に残すことはできなかった。だが幸いなことにこの版画が残り、歴史に無言の記録を残した。大したものだ……阿政は何度もうなずいた。

再度じっくりとこの版画を眺めた重光にも、昔の出来事が目の前で起こっているかのように思い出された。父親たちの世代の印象派画家は、版画を芸術だとはまるで認めていなかった。しかし結局は彼らの運命を描き残したのは他でもない版画だったのだ。重光はため息をついたあと、こう続けた。「あの黄さんも後で銃殺されたと聞きました。ああ、英雄の真価は英雄にしかわからない。とはいえ、最後には二人とも時代の不条理から逃れられなかったとは」

阿政と方燕は、黄栄燦の末路に息を呑んだ。大陸から台湾へと正義の国を求めてやってきた一人の熱血青年が、統治者の悪魔のような所業を暴こうとして、結局はその悪魔に呑み込まれてしまったとは。ふたりは嘆かずにはいられなかった。

「もしこの黄記者が台湾に来ていなくとも」阿政は言った。「正義を追い求める彼のような個性は、中国に残っても、その後の政治闘争に巻き込まれて命を落としたかもしれない。陳澄波と黄栄燦、どちらの政党を支持したにせよ、結局、すべての理想はただの夢に帰してしまったんだな」

重光も阿政の言葉を聞き、たまらずこう続けた。「二・二八の後、三郎おじさんは何度か逮捕されて尋問を受けました。この時から多くの画家たちが、社会的リアリズムといったテーマに触れるのをやめ、抽象画を描くようになりました。王添灯、蘇新、呂赫若、楊逵……すべての文化人は、死ぬか、逃げるか、投獄されるか。投獄されていなくても、魂は自由ではなかった。和服に一生袖を通さなかった献堂翁も、最後には日本に逃げて難を逃れました。それに、王白淵おじさんも三度投獄され、悲惨な獄中生活だったそうで、最後、出獄してから間もなく亡くなりました。当時、正義のために日々闘っていた先人たちは、正義が支配者の単なるスローガンでしかないことをまざまざと思い知ったんですよ！」

「そうです！」阿政は応えた。「あの時代の人たちは、左派か右派かで罪に問われたんじゃない、正義に燃えることこそが罪とされたんだ。正義を追い求めるものは、どの政党を支持しようと結局は独裁者によって亡き者にされたんです」

「ということは」方燕は思い当たって言った。「もし陳植棋が生きていても、二・二八の殺戮で命を落としたかな？」

三人の胸の内は激しく波打った。

しばらくして、三人はだんだんと落ち着きを取り戻した。

阿政は引きつづき陳澄波の絵を調べ、暗号を解読するのに集中しはじめた。まるでシャーロック・ホームズのような集中力である。方燕はその頑張りを目にして感動を覚えたものの、未だ成果が不確かなことに思い至った。方燕は作者の家族に直接たずねたほうが早いのではないかと思い、勇気を出して陳重光にたずねた。「重光さん、変なことをうかがうようですが、私たちは、お父様の作品の技巧に少し奇妙なところがあると思っています。もしかすると何か隠された意味があるのかもしれませんが、どうしてもわかりません。何かご存じですか？」

「父が絵を描いていた頃は、私もまだ幼かった。だから何を考えて描いたものなのか、よくは理解できていません。でも前に楊逵おじさんから聞いたのは、父の絵には、頼和（らいわ）〔一八九四～一九四三　作家、詩人〕が進めた『白話文学』の精神があるということでした」

「どういう意味です？」方燕にはわからなかった。

「民衆が誰でも見てわかる、好きになる絵であるということです」

「それで？」方燕はさらに訊いた。

「それでとは？」陳重光は、困惑した表情を見せた。

「そう、絵の背後に隠された意図とは一体なんなのでしょう？」方燕は興奮した口調で言った。

「隠された意図？」方燕の問いに、重光は戸惑いを深めた。

「そうです」方燕はまくしたてた。「陳澄波は学校で専門的な訓練を受けたし、正しいテクニックを知らなかったはずはありません。でも彼の絵には、多くの技巧的な誤りがあります。無意識にというのはあり得ないし、意図的だとすればその目的はなんでしょうか？　私たちは、そこにはたくさんの暗号があると思っているんです。でもその意義や目的がなんなのかもわかりません。その暗号には、きっと何かしら象徴的なものがあるはずなんです。そこに込められた意味を解き明かせば、絵の意図も、作画上のミスをあえて犯した動機もわかると思うんです。だから、お願いします、お父様の絵の暗号の答えを教えて……」

方燕の爆竹のような勢いの問いかけに重光は圧倒され、何と返していいかわからず、しばらく固まっていた。

「これは、これは」陳重光は申し訳なさそうに答えた。「隠された意図というのは、私にもよくわかりません……」

方燕は動揺して、心の中でうなった。『陳澄波の暗号がここで解けなかったら、今日まで続けてきた取材も、研究や分析、討論もすべてが水の泡になってしまう……』

ふたりが気まずくなって黙り込んでいると、そばで一心不乱に絵を見ていた阿政がちょうど『私の家庭』を見つけ、思わず声をあげた。

「あ！『私の家庭』があった！　僕を魅了して、困らせてきた作品ですよ。この前来たときは見つからなかったのに、やっと会えたな」そう言って、阿政はつぶさに観察を始めた。

「この絵は上海での戦争という危機を乗り切り、白色テロの歳月の中でも寄り添ってくれた。私たち一家にとって、もっとも思い入れのある一枚ですよ」重光は言った。

『私の家庭』左下の本の表紙に『プロレタリア絵画論』とある（口絵 iv 頁参照）

方燕も絵を覗き込んだ。

「違う！」突然、阿政は大声をあげた。「絵の中の本には題名がなかったのを、はっきりと覚えています。なのに、この真跡にはどうして日本語の書名が？」

「一九七九年の遺作展の画集と違うって言ってるの？」方燕が確認すると、

「そうだ！」阿政は答えた。

「ああ！」陳重光はため息を吐いて言った。「遺作展の画集の方は、本のタイトルを塗りつぶしたんだ」

「どうして塗りつぶしたんですか？」

陳重光は一瞬、どう答えるか悩んだ。

「またタブーですか？」方燕は、陳重光を見た。

重光は静かに口を開いた。「実を言えば、この絵は一九七九年の遺作展には出品していません。この本のタイトルが原因でね」

「その本のために？」方燕は意味を測りかねた。

「そうです」陳重光は続けて「この本は『プロレタリア絵画論』といいます。著者は日本の画家で学者の永田一脩という人です」

「永田一脩！」方燕は急いで言った。「陳澄波と陳植棋が永田一脩の影響を受けたことは、林玉山と劉新禄の二人からも聞きました」

「そう、永田一脩は社会主義を信奉した画家でした。父が日本で学んでいるとき、永田一脩は若くしてすでに文化芸術界で活躍していました。父は永田さんの芸術観を高く評価し、よくこの『プロレタリア絵画論』を持ち歩いていたんです。父が上海で『私の家庭』を描いていた時、この本をテーブルの上に慎重に置いていたのを覚えてますよ」

「『プロレタリア絵画論』？」阿政はつぶやいた。

「父の死後」重光はつづけて言った。「母は命を懸けて絵を守ろうとした。でも唯一、この本だけは手元に残しませんでした。母にはプロレタリア主義なんてわからなかったが、この本が政治的にセンシティブな内容であることは察していた。家族に危害が及ぶことを恐れ、お参りのときに金紙といっしょに焼いたんです」

「燃やしたんですか！」阿政は惜しそうに言った。

「実際この本は相当デリケートだったから、一九七九年の遺作展の時も、この絵を台北に持って行けませんでした。でも、父や私たち家族にとってこの絵の意味はとても大きいので、父の死後初めての展覧会の中にないというのも口惜しくて、印刷のみというかたちで画集に載せました。それで……」

「印刷するときに書名を塗りつぶしたんですか？」方燕はたずねた。

重光はうなずいた。「本当にそれしか方法がなかったんだ！」

「なんてこと！」方燕も嘆いた。

「『プロレタリア絵画論』？」阿政は再び考え込んだ。

どのぐらい経っただろう。阿政は突然大声で叫んだ。「解けた！　解けたぞ！　すべての陳澄波の暗号を、解いてやったぞ！」

興奮して叫び声をあげる阿政を、方燕は困惑したまなざしで見つめた。重光にいたっては、ふたりが何を言っているのか見当もつかない。

阿政は方燕の手を引っ張り、嘉義市の中心に走って行った。ヒールのある靴を履いている方燕は、何度もつまずき息を切らした。

「本当に解けたの？　My God !」半信半疑で方燕は訊いた。「陳澄波の絵の中に暗号がいくつあったかちょっとはっきりしないけど、全部解けたっていうの？」

「そう、すべて解読したんだ！」阿政は興奮して言った。

ふたりはゼイゼイいいながら嘉義のランドマーク——噴水のあるロータリーまでやってきたものの、

左『私の家庭』の，『プロレタリア絵画論』の書名が入っている部分
右　陳澄波遺作展の画集では書名が塗りつぶされている(《學院中的素人畫家：陳澄波》より撮影)

方燕にはまだよくわからない。

「ねえ、なんでここに連れてきたの？」方燕は訊いた。

「話すためだよ、陳澄波の暗号について！」阿政は真剣な表情で交差点を見つめた。

「この場所と関係があるの？」

「もちろんだよ。絵と現場とを比較してほしくてね」阿政は大通りを指さした。「見ろよ、ここは中山路と文化路の交差点だ。これが陳澄波が当時『嘉義街中心』を描いた場所だよ」阿政はそう言いながら画集の『嘉義街中心』のページを開いた。

「うん、見えたよ」方燕は答えた。「絵の上部にある噴水は今のものと同じだね」

「そう」阿政は言った。「この絵の周囲の景観と今の様子はもう変わってしまったけど、街の奥行きや地面の高さはそう変わってないよ。でも絵と見比べると、わかるだろ？　奥行きが足りないから、遠近感がはっきりしない。次に、全体に俯瞰の視角を取り入れてるけど、左上の建物は水平視角だから、画面に不安定さが生まれている……」

「わかった」方燕が口を挟んだ。「つまりこれが、陳澄波の「二重視角」の問題ね」

「そのとおり。同時に、水平がちょうど真ん中の高さにあって、構図の黄金比率に反してる。目的はわざと地面の面積を強調して、画面のなかの空き地を広くとることだ……」

「うん、わかる。それが陳澄波の「広場の意識」だね」

「そして、小さな通行人の一群が空き地を行き来している……」

「それも前に聞いた山水画の「山川に生命が宿る」という手法ね」

「そう、ポイントはここだよ」阿政は誇らしげに、そして少しもったいぶって言った。「陳澄波が全体をこんなふうに配置しているのは、つまるところ何が目的だと思う？」

「何が目的か？」方燕は好奇心を感じて訊いた。

「行こう、飲み物をおごるよ。それから、ゆっくりと聞かせてあげる」

「ええ？」方燕はがっかりした。「なによ、一番のポイントまで来たってのにもったいぶってさ、もう！」そう言って、方燕は阿政を少しにらんだ。

二人は噴水池そばのかき氷店に入った。店内は客が出入りしてにぎやかな雰囲気だが、会話に影響するほどでもない。

「教えてよ」方燕はスプーンで熱い杏仁茶をかき混ぜながら、阿政にせまった。「陳澄波のこの配置は、一体何のためだっていうの？」

「わかったよ、聞いてくれ」阿政は紅茶を一口飲んで説明をはじめた。「陳澄波は広場を行き来する人々を見ながら、ひたすら風景と民衆を結び付けようとしたんだ。庶民の人生を記録して、自然の美しさを描き出す。それを千人万人の大衆に観て楽しんでもらう。だって彼が最も関心を寄せたもの、それは庶民だよ。こうともいえる、彼は庶民のために絵を描いた……」

「プロレタリア芸術のことを言ってるの？」

「その通り、『プロレタリア』はドイツ語の Proletariat のことで、意味は労働者階級を指している。プロレタリア芸術は社会主義を信奉する人々が推し進めた芸術観だ。芸術は必ず人々の生活に即したものとして、労働者階級の真実の姿を伝えるべきだという主張だよ。一九二〇年代にヨーロッパからこの考え方が日本に伝わったとき、日本に留学していた王白淵、楊逵、陳澄波、陳植棋たちはみんな、この思想のムーブメントに衝撃を受けた。だから、陳澄波は永田一脩の『プロレタリア絵画論』での創作理念を、キャンバスに「広場の意識」を描き入れることで伝えようとした。この「広場の意識」という暗号はつまり、「プロレタリア精神」を象徴してるんだ」

「「広場の意識」という暗号の答えは、「プロレタリア精神」なのね？」

「そうだ」阿政は大きくうなずいた。「絵の中にこんなにも空き地が多いのは、土地の上の人びとを示すと共に、彼のプロレタリア精神を表してるんだ！　言い換えれば、土地は庶民の象徴であり、庶民はプロレタリア精神を代表するものなんだよ。これが一つ目の答えだ」

「ということは、陳澄波の広場は土地と庶民を具現化したもので、それは彼の追い求めたプロレタリア精神によるってこと……」

『淡水夕照』，1935 年．風景のなかには小さな庶民の姿が見える．右は街の部分の拡大図

方燕はしばらく考えてからもう一度たずねた。「じゃあ、二つ目の暗号に関してだけど、風景画の背後に隠されている意図っていうのは？」

「うん」阿政は引き続き、興奮した身ぶりで説明した。「陳澄波が交差点に立っていたとき、つまり広場で絵を描いていたとき、彼の焦点は事実上「人」にあった。それに彼は小さいころから漢文化の薫陶を受けてるから、伝統的山水画の「山川に生命は宿る」という概念で絵の中の人物を配置してる。人物はとても小さな点景にすぎないけど、この点景は生命力に充ちている。どの人物も、みんな豊かな動きと属性を持っているし、かつての彼の文章にも書かれてるよ。「二、三人の人物を描くことで画面は生き生きとし、この絵で最も注目を受ける中心となる。これは私の努力の結晶である」」

「つまり、すべての絵のポイントは人にあるっていうの？」

「そう。この芸術家の、すべての生きとし生けるものへの思いだよ」阿政の口調は更に熱を帯びた。「ゴッホは画商から貧しい人を助ける牧師になり、さらには娼婦の魂を掬いあげる画家になった。その後、またパリに集結した画家たちは、社会主義の理念をもって画壇を改革し、それぞれの行為でもって「ヒューマニズム」を探し求めたんだ……」

「じゃあ陳澄波は、ゴッホと同じ理想に身を燃やしたってこと？」方燕は独り言のように言った。

「覚えてる？」阿政は続けた。「陳澄波と陳植棋はどちらも淡水の赤い瓦を描くのが好きだったろ。陳澄波は言ってた。『淡水の山に立って街を見下ろすと、一軒一軒の赤い瓦屋根がある。そこには多くの人々がそれぞれの家で、生きるために奮闘しているのが感じられる。下町には沢山の往来がある。それぞれの人の生命力の力強さを、赤い瓦屋根に込めたいんだよ……』。ふたりの言葉で言い換えれば、赤い瓦こそが庶民を象徴するものなんだ。そしてこうした捉え方が、まさに「ヒューマニズム」の精神ってわけだ」

「陳澄波の絵はプロレタリア芸術から、ヒューマニズムにまで進んだの？」方燕は瞳を動かして阿政の言葉の意味を考えた。

「そうだよ。だから陳澄波の絵を見ると、風景とは言いつつもむしろ「風景の中に出現した強靭な生命力を持ったちっぽけな人々の姿」を描いてることがわかる。だから彼の絵の焦点は風景画だけじゃない。背後にはもっと別の、本当の意図が隠されている。その意図っていうのが「ヒューマニズム」なんだ！」

「ということは、「人」こそが観察の対象であり、風景画に必ず人が登場する理由も、プロレタリア精神に突き動かされていたからだった。つまりヒューマニズムこそが、陳澄波の創作における究極の使命……そうでしょ？」

「まさにその通りだよ。だから二つ目の暗号——背後にある意図、内的動機とは「ヒューマニズム」である」阿政は力強く頷いた。

「うん！」方燕は軽くうなずくと、杏仁茶を一口啜った。それからさらに疑問を投げかけた。「でもさ……技術的に明らかな間違いがあるっていう、三つ目の暗号の答えは？」

「うん、いい質問だね」阿政は居住まいを正し、解説を続けた。「彼が「風景のなかの強靭な生命力を持った庶民」に情熱を傾けていたとき、専門的な技巧なんて取るに足りないものだったんだ。だから「遠近がはっきりしない、画面が不安定、黄金比率が不正確、二重視角というミス」といったような欠点は、彼にとって大したことじゃなかったってこと」

「それが、あなたが書き写してた彼のノートの言葉か。「物を説明的に理智的に見て描いた絵は情味がない。よくできても人を呼びつける力がない。純真な気持ちになって筆の走るままに製作した絵は結果においてよい……」、さっき言っていたヒューマニズムを際立たせるためね？」方燕は訊いた。

「その通り」と阿政も認めた。

「ということは、『私の家庭』の視角の問題も、テーブルを俯瞰するため？」

「そうだよ。この丸いテーブルは、ひとつの広い空き地でもある。そこに彼は自分が関心のある物を並べた。もうちょっと深く考えてみると、この絵のタイトルは『私の家庭』で『私の家族』じゃない。だから「人」が絵の中のLeading Rolesとは限らず、テーブルに並べた小物こそがポイントなんだ。言い方を変えれば、「家庭」を構成するのは人だけでなく、テーブルの上にある物もふくまれる。

ここに、画家が見せたいと感じる思想と感情が込められているんだよ」

「あ！　思い出した」方燕が突然興奮して言った。「ゴッホとゴーギャンの思想や感情が、人を感動させるって言ってたでしょう。だから時に、画家のそれは技巧よりも重要ってことだよね」

「そうだね」阿政はうなずいた。「まず、絵の中の五人の家族の服装をチェックしてみよう。左から一番目の陳澄波はスーツ、二番目の次女は日本式のマント、真ん中の妻は台湾式の漢服、四番目の息子は中国服、一番右の長女は台湾原住民の服を着てる。陳澄波は家族の服装を通して、多様な文化と民族共栄の理念を伝えたんだと思う」

「つまり異なる民族のあいだの平和ってこと？」方燕は自問した。

「そうだね。次に、この絵をもう一度よく見てみると、陳澄波の手にはパレットと筆がある。これは彼の仕事と理想だよ。二番目の次女の手には外国からのポストカード、これは子供らに国際的な感覚を持ってほしいという期待を表している。真ん中の妻が編み物を持っているのは、家族のための妻の苦労と献身。その隣の息子の手にある太鼓は故郷への思い。右端の長女の手にある本は、知識と追究の象徴だよ。テーブルの上の硯（すずり）は伝統文化を重んじること、手紙は友達や家族との情緒的な繋がり、そして左のこの本が、すべての物の魂のありかだ」

「どういうこと？」

この時、阿政の目は不思議な光を帯びていた。まるで、陳澄波が目の前に立っているかのようだ。

「仮に」と、阿政は言った。「自分の思想を持ったひとりの画家が、じっくり考えて構成した一枚の絵の中に本を描き入れるとすれば、それは画家にとってどんな存在だと思う？　もし君が孤島へ流されたとして、一冊だけ本を持っていけるとすれば、どんな本を持っていく?」

「もちろん、人生で一番大切な一冊よね」

「だろ? 絶対にそのはずだ。だから陳澄波が一番大切にしたのは、社会主義について書かれた『プロレタリア絵画論』だったんだよ。これが、陳澄波が生涯をかけて追い求めた社会正義の根源だ。とくに左翼画家の江豊から、印象派の画風をプロレタリア芸術の罪人とあざ笑われた陳澄波は、自分の絵はブルジョワのお菓子なんかじゃない、プロレタリア芸術の作品だと証明したかったんだと思う。だからテーブルの上に、永田一脩の『プロレタリア絵画論』を置く必要があった。この本で自分の創作に関する立場を証明したかったんだよ。だから、『私の家庭』というこの絵は、人物を描きながら、画家の思想をも描き表したものなんだ」

「ということは」方燕はふたつの聡明な瞳を動かして言った。「テクニックをかなぐり捨てて「二重視角」を使うことで、広場の意識に宿る「プロレタリア精神」を高らかに描き上げたんだね。それは「ヒューマニズム」を追い求め、生きとし生けるものすべてを見つめようとする理念を達成するためだった。これが創作の背後に隠された「内的動機」ってわけね?」

「まったくその通りだよ。三番目の暗号——二重視角というミスは、わざとつくりだされたものだ。目的は、プロレタリア精神とヒューマニズムの実践だよ」

「ということは、ほんとうに陳澄波の暗号はすべて解けたのね?」方燕は驚きと喜びを交えてたずねた。

「ぜんぶ解けたよ」阿政の顔に晴れやかさが浮かんだ。

ふたりはうれしさに腕をのばし、手のひらを合わせて祝い合った。

しばらくすると、方燕の顔から喜びの色がかき消えた。方燕は少し考えこんでから、阿政に問うた。

「じゃあ、陳澄波のそういう思想が、その後の悲劇に影響したのかな？」

「だろうな、というより、決定的な影響があった」阿政は頭を低くして、手でお茶のカップを撫でながらゆっくりと言った。「陳澄波の社会主義思想は、まさに当時のインテリ青年たち皆が共通して持っていたものだ。だから、彼の庶民への思いを示す広場の意識は、公共的な仕事に対する関心の反映でもある。これは陳澄波がのちに政治の世界に入り、政党に加入して議員となった要因でもある」

「そうなの？」

「うん、俺はそう思う。ピカソは独裁者フランコ将軍に対する怒りを伝えるために『ゲルニカ』を描いた。そして結局、フランス共産党に入党することで庶民への支持を示したんだ。だから、画家は公の職務の部外者なんかじゃない。知性のある芸術家であるほど、公の仕事に向かっていくもんだよ」

「よくわかる。チャップリンも社会主義を信じて、最後はマッカーシストによる白色テロの迫害に遭った」

「そのとおり」阿政はうなずいた。

「じゃあ……」方燕は悩みながら訊いた。「もしプロレタリア芸術が社会主義の象徴なら、社会主義は左翼画家たちの信じる思想でもあるわけでしょう。陳澄波のプロレタリア芸術と、江豊の左翼芸術にはどんな違いがあるの？」

「それは、とても複雑な問題だな」阿政は眉根を寄せて思案した。「こんな風にも分析できる——江豊の左翼美術は階級闘争のための創作だけど、陳澄波のプロレタリア美術は庶民に関心を寄せるためだ。これは理念を実践するうえで、後にはそれぞれが異なる政党を選んだ最大の要因だ。なぜなら、共産政権は印象派みたいなブルジョワ的な画風を許さないからね。だから陳澄波は言っただろ。「俺は政治家じゃないし、何が本当のプロレタリア精神か、プロレタリア的価値か、プロレタリア芸術かなんて知るわけがない。わかるのは、芸術作品が政党の宣伝道具になるなんて、芸術家に言わせればまったくバカにされた話だってことだ」って」

「だから、彼は社会正義に関心はあっても赤い政党には入らなかった……」

「そう。「だから俺は、唯物論的芸術観の赤い政党を選ばなかったし、阿棋と一緒に支持していた中山サンの政党を選んだんだ」と言って公の仕事についたように、庶民への関心、そして祖国と三民主義に寄せた熱い期待があったんだよ。そのために、二・二八事件の犠牲者となった。最後に銃殺されたのが嘉義駅の前ということは、陳澄波は「広場に生き、広場に死んだ」と言えるだろうね」

「でも」方燕は沈んだ声で言った。「わからないのは、陳澄波は上海ですでに国民政府の血にまみれたやり方を見てたじゃない？　どうしてまだ、水上飛行場の軍隊と和解できるなんて思ってたのかな」

「あるいは」阿政も低い声で答えた。「自分と陳植棋の革命に対する思いが心の奥深くにあったんじゃないかな。陳澄波が理想を追いかけるとき、そこにはある種ロマンティックともいえる勇気、そう、赤子の心……素朴な愚かさがある。だからこそ、責任を果たしに行かなくちゃならなかった」

阿政はカップをゆすり、暗い赤色をした液体を見つめた。まるで当時の人々の青春の血潮が煮えたぎっているのを見るようで、複雑な思いを禁じえなかった。たった今、自分が導き出したのが本当の答えなのかどうか、阿政にはわからない。そして今、それに答えることのできる人は恐らくいまい。

「何を考えてるの？」方燕が訊いた。

「夜はちょっといいレストランに行ってさ、お祝いでもしようか」

「ダメだよ、道路沿いの鶏肉飯〔ゆでた鶏肉をほぐしてご飯にのせ、タレをかけたもの。嘉義の名物〕を探そうよ。それでこそ、プロレタリア精神だよ」

方燕がそう言って、ふたりは思わず笑いだした。


その夜、ふたりは鶏肉飯を食べてから、今日の成果に心を弾ませて宿へ戻った。するとフロントのスタッフが方燕に、ある男性から電話が欲しいと言伝てを預かっていると告げた。方燕は電話番号を見て、父親からの電話だとすぐにわかり、不安が頭をよぎった。普段なら、父親はめったに電話をかけてこない。方燕が急いで部屋に入って電話をかけるとやはり、方燕の処遇の知らせだった。新聞社から連絡があり、方燕を解雇するという。

深夜、ふたりは宿の非常口から屋上に登った。これは、ふたりがニューヨークで勉強していた時に学んだ反抗だった。夜中に管理人の目を盗み、ビルの屋上に登って大都会の夜景を見ながらワインを飲み、タバコを吸い、大声で歌ったものだ。嘉義の夜景は「ビッグ・アップル」には及ばないが、その時のふたりには反抗的な気分こそ必要だった。新聞社からいわれもない解雇を言い渡された今、一種、反抗的な快感がほしかった。

このとき、宿の屋上から遠くの噴水池、そして文化夜市が見えた。夜市の明かりが街道全体を照らし、この暗い夜にいくらか美しさを添えている。阿政の吸う煙草の煙が、夜風になびいて頭上に流れていく。方燕も阿政の手からタバコを抜き取り、一口吸った。吐き出した煙が目に入り、刺すような痛みに目を細めながら方燕は言った。「老羅がパパに言ったんだって。もうかばいきれない、上司が処理したって」

「じゃあ、君のパパとママは心配してるだろ」

「何を心配するの？」

「仕事がないこと。君がフラフラするだろうってことをだよ」

「ママは昔から言ってた。私は燕だって。いい子で家になんかいられずに、きっと外に飛んでくんだって！」

方燕の軽い調子とは裏腹に、阿政は息が苦しくなった。

「ぜんぶ、僕のせいだ」

「阿政のせい？　ちがうよ」方燕は阿政の肩をぽんぽんと叩いた。「そんなわけないじゃない、最初にこの仕事を受けようって言ったのは私だよ？　それに、今となっては人のせいにしても意味ないよ。ただ悲しいだけ」

「悲しい？」どうしてそんなことを言うのか、阿政にはわからない。

方燕はもう一度ひと息にタバコを吸い、煙をゆっくりと吐き出した。「ウォーターゲート事件みたいな報道のできる記者を台湾が生み出せない理由はさ、新聞社が腑抜けだからだよ。だから悲しい。もちろん、そもそも新聞社が関係当局のやることに同調してるって可能性もあるし。グルになってる、ってやつ？　それにね、もしかしたら人々の民主主義への考えが、現状を変えたいと思うほどに成熟していないってのもあるかも。だから、私たちの道のりはまだまだ遠いよ」

「ああ、このままじゃ台湾は永遠に文明国家にはなれないな」阿政は力なく言った。

「でも私たちには、筆があるじゃない」方燕は落ち着いて言った。「書くしかないね、みんながこの歴史を忘れないように」

「どうやって書くのさ？」阿政は憤った。「この国の体制ぐるみの暴力を、どこのメディアが報道してくれる？」

「最後に正義は勝つって、信じてるんだ」方燕は笑顔を見せ、阿政の肩をたたいた。「今、太陽が見えなくても、いつかきっと霧は晴れるよ」

そうだ、今は太陽は見えずとも、霧はきっと晴れる……方燕の賢明な言葉に心が震え、勇気が湧いた阿政は、心にずっと秘めてきた思いを口にした。

「方燕、心配するなよ。僕が君を養うから」阿政は突然、真面目な顔つきになった。

「私を、養う？」方燕は唖然とした。

「そうだよ。『琳瑯山閣』の修復が終わったら、僕はすぐに『観音山夕照』を描き上げる。それからゴッホと陳澄波の精神を見習って、毎日毎日休まずに、永久に描き続けるよ……」

「それで私は張捷になって、朝から晩まで針仕事でお金を稼ぐってこと？」

「え？」阿政は何と言っていいかわからず、きょとんとした。実直そうな顔がさらに素直に見える。

「ははは」方燕は楽しそうに笑った。「おっかしい。養わなくていいよ、自分でやっていけるもの。でも、阿政の気持ちはわかった。私、真剣に考えてみるね」

方燕の笑い声が、深夜に阿政の耳に格別に甘く響いた。あの年、ニューヨークで知り合った時より、方燕はずっと魅力的になった。阿政は方燕の手にある煙草をもみ消して、しっかりと彼女を抱きしめた。

翌日、方燕と阿政は荷物を持って陳重光の新しい家の住所をつきとめ、別れの挨拶をしにいった。すると、家の玄関扉が閉まっていないことに気づいた。ふたりは玄関のベルも押さずに、直接なかへと入った。

「どなたかいらっしゃいますか？」方燕はリビングの前に立ち声をかけた。

この時、彼らはリビングの隅に座っているひとりの老婦人に気づいた。老婦人は見ず知らずのふたりを見て、体をこわばらせて言った。「碧女、重坊、弟と妹を起こしてちょうだい、悪い人が来たよ……」ちょうど実家に戻って手伝いをしていた碧女が声を聞きつけ、急いでやってきて、台北からの客人ふたりの再訪を知った。

老婦人はまた言った。「早く、早くお父さんが服を着ているか見てきて。早く服を持っていって着てもらいなさい、冷えるといけないから……」

陳碧女は急ぎ老婦人を慰めた。「お母さん、大丈夫よ。記者さんがいらしたの、悪い人じゃないわ」陳碧女はふたりに母親の張捷を紹介し、高齢のために時々頭がはっきりしないことを説明した。

方燕と阿政にとって初めての、陳澄波の妻その人との邂逅だった。見知らぬ他人でありながら、鮮明にふたりの心のなかに像を結んできた女性。いつも黙々と家族のために働き、その身を犠牲にした女性。勇敢に絵を隠し、歴史が夫の無実を証明することを待ち続けている女性。ひとつの文字さえおぼつかなくとも、学のある大多数の男たちよりもずっと、肝の据わった女性……阿政と方燕は、急いで陳夫人に深く、深くお辞儀をした。

そのうち、陳重光も上階から降りてきて、客人に座るよう言った。

阿政は、今回嘉義に来て多くの収穫があっただけでなく、陳澄波の絵を知り、その絵からたくさんのものを受け取ったと重光に告げた。阿政は言った。「僕たちは、陳澄波さんの物語を記録し、その絵が意味するところを探りながら、彼が絵に残した暗号を広く世の中の人に知らせようと心に決めました。今はまだ多くのことがタブーですが、僕たちは「夜明けは必ず来る」こと、正義がいつか必ずやってくることを信じています」

陳重光は感謝の気持ちを述べて、本棚から一冊のノートを取り出し、方燕の前に差し出した。「方さん、父のノートを借りたいとおっしゃいましたね、持ち帰って研究にお役立てください」

「え、本当ですか？」

「もちろんですよ」

「ありがとう……ありがとうございます！」方燕は驚き喜ぶと、大切にノートを受け取った。

それから、陳重光は阿政に、昨晩受け取った報せを告げた。劉新禄が数日前に亡くなったということだった。阿政と方燕は驚きを隠せなかった。阿政は、訪問した際にはまったく衰えを感じさせない話しぶりだったこと、「兄さん、もうすぐだ。もうすぐ僕もそちらに行くよ！」とうめいた劉新禄の言葉が、こんなふうに現実になるとは思わなかったことを話した。劉新禄は二・二八事件で、体は傷つかずとも心に大きな傷を負い、二度と絵筆を持てなかったと碧女は話した。生涯、心を牢獄に繋がれたようなもので、だから嘉義にそんな画家がいたことを誰も知らないのだ、と。

碧女の言葉は、一同の心に切なく響いた。

阿政は言った。「僕は台北に帰ったら、まずは『琳瑯山閣』の修復を進めるつもりです。あの絵の持ち主が誰なのかは今もわからないけど、陳澄波の作品です。陳澄波の心と思想をもって完成させますよ」

「『琳瑯山閣』？」碧女は驚いたように尋ねた。

「ええ」と阿政が答えた。

碧女は弟の重光を振り返った。重光はかすれた声で言った。「実は、私が最初の電話であなた方の訪問を拒んだのは、あの『琳瑯山閣』の絵についてもう考えたくなかったからなんです。あの絵がどれだけ、われわれの心の傷をえぐるだろうと思うと」

「どうしてです？」

方燕の問いに、重光は口を閉ざした。すると、碧女がゆっくりと、埃に覆い隠された過去について話し始めた。

「その年の三月二十五日、私の父が他の議員と共に射殺された後、遺体はそこに放置されたままでした。当時、軍隊は遺族が亡骸を引き取ることを厳しく禁じており、遺体はそのまま置かれて、蝿が飛び交っているのに遺族は傍にも近づけなかったんです。母は父が銃殺されたと知って、心の痛みをおさえながら、父の遺体を引き取りに行くのだと叫んでいました。私たちは母に危険が及ぶことを恐れて、外出させせなかった。正午を過ぎても、母はまだ父を家に連れて帰ると言って聞かず、そうするうちに軍隊が去ったと聞いて、急いで担架を手配したの。その時、私たちが貸してほしいと頼んだのは、嘉義の有名な病院でした。この病院の院長こそ、私の父が親しくしていた琳瑯山閣の主よ。信じられないことに、病院は父の亡骸を運ぶためと知って、どうしても担架を貸してはくれませんでした。結局、私たちは蘭井街の家の玄関扉を担架の代わりにして、父の遺体を運んだのです。家に戻ったのは午後四、五時でした」

陳碧女は少し間を置いて言った。「父の遺体を家の玄関まで運んだ時は、隣近所はもう大騒ぎで。台湾の習俗に照らせば、路上で亡くなった人は何が何でも家に入れてはダメで、必ず路上で葬式をしないと縁起が悪いというんです。母は怒って「夫は立派に出ていったのだから、立派に家に迎えいれます」と。そんな訳で、私たちは父の体を家に運びこんで、『玉山積雪』のそばに置きました」

方燕は阿政を一瞥(いちべつ)した。ふたりの目のふちは赤くなっていた。

陳重光があとをつづけた。「その後『琳瑯山閣』を持ち主が焼いたと耳にし、面倒を恐れてのことだろうと思いました。かつての友人たちのほとんどが、父の死後に私たちとの行き来を恐れるようになったのは、中山服を着た人が家の前をうろつくようになったからです。だから、あなたが電話で

『琳瑯山閣』を修復すると言った時には、本当に驚きましたよ」

「この絵には、描かれた年だけで陳澄波のサインはありませんでした」と阿政は悩みつつ言った。

「おそらくですが、巻き添えを恐れて作者である父の名を消したんでしょう」陳重光は答えた。

「焼かれたはずなのに、どうしてまた現れたのでしょう?」方燕がふたたび訊いた。

「これはわれわれの推測でしかありませんが……」陳重光はひとつ息を吐いて言った。「本当は焼かれていなかったのでしょう」

「焼かれていなかった?」阿政と方燕は同時に驚いた。

「焼いたというのは、あるいは当局に向けて流した噂だったのかもしれない。保身のためにね。それでもひっそりと隠してくれていたのは、つながりを保っておきたかったということでしょう」陳重光はつぶやいた。「あれは彼らが若かりし頃の、芸術的感性にあふれたいちばん幸せな年月を象徴する作品です。ただその後、芸術に対する感性のかけらもない政権によって、両家の関係は深く傷つけられたわけですが……しかしどうあれ、母はいつも言っていますよ。だれもが時代の被害者なのだから、恨んではいけない、過去のことは放っておくのだ！ とね」

次に言葉を継ごうとするものは誰もいなかった。

その時、そばにいた陳澄波の夫人が唐突に独りごとを言った。「早くお父さんのあの白い〝しゃつ〟を洗って、血をきれいにしてちょうだい。お父さんに悪夢を見せてはいけないよ」

方燕と阿政は、その言葉の意味を測りかねた。

陳重光は言った。「母は毎年、父が死んだときに着ていた弾丸が貫通した服を、きれいに洗ってしまっておくように、私の妻に言いつけるんです。母は、歴史的な証拠を残しておけば、いつか世界の人々がそれを見て、父たちの善行を認めてくれるだろうと言う。ただ今は、この服が遺されていることすら、人には言えませんけれどね……」

陳澄波夫人は、独りごとを言い続けている。「ぬれぎぬよ、あんなにも好い人が、こんなひどい死に様で、あの人がどんな罪を犯したのか教えておくれ……」

陳碧女は母を抱きしめて泣き出した。

嘉義に別れをつげて北へと向かう列車のなかで、方燕は陳澄波のノートを読んでいた。阿政はといえば、ロダンの「考える人」の姿勢をくずさずに、窓の外を眺めている。

ふいにノートの隙間から一枚の古く黄ばんだ紙が下に落ちた。方燕は上半身をかがめて拾い上げ、驚きの声をあげた。「見てよ！」方燕が手にしているのは一通の手紙である。方燕は阿政ににじり寄り、二人は一文字一文字をゆっくりと読み始めた。

捷へ

研究所を卒業するまであと二年、将来の仕事について確実なことはまだ言えませんが、夫としての責任は必ず果たすつもりです。絵を描く仕事が衣食に事欠かない保証はないにしても、もし油絵を仕事にできれば、こんなにうれしいことはありません。創作しているとき、わたしの心はとても愉快です。描くことが好きだからというほかに、絵を通じて皆を喜ばせたいとの気持ちもありますが。小さいころ、ばあちゃんが言ってくれた言葉をまだ覚えていますが、ばあちゃんの最大の夢は、外に遊びに出かけることなのです。何故なら、小さく縛られた足のために遠くまで行けず、外の世界がどんな様子かも知らないのです。私は、家が貧乏ならば、ばあちゃんが足を縛られていなくとも、同じく外の世界に遊びに出かけられはしないだろうと思っていました。このことは常に心に引っかかり、いつも考えていました。私が絵を描けば、たくさんの美しい風景をばあちゃんに見せることができる。ばあちゃんに、外の世界がどんなに美しいかを教えることができる。だから私は今、一所懸命に絵を描いて、ばあちゃんや、他の年寄りたち、大人たち、子供たち……みなで一緒に見てほしい。機会があれば彼らに、世界の風景を愛で、芸術を愛おしんでほしいのです！　だから前回、私が台湾に帰った時には、特別に『嘉義の街はづれ』を描きました。それはばあちゃんに見せたかったからです。何故なら彼女はこれまでずっと、嘉義市から外に出たことがない、一度も電信柱を見たことがないのです。捷、これが私の理想です。

昭和三年十月六日　夫　澄波啓上

方燕は読み終わって、軽く涙をぬぐって言った。「急に、陳澄波の新聞記事の言葉、思い出しちゃった」

「どんな？」阿政は訊いた。

「「創作を自分の責務としている人間が芸術のために生きられなかったとしても、芸術のために死ぬならば、それはもうりっぱな芸術家と言えるのではないか？」。思うに、彼はイーゼルの下で死んだ

『嘉義の街はづれ(2)』，1927年

わけじゃないけど、芸術のために死んだんだよね。だって彼の芸術は、プロレタリア大衆だったのだから」

自強号は一路、北に向けて速度をあげている。続いて大きな河川をつぎつぎ越える。濁水渓、烏渓、大甲渓、大安渓……。あの頃、嘉義から台北に向けて、陳澄波はいくつの川を通り過ぎたろう？阿政は心のなかでそう思った。窓の外の景色があっという間に通り過ぎていく。この山並み、この田んぼは、百年も変わらない。当時、陳澄波も蒸気機関車に乗って台湾の至るところに写生にでかけ、講演をし、展覧会をしたのだ。そして彼がイーゼルを背負い汽車の車両に座っていると、隣の老婦人や子供らが興味津々で問いかける。「ねえ、これなあに？」陳澄波は、好奇心に満ちたその顔を、道路、廟の入り口、公園、田園など、絵の中のあの「広場」に描き入れようと思ったに違いない。そして、陳澄波は感謝をこめて言っただろう。「これはね、絵を描くとき使うイーゼルだよ。そして、あなた方を絵の中に招き入れて、動きや姿、感情を描き入れて庶民の歴史として残すための道具でもある。絵の中で、みんなの姿はとっても小さいけど、その意味はものすごく大きいのだよ！」

そう考えながら、阿政は急に激しく動揺した。どうしたの？　と方燕が訊くと、阿政は苦しそうに答えた。「なんというか、僕の父さんや母さんだって、陳澄波の絵の中の人物じゃないのか？　って急に思ったんだよ。いつまでも堅実で働き者な、善良な人たち。そして、一人の画家の目の中に永遠に存在する、最も平凡な人たち。これがトルストイが『芸術論』で言っていた、真・善・美を追い求める芸術の本質じゃないのかな？」

方燕は阿政の手を握りしめ、しっかりと二人は寄り添った。

列車は未だ速度を保ち、まもなく大漢渓(だいかんけい)を越えた。台湾西部の海岸にゆっくりと夕陽が沈む。もうすぐ、黒い夜はあっというまにこの島全体を覆うだろう。しかし暗い列車の中で、ふたりは信じていた。どれだけ黒い夜が続こうとも、夜明けはきっと来る……

——一九九〇年代、二・二八事件のタブーは民主運動によって破られ、陳澄波の作品も徐々に陽の目を見るようになる。

——一九九三年、嘉義の地元の人々に「澄波さんの奥さん」と親しまれた張捷がこの世を去る。出棺の際には、嘉義市民が街中に列をなした。

——一九九四年、文化の日に「陳澄波百年記念展」が嘉義市で盛大に催され、張捷が長いあいだ私蔵していた陳澄波銃殺後の写真が初めて公開される。

——一九九七年、「台北二二八記念館」が設立され、弾丸が貫通した陳澄波の白いシャツが館内に展示される。

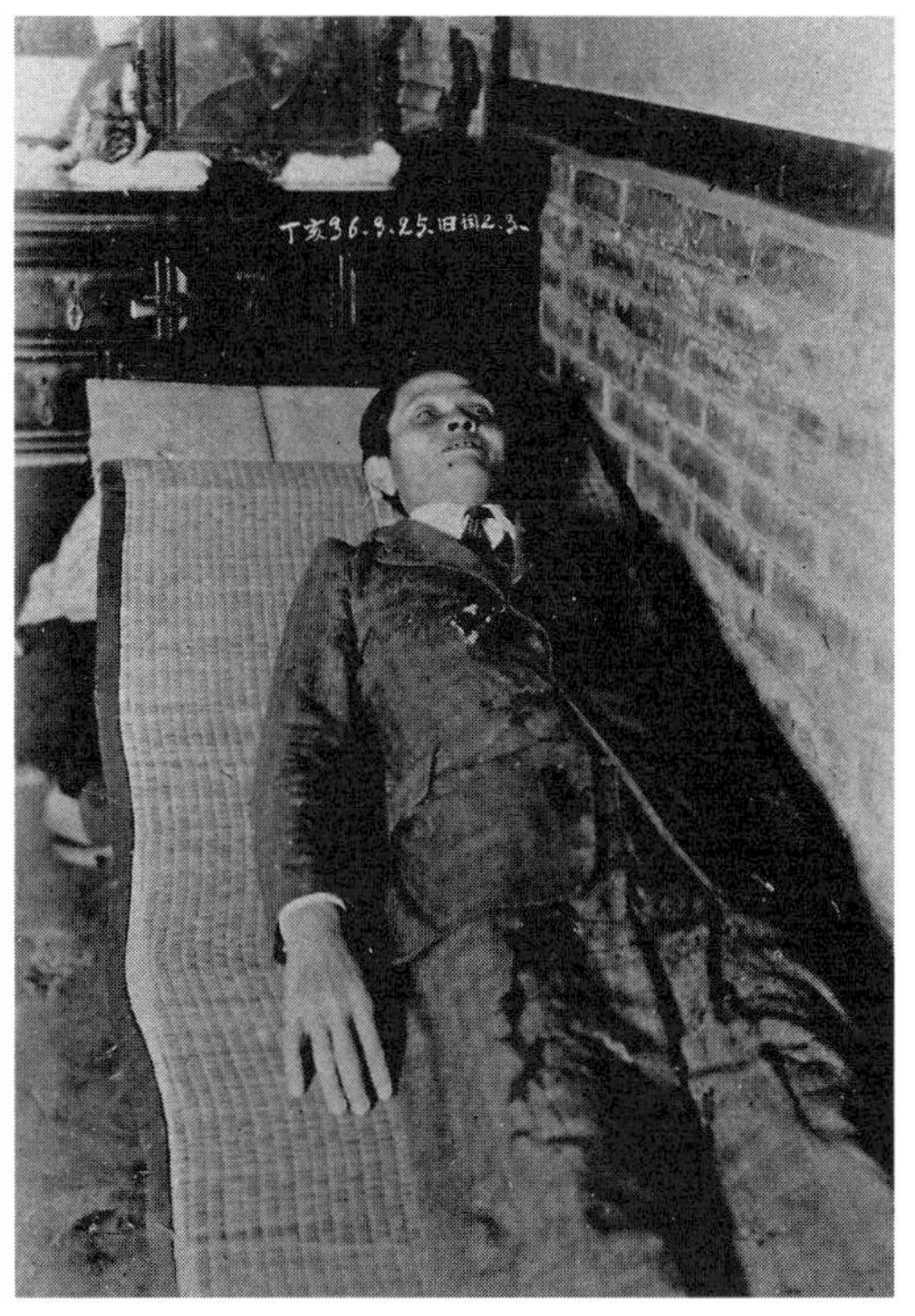

1947年3月25日，陳澄波は銃殺刑に処された．遺体が自宅に運ばれ，清められた後，張捷は写真家を呼んで撮影を頼んだ

訳者あとがき

陳澄波（ちんとうは）の絵をはじめて意識したのは、二〇一〇年ごろに台北の街を歩いていて、玉山銀行かどこかの窓際に飾られた複製を見かけたときだったとおもう。作品はたしか『淡水夕照』で、伝統家屋の紅い瓦屋根とエメラルドグリーンの淡水河の対比が美しいと感じ、覚えていた。だがそのときは、陳澄波という画家がいるんだな、ぐらいの認識しかなかった。

それから思いがけず、陳澄波との縁は深まっていった。まず、知人のアートギャラリーで知り合った台湾美術史研究者の邱函妮（キュウハンニ）さんから、陳澄波の手書きノートを書き起こすアルバイトをしないかと誘われた。陳澄波が台北および東京美術学校（現・東京藝術大学）で勉強していたときの、日本語で書かれたノートである。二種類あって、ひとつは美しい日本語作文の能力を伸ばすためにエッセイなどを書き写した『作文集帳』（大正四年元旦）。江戸時代の儒医・三浦梅園（みうらばいえん）〔一七二三～八九〕の「學に志し藝に志す者の訓（をしへ）」という、たゆみない学問や芸への励ましの言葉から始まるこのノートは、大和田建樹、徳冨蘆花、高山樗牛（ちょぎゅう）など、江戸から明治を中心に書かれた文章を恐らく陳澄波自身がえらんで書き写したものだ。特に、自然風景の活写や、色彩に関する表現ゆたかなエッセイの多いのが印象的であった。これら日本語の文章が、陳澄波の絵のもつ強烈な色彩感の栄養となったのかもしれないと思えば、ひどく心を揺さぶられた。もうひとつは哲学の授業ノート。正直いって、書き起こしは非常に困難な作業だった。戦前の哲学の流れについてわたし自身が不勉強というのが一番の理由だが、たぶん書いた陳澄波自身もあまり理解できていなかったと思う。難解で、なかなか意味のとおる文章にならない。だがいずれも、筆圧の強い神経質そうな鉛筆字でびっしりとノートが埋まっていた。変体仮名や、たまにノートの下の方に蚯蚓のたくったような箇所があった。ノートを見ているだけで、彼が学校での学びによってじぶんの中にあたらしい思想や哲学の畑を耕し、なにかを育てようと全身全霊をかけて勉強していた、その情熱がまざまざと感じられた。

その後、わたしはアルバイトで得た資金で語学学校に通い、フリーライターとして活動を始めたのだが、しばらくして、驚くべきニュースが届いた。わたしの故郷である山口県の小さな地方図書館で、陳澄波の幻の作品が見つかったというのだ。当時、山口県立大学で教えていた安渓遊地教授（現在は名誉教授）に詳しく話を聞くべく、大学の研究室をたずねた。陳澄波の絵が見つかった大きなきっかけとなった防府市出身の第十一代台湾総督、上山満之進にまつわる話など色々聞いているうち、近々、上山満之進の子孫とともに台湾嘉義の陳澄波文化基金会を訪ねる予定だとわかった。そこで、通訳兼取材記者として同行させてもらうことになった（偶然というか幸いというか、冒頭のわたしの拙いアルバイト成果はその後、陳澄波文化基金会の別ルートで安渓教授の手に渡り、出版レベルにまで整えて完成され、『陳澄波全集』第11巻に収録された）。これをきっかけに初めて嘉義を訪れ、陳澄波の長男である陳重光さんや孫の陳立栢さんにお目にかかることができた。陳澄波が日本植民地下での台湾人差別のため、職を求めて上海へ渡ったことも立栢さんの説明で初めて知った。

二〇二〇年に九十五歳で亡くなった陳重光さんは、初めてお会いしたときすでに高齢ではあったが、二十歳近くまで戦前台湾の日本語教育を受けた世代でもあり、一所懸命ことばを選びながら日本語で、日本統治時代の皇民化運動の暴力性についてなど、ゆっくりと、しかし元・数学教諭だっただけに、しっかりと整理して話をされた。また「赤とんぼ」など、上山満之進の子孫である上山忠男さんといっしょに日本の童謡を歌われたときの懐かしく嬉しそうなお顔が、いまは何度も思い出される。日本統治時代以前から台湾に住む台湾人（いわゆる本省人）は誰にも台湾原住民（イエンズーミン）（台湾における先住民の正式名称）の血が混じっているとよくいわれるが、阿里山に近い嘉義出身の陳澄波にも或いは原住民の血が混じっているのだろうか。少しばかり浅黒い肌、強い光を宿して透き通るような大きく美しい瞳、正直そうで温かな微笑み。写真でみる陳澄波がそなえる外見の特徴は、陳重光さんや陳立栢さん、立栢さんの妹さんたちといった、わたしが実際に会った陳家の人々に共通して受け継がれている。だから、本書における重光さんに関する表現は、わたし自身が受け取った重光さんのイメージをとても捉えていると思う。

本書で書かれたように、台湾では戦後、日本統治時代に活躍した芸術家たちは、あらゆる形で苦労を強いられた。二〇二〇年に台中の台湾美術館で行われた、戦前の台湾の官展「府展・台展」をテーマとした特別展「経典再現——台府展現存作品特展」を観に行って驚いたのは、いかに現存するものが少ないかという事実である。まずは当時の日本籍画家の作品は、今も評価されている立石鉄臣の静物画などを除くとかなり限られる。それは、終戦の引き揚げにより日本へ持ち帰ることができた作品がほとんどなく、台湾で失われてしまったという理由もある。また、展示された八十三点のなかで、とくに作品が目立っていたのが、李梅樹（りばいじゅ）、林玉山（りんぎょくざん）、李石樵（りせきしょう）、楊三郎（ヤンサンラン）、陳進（ちんしん）、そして陳澄波など、本書に出てきた画家の作品ばかりなのだ。これが意味するのは何か。作品の遺された画家のみが、歴史に記憶されることである。どんなに優秀で素晴らしい画家であっても、作品が残っていない限り、記憶されることはない。

楊三郎や李梅樹のように、実家が非常に裕福で旧居が私設美術館になって作品を保存し、広めてきた例も少なくない。戦前、東京に学びに行くぐらいだから、多くの画家は当時でいえば桁違いに裕福な層が多かったに違いない。そんな裕福な家庭背景でも、各々の家族において、戦後の戒厳令下での絵の保管は並大抵の苦労ではなかった。そして本書でも書かれた通り、陳澄波には常に経済的な問題がつきまとっていた。それだけに、戦後の家族の苦労はいかばかりだったかと感じ、とりわけ、命を懸けて陳澄波の絵を守ってきた夫人、張捷(ちょうしょう)の「凄み」と卓見に思い至り、感服せざるを得ないのだ。

さて、ここで原作者の柯宗明(かそうめい)と、本書が書かれた背景について説明しよう。柯宗明の本業は小説家ではなく、長年、テレビのドキュメンタリー番組や舞台においてディレクターや脚本家を務めてきた。本書は著者にとって初の長編小説であり、新台湾和平基金会による「台湾歴史小説賞」の第三回大賞を受賞した。当小説賞は、ベストセラー『図説 台湾の歴史』を著した歴史学者の周婉窈(しゅうえんよう)らを審査委員に迎えるなど、ある意味、現在の台湾の台湾史におけるポリティカル・コレクトネスに非常にきびしい賞ともいえ、これまで六回開催されたなかで、大賞に選ばれたのは本書だけである。現在進行形の「台湾史」をエンタテイメントとして書くことはそれほどまでに難しいが、本書はそうしたハードルを越えて認められた作品なのである。

台湾では、「自分を何人と考えているか」という自己認識に関する調査が、政治大学選挙研究センターなどにより一九九〇年代から継続して行われている。これに対する「台湾人」「中国人」「台湾人でもあり中国人でもある」という回答は、一九八七年の戒厳令解除の前後からゆっくりと進んだ民主化と、うねるように盛り上がった民主運動のもとで大きく揺れ動いてきた。戦後には、中華民国統治下で「よりよい中国人になる」ための教育が進められたこともあり、台湾人の自己認識の多くを占めていたのは「中国人」である。しかし、戒厳令解除後、「台湾人でもあり中国人でもある」という回答の割合が増していく。二〇〇〇年代には「台湾人」と答えた人は「中国人」と答えた人に追い付き、二〇〇八年ごろから「台湾人」が多数派となった。二〇二三年の最新の調査では、「台湾人」と答えた人は六割を超え、「台湾人でもあり中国人でもある」は三割、民主化前にほとんどを占めていた「中国人」は二・五パーセントとごく少数派になった。

つまり現在、〝台湾という土地の水を飲み、米を食べて大きくなってきたわれわれは「台湾人」である〟という、いわゆる「台湾アイデンティティ」が、人々のあいだでよりはっきりと共有されるようになっている。こうした台湾ナショナリズムは、台湾が日本に割譲されたときに起こった郷土防衛戦争「乙未（いっぴ）戦争」のときに芽生え、またこの小説で描かれた日本統治下後期における台湾議会設置運動や、台湾文化協会の頃に改めて育まれたともいわれるが、特に後者については福建地方出身者による「福建民族主義」が色濃いという指摘もある。

第二次世界大戦終結後、台湾が中華民国の統治下になった「光復」以降に、「台湾が祖国の懐にふたたび抱かれた」という喜びを台湾人が持ったことは、本省人のこうした「中華民族意識」「福建民族意識」に支えられており、実際、本書のなかで陳澄波が中国において福建出身者として振舞っていたことからも感じ取ることができよう。しかし、「台湾人か中国人か」という二者択一とは全く別の次元で、戒厳令解除以降、原住民(イエンズーミン)や客家(ハッカ)人の文化や言語の尊重が重視されてくると共に「何をもって台湾人であるとするか」という問いは深まり、多文化主義を基礎として発展したのが「台湾中心史観」である。

　これは、曹永和「台湾島史」論に代表される、台湾というこの島で起こった全ての経験を「自分たちの歴史」として記述することに重きを置いた考え方で、元総統の李登輝はそれを「新台湾人」とも表現した。従来の中華民国史観から見た抗日民族史観を批判し、台湾植民地近代化を歴史の連続性の中から見つめようとするこうした試みは、近年の日式建築のリノベーション活用、文学や戯曲、美術、映画といった台湾文化を支える大きなトレンドでもあり、現在の台湾文化を理解するのに欠かすことができない。

　台湾初の「大河ドラマ」として公視テレビが製作を手がけ、二〇二一年に放映された『斯卡羅(Seqalu／スカロ)』(原作は陳耀昌作の『傀儡花』、邦訳は『フォルモサに咲く花』下村作次郎訳、東方書店、二〇一九年)もまた、「台湾中心史観」を元に作られた作品であるといえる。一八六七年に起こったローバー号事件にまで遡り、原住民やホーロー人、客家人など多様なエスニシティを持つ人々が登場し、世界史やアジアにおける台湾の位置を描き出しているが、このドラマの脚本制作に当初から関わったのが、本書の作者である柯宗明と妻の施如芳(しじょほう)のふたりである。そういう意味でも、柯・施夫妻は現在の台湾社会における「台湾中心史観」の文化的実践者として、これからの動向を引き続き注視すべきクリエイターであることは間違いない。

本書以前に、施如芳・柯宗明夫妻が関わったもう一つの注目すべき作品が、二〇〇七年に国光劇団によって初上演された『快雪時晴』である。国光劇団は、もともと中華民国軍の軍中劇団から派生した国家劇団だが、台湾の民主化にともない伝統京劇のスタイルをとりつつも台湾独自の「京劇」を追求し奮闘してきた。二〇〇二年に国光劇団のアートディレクターとなった王安祈は、古典と現代劇の融合を得意とする弟子の施如芳と、その夫であり本書の作者である柯宗明に「台湾らしさ(台湾本土化)」をもつ京劇の脚本を依頼した。夫妻は、国民党の台湾撤退と共に台湾にもたらされた故宮博物院の重要文物のひとつである王義之の書「快雪時晴帖」をモチーフとして、台湾という土地の上にある文化すべてが台湾の文化であり、「外省人」文化(眷村文化)もまたその一部であるという考え方のうえで脚本を編んだ。『快雪時晴』は好評を博したが、この劇にいたく感動した現・陳澄波文化基金会董事長の陳立栢は、観劇のあと施如芳・柯宗明夫妻とコンタクトを取り、陳澄波の妻・張捷を主人公にした脚本を書いてほしいと頼んだのである。

本書でも書かれているように民主化以前はタブーだった陳澄波の作品は、特に二〇〇〇年代以降はブームとなり、『嘉義公園』は二〇〇二年のクリスティーズ香港にて五七九・四万香港ドル(約一億四二〇万円)で、『淡水』は二〇〇六年のサザビーズ香港で三四八四万香港ドル(約六億二七〇〇万円)、『淡水夕照』は二〇〇七年のサザビーズ香港で五〇七三万香港ドル(約九億一三〇〇万円)にて落札された。陳澄波の名は台湾の国民的な画家と言っていいほど有名となり、その人生の悲劇性も人々の知るところとなった。しかし、陳澄波の受けた汚名が必ず晴れ、作品が認められることを信じて絵を守り抜いてきた妻やその家族についてはあまり知られていない。施如芳はこの妻の存在に大変興味を抱き、陳澄波やその家族にまつわる資料をもとに十年をかけて舞台劇『藏畫（絵を隠す）』の脚本を仕上げた。舞台劇『藏畫』は、コロナ禍を経て二〇二三年、ついに飛人集社劇団によって初上演された。今後はテレビドラマ化も予定されている。

妻の施如芳が陳澄波の妻を主人公に『藏畫』を書いている横で、柯宗明もまた、陳澄波文化基金会から提供された大量の資料をもとに本書を書き上げた。つまり、ある意味この小説は『藏畫』の副産物でもあるわけだ。

この本に登場するすべての人物は、方燕と阿政という主人公以外、ほぼ実在している。ただ、実在の人物といえどもエピソードに関してはその限りではない。例えば、陳澄波の妻は非識字者であったから、そもそも夫と手紙を交わしてはいない。また、劉新禄（りゅうしんろく）に関しては、嘉義民雄の出身で、陳澄波と同じ時期に上海にいて交流があったというぐらいしか資料はない。作中で書かれたように、共に上海の内山書店に通ったとか、日本軍の攻撃のなかで、陳澄波の家族と共に難を逃れたといった話はすべて作者のフィクションである。だから、台湾美術史研究者からすれば首をかしげるような記述も少なくない。例えば、この物語の重要なポイントである「阿棋（アギー）」こと陳植棋（ちんしょくき）との魂の交流ともいえる友情に関してだが、陳植棋と陳澄波が実際に仲が良かったことを証明する資料は見つかっていない。東京美術学校時代に一緒に撮った写真は残っているが、他の多くの友人らとの集合写真であり、取り立てて二人の友情を示すものではない。唯一の証拠として、陳澄波の息子の重光が、「父が一番好きだった友人は陳植棋だった」と話している。

全ての物語とは歴史の記述であるとするならば、「方燕」と「阿政」には、歴史と芸術、台湾にまつわる複雑なアイデンティティをめぐって、陳澄波とその家族を追いかけてきた作者夫妻の思考の来し方の投影がある。何より、いま現在も台湾社会を引き裂いている「本省人vs.外省人」といった分断の構図を、自分たちの本分とする芸術文化の面から解きほぐし共和を願うところに、ほとんど「祈り」に近いものさえ感じられる。台湾が直面し続けている強大な危機に立ち向かうには、台湾社会のなかの相互理解を深めることが何よりも大切だからだ。

また作中で方燕は、魯迅を知らないなど、色々なことに無知なように描かれているが、これは「中華民国史観」の戒厳令下で長らく情報統制を強いられてきたことが理由である。陳澄波ら当時の人々が抱いた希望を踏みにじるように進む運命は痛々しく胸に突き刺さるが、それを越えて現在の自由で民主的な社会をつかみ取った台湾を知るわれわれにとって、この小説は残酷であるとともに「希望」を描き出してもいる。

本書では、原文のなかの台湾語表記において、中国語とはべつにルビをふっている。こうした「台湾語（台湾ホーロー語）」の表記法については、本書の編集者である須藤建さんが同じく担当された游珮芸、周見信『台湾の少年』（倉本知明・訳）に倣い、日本語表記＋台湾語ヨミを採用した。陳澄波という名前のヨミガナは、陳澄波自身が作品などで「チン・トウハ」「チン・チョウハ」の二種類を使用している。本書では、陳澄波文化基金会の意向により「チン・トウハ」を採用した。また登場人物のヨミガナについても、時代や話し手の背景に合わせ、北京語・台湾語・日本語のヨミを分けた。登場人物の上海語なまりについては、迷ったあげくにいわゆる「べらんめえ」調を採用した。当時の中国における「上海語」の雰囲気はどのようなものだろうと、ああでもないこうでもないとかなり悩んだ。日本統治時代を表す「日本時代(リップンシーダイ)」という言葉については、原文を尊重した。

文化が物語の力を借りることは、ときに暴力的である。扇情し、感情を駆り立て、大きな間違いを起こすこともある。怖いほどのエネルギーを呼び起こす物語は恐ろしく禍々しい。しかしまた、自分の物語をもてなかった人々の小さな語りより生まれ、積み重ねていこうとしている共同体の歴史を広く知ってもらうには、物語は何より大きな力を発揮する。そんなとき、物語は優しく、体温をもち、未知数である。本書を訳しながらこうした歴史小説という「つなわたり」の難しさと可能性を、まざまざと感じた。まだまだ若い台湾史という物語。訳者としてこうしてそばで触れられることに、感謝する。

栖来ひかり

二〇二四年一月

柯 宗 明

作家，脚本家，映像・舞台監督．長年，テレビや演劇の仕事にたずさわり，テレビ番組『台湾郷鎮文化志』やドキュメンタリー『台湾美術史』などを手がける．2018年に初めて執筆した本作で第3回台湾歴史小説賞大賞受賞．2018年台湾公共テレビによる大型歴史ドラマ『斯卡羅』の脚本を担当．

栖来ひかり

ライター．山口県出身．京都市立芸術大学美術学部卒．2006年より台湾在住．著書に『台湾と山口をつなぐ旅』(西日本出版社)，『時をかける台湾Y字路——記憶のワンダーランドへようこそ』(図書出版ヘウレーカ)，『日台万華鏡——台湾と日本のあいだで考えた』(書肆侃侃房)，『台湾りずむ——暮らしを旅する二十四節気』(西日本出版社)がある．

陳澄波を探して　消された台湾画家の謎

柯 宗 明

2024年2月28日　第1刷発行

訳　者　栖来(すみき)ひかり

発行者　坂本政謙

発行所　株式会社 岩波書店
〒101-8002 東京都千代田区一ツ橋2-5-5
電話案内 03-5210-4000
https://www.iwanami.co.jp/

印刷・三秀舎　製本・牧製本

ISBN 978-4-00-061625-6　　Printed in Japan

台湾の少年（全四冊）

1 統治時代生まれ
2 収容所島の十年
3 戒厳令下の編集者
4 民主化の時代へ

游珮芸 周見信 倉本知明訳
B5判変型 一七〇〜一九〇頁 定価各二六四〇円

アジアの孤児
呉濁流
岩波現代文庫 定価一四五二円

台湾文学というポリフォニー
―往還する日台の想像力―
垂水千恵
四六判二九六頁 定価三八五〇円

少女中国
―書かれた女学生と書く女学生の百年―
濱田麻矢
四六判二九八頁 定価三七四〇円

岩波書店刊
定価は消費税10% 込です
2024年2月現在